Käferkumpel

Felix Gruber 7b
bitte wieder zurück geben

M. G. Leonard machte ihren Abschluss in Englischer Literatur und ihren Master in Shakespeare-Wissenschaften. Sie liebt dunkle Geschichten, die von magischem Realismus durchzogen sind. Als Senior Digital Media Producer erstellt sie für das National Theater digitale Inhalte, die vor allem Jugendliche ans Theater heranführen sollen. Mit ihrem Partner und ihren zwei Söhnen lebt sie in Brighton am Meer. Ihre größte Leidenschaft sind Käfer jeder Art, was man auf ihrem Blog verfolgen kann.

M. G. Leonard

KÄFER KUMPEL

Aus dem Englischen von
Britt Somann-Jung

CHICKEN HOUSE
CARLSEN

MIX
Papier aus verantwortungsvollen Quellen
FSC® C083411
www.fsc.org

Ein *Chicken House*-Buch im Carlsen Verlag
Mai 2018

Originalverlag: The Chicken House
Originaltitel: »Beetle Boy«

Umschlag- und Innenillustrationen: Júlia Sardà
Umschlaggestaltung: Helen Crawford-White
Umschlaganpassung für die Taschenbuchausgabe: formlabor
Corporate Design Taschenbuch: bell étage
ISBN 978-3-551-31704-9

»Ich fühle mich wie ein altes Schlachtross beim Klange der Trompete, wenn ich vom Fang seltener Käfer lese.«

CHARLES DARWIN

1. Kapitel

BARTHOLOMEW CUTTLES RÄTSELHAFTES VERSCHWINDEN

Dr. Bartholomew Cuttle war keiner von den Männern, die auf rätselhafte Weise verschwanden. Er war einer von den Männern, die beim Abendessen dicke alte Bücher lasen und denen Spiegelei im Bart hängenblieb. Er war einer von den Männern, die immer ihre Schlüssel verloren und an Regentagen niemals einen Schirm mitnahmen. Er war einer von den Vätern, die vielleicht fünf Minuten zu spät kamen, um einen von der Schule abzuholen, die aber immer kamen. Und vor allem, das wusste Darkus genau, war sein Dad keiner von den Vätern, die ihren dreizehnjährigen Sohn einfach im Stich lassen würden.

Der Polizeibericht vermerkte, dass der 27. September ein Dienstag ohne besondere Vorkommnisse war. Dr. Bartholomew Cuttle, ein achtundvierzigjähriger Witwer, hatte seinen Sohn, Darkus Cuttle, in die Schule gebracht und war weiter zum Naturhistorischen Museum gegangen, wo er die wissenschaftliche Abteilung leitete. Um halb zehn hatte er seine Sekretärin Margaret begrüßt, dann den Vormittag in Sitzungen zu Museumsfragen verbracht und um ein Uhr mit einem ehemaligen Kollegen, Professor Andrew Appleyard, zu Mittag gegessen. Am Nachmittag war er hinunter ins Depot in den Kellergewölben gegangen, wie er es häufig zu tun pflegte, und hatte an der Kaffeemaschine auf dem Weg seine Tasse aufgefüllt. Mit dem diensthabenden Wachmann Eddie hatte er Freundlichkeiten ausgetauscht, war dann den Korridor zum Depot entlanggegangen und hatte sich in einem der Entomologie-Räume eingeschlossen.

Als sein Vater an jenem Abend nicht nach Hause kam, alarmierte Darkus die Nachbarn und diese riefen die Polizei.

Bei ihrer Ankunft im Museum fand die Polizei den Raum, in den Bartholomew Cuttle gegangen war, von innen verschlossen vor. Da man fürchtete, er könne einen Herzinfarkt erlitten oder einen Unfall gehabt haben, wurde eine stählerne Ramme geholt und die Tür aufgebrochen.

Der Raum war leer.

Eine Tasse mit eiskaltem Kaffee und ein paar Unterlagen befanden sich auf dem Tisch neben einem Mikroskop. Mehrere Schubladen mit Coleoptera-Präparaten waren geöffnet, aber von Dr. Bartholomew Cuttle fehlte jede Spur.

Er war verschwunden.

Der Kellerraum hatte keine Fenster und außer der Eingangstür keine weiteren Türen. Es handelte sich um eine abgedichtete Kammer mit kontrolliertem Klima.

Das Rätsel um den verschwundenen Wissenschaftler schaffte es auf die Titelseiten sämtlicher Zeitungen. Die mysteriöse Begebenheit machte die Journalisten verrückt und nicht einer von ihnen konnte erklären, wie Dr. Cuttle aus dem Kellerraum herausgekommen sein könnte.

»WISSENSCHAFTLER VERSCHWUNDEN!«, schrien die Schlagzeilen.

»POLIZEI RATLOS!«, riefen Zeitungen.

»VERWAISTER JUNGE IN OBHUT!«, berichteten sie. »SUCHE NACH EINZIGEM LEBENDEM VERWANDTEN, DEM BERÜHMTEN ARCHÄOLOGEN MAXIMILIAN CUTTLE.«

Und am Tag darauf: »ARCHÄOLOGE IN SINAI-WÜSTE VERMISST!«

»JUNGE ALLEIN!«, klagten sie.

Vor der Pflegeunterkunft wurde Darkus von Zeitungsleuten angehalten, die Fotos machten und ihm Fragen zuriefen.

»Darkus, hast du von deinem Dad gehört?«

»Darkus, ist dein Vater auf der Flucht?«

»Darkus, ist dein Dad tot?«

Fünf Jahre zuvor, als seine Mutter starb, hatte Darkus sich zurückgezogen. Er hatte aufgehört draußen mit Freunden zu spielen oder sie nach Hause einzuladen. Seine Mutter, Esme Cuttle, war plötzlich aus dem Leben gerissen worden, von einer Lungenentzündung. Der Schock saß schrecklich tief. Sein Vater war von Trauer überwältigt worden. An manchen Tagen – trübe Tage nannte Darkus sie – lag sein Vater nur im Bett und starrte die Wand an, unfähig zu sprechen, während ihm die Tränen über die Wangen rannen. An den trostlosesten trüben Tagen brachte Darkus Tee und Kekse mit, setzte sich neben seinen Dad und las. Es war doppelt schwer gewesen, Mum zu verlieren *und* einen Dad zu haben, der die ganze Zeit so traurig war. Darkus musste lernen auf sich selbst aufzupassen. In der Schule kam er mit allen gut aus, aber freundete sich nie enger mit anderen an. Er blieb für sich. Die anderen Kinder hätten es nicht verstanden und er war sich nicht sicher, ob er es erklären konnte. Das Einzige, was zählte, war, sich um Dad zu kümmern und ihm dabei zu helfen, wieder glücklich zu werden.

Vier Jahre nach Mums Tod wurden die trüben Tage endlich seltener, die Abstände zwischen ihnen größer, und Darkus beobachtete mit verhaltener Freude, wie sein Vater aus seinem langen, kummervollen Schlaf erwachte. Er wurde wieder ein richtiger Vater, der sonntags mit ihm Fußball spielte, ihn am Frühstückstisch anlächelte und wegen seines widerspenstigen Haars aufzog.

Nein, Darkus war sich sicher, dass sein Vater nicht selbstmordgefährdet oder auf der Flucht war oder ein Doppelleben führte. Etwas anderes war passiert und ihm wurde ganz schlecht vor Angst, weil er sich nicht vorstellen konnte, was dieses andere sein konnte. Als die Leute also ihre dummen

Fragen stellten, vergrub Darkus nur die Hände in den Taschen, funkelte die Notizblöcke finster an und verweigerte die Antwort.

»JUNGE MIT GEBROCHENEM HERZEN SPRICHT NICHT MEHR!«, verkündeten die Zeitungen aus aller Welt.

Schließlich wurde Darkus' Onkel, Maximilian Cuttle, in Ägypten aufgespürt und er flog sofort zurück nach London, damit er sich um seinen Neffen kümmern konnte. Die Zeitungen, die das Rätsel um den verschwundenen Wissenschaftler nicht lösen konnten und sich auch keine neuen Geschichten über Darkus ausdenken wollten, verloren das Interesse und ließen ihn in Ruhe. Onkel Max nahm Darkus mit in seine Wohnung über Mother Earth, einem Bioladen in einer Ladenzeile zwischen Camden Town und Regent's Park.

»Ich muss dich warnen, mein Junge«, sagte Onkel Max, als sie die Treppe hochstiegen, »ich habe immer alleine gelebt. Bin viel auf Reisen, weißt du. Mochte England nie so sehr, immer dieser verdammte Regen – trostlos und kein großer Spaß bei Ausgrabungen, das kann ich dir sagen. Ich würde lieber auf einem Kamel durch die Sinai-Wüste reiten.« Er hielt an, um wieder zu Atem zu kommen. »Wie auch immer, kurz gesagt, ich bin nicht gut mit Gästen. Mag sie, weiß nur nicht, was ich mit ihnen anfangen soll – genau wie mit Kindern.«

Darkus folgte seinem Onkel schweigend durch die Wohnungstür und genoss es, einer Stimme zu lauschen, die der seines Vaters so ähnelte.

»Küche.« Onkel Max zeigte als Erstes auf einen leuchtend orangefarbenen Raum zu seiner Linken und ging dann ein paar Stufen hoch nach rechts. »Wohnzimmer.«

Als sie am Wohnzimmer vorbeikamen, starrte Darkus auf eine Reihe von langgesichtigen Masken, die an den mitternachtsblauen Wänden hingen und zurückstarrten. Nachdem sie eine weitere Treppe in den zweiten Stock hochgestiegen waren, kamen sie zu Onkel Max' Schlafzimmer und einem großen pinkfarbenen Badezimmer.

»Weil ich die meiste Zeit im Ausland arbeite, gibt mir die Universität kein Büro, also ist hier mein Büro *und* mein Zuhause«, sagte Onkel Max, als sie eine dritte Treppe zum Dachgeschoss hochstiegen, »und bislang hat das Zimmer, in dem du schlafen wirst, als mein – ähm, na ja – Archiv gedient.«

Als sie den Treppenabsatz des dritten Stocks erreichten, wo die Decke niedrig war, lehnte sich Onkel Max gegen die Wand und tat wahnsinnig erschöpft. Er zog ein Taschentuch aus der Brusttasche, schob seinen Tropenhut mit den geschwollenen Fingerknöcheln der rechten Hand nach oben und tupfte sich die gebräunte, ledrige Stirn.

»Puh«, stöhnte er und verzog das Gesicht, »was auch immer du tust, werde nicht alt, Junge. Gott allein weiß, wie ich hier wieder runterkomme. Vielleicht musst du mich tragen.« Er kicherte, aber als Darkus nicht einstimmte, lächelte er traurig und schüttelte den Kopf. »Du siehst vielleicht aus wie deine Mutter, aber du bist Barty durch und durch. Esme hat immer über meine Witze gelacht, vor allem über die schlechten.«

Darkus wollte höflich sein und versuchte zu lächeln, aber ihm gelang nur eine Grimasse. Weil er sich bewusst war, dass Onkel Max ihn betrachtete, schlang er die Ärmel seines übergroßen grünen Pullis um sich und blickte zu Boden, wobei ihm auffiel, dass seine abgewetzten Jeans ein Loch am Knie hatten.

Wegen seiner dunklen Haut, seiner dunklen Haare und den kohlschwarzen Augen sagten die Leute, er habe das spanische Aussehen seiner Mutter geerbt, aber wenn er an Mum dachte, war es ihr breites Lächeln, das ihn erfüllte. Er hatte den gleichen Mund wie sie, aber er hörte auf zu lächeln, als er merkte, dass es seinen Dad traurig machte.

»Was ist mit deinem Haar passiert?«

»Das haben sie mir in der Pflegeunterkunft abrasiert.« Darkus rieb sich mit einer Hand die Stoppeln. Er mochte seinem Onkel nicht von dem Fiesling erzählen, der ihm in der ersten Nacht in dem fremden Haus einen Streifen ins Haar rasiert hatte. »Es gab Läuse«, murmelte er.

»Verstehe. Vernünftige Vorsichtsmaßnahme, schätze ich.« Onkel Max runzelte die Stirn und steckte das Taschentuch wieder ein. »Alles klaro«, er zeigte auf eine Tür vor ihnen, »da ist eine Toilette.« Dann ging er den kleinen Flur entlang und sagte: »Und das ist dein Zimmer.« Onkel Max schenkte Darkus ein entschuldigendes Grinsen, bevor er die Tür aufstieß. »Ta-da!«

Ein Blatt vollgekritzeltes Papier segelte in den Flur und landete zu Darkus' Füßen. Das Zimmer war winzig. Papierstapel verbargen den Boden und Kartons waren unordentlich übereinandergestapelt. In vergilbte Zeitungen eingewickelte Gegenstände ragten aus halb geöffneten Paketen heraus und die Luft war zum Schneiden dick, erfüllt vom Geruch nach Schimmel und Staub.

Darkus nieste.

»Gesundheit«, sagte Onkel Max und knipste das Licht an.

Hinter den Kartons befand sich eine schwarze Wand aus Aktenschränken. Einige Schubladen standen halb offen, Papier quoll hervor. Auf den Schränken thronten festgebundene Atlanten und lose Karten nebeneinander. Darkus bemerkte ein Oberlicht in der Decke, das so dick mit Dreck überzogen war, dass es den Raum mit Schatten füllte.

»Du musst es hassen, Dinge zu archivieren«, sagte er.

»Nun, ja, ist wohl schon ein paar Jahre her«, sagte Onkel Max hüstelnd. »Wenn ich darüber nachdenke – ich weiß gar nicht, wann ich das letzte Mal hier oben war. Vielleicht vor deiner Geburt.«

Darkus lächelte matt, um nicht unhöflich zu erscheinen.

Erfreut darüber, dass sein Neffe langsam auftaute, nahm Onkel Max ein Buch aus einem offenen Karton. »*Eine Geistesgeschichte des Kannibalismus* – danach hatte ich schon gesucht.« Er zog zweimal kurz hintereinander die Augenbrauen hoch und ließ das Buch wieder fallen.

Eine Staubwolke stieg aus dem Karton und zerfiel direkt vor Darkus' Gesicht.

Onkel Max lachte, als Darkus hektisch mit einer Hand den Staub wegwedelte, nieste und dann – unfähig dem ansteckenden Brüllen seines Onkels zu widerstehen – lachte.

»Kurz gesagt, mein Junge«, Onkel Max reichte Darkus ein sauberes Taschentuch aus seiner Hosentasche, »hier ist noch einiges zu tun. Aber wenn wir uns ins Zeug legen, können wir das sicher zu einer Art Schlafzimmer machen.«

Darkus setzte seinen Koffer im Flur ab. »Das wird schon gehen, Onkel Max. Danke.«

»Natürlich wird es das.« Onkel Max klopfte Darkus auf den Rücken, so dass dieser nach vorn stolperte. »Wird kaum wiederzuerkennen sein, wenn wir fertig sind.« Er nahm seinen Tropenhut ab und sein Haar schwebte wie eine silbrige Gedankenwolke über seinem gebräunten Schädel. »Ich würde vorschlagen, dass wir erst mal alles in den Flur schaffen. Hier muss dringend sauber gemacht werden, bevor das Zimmer für Menschen bewohnbar ist.«

Darkus stürzte sich in die Arbeit. Er schob die Ärmel seines grünen Pullis hoch, was seine dünnen braunen Arme zum Vorschein brachte, und zerrte einen schweren Karton durch den Raum. Als er ihn über die Schwelle schleifte, stolperte er nach hinten und riss dabei den Karton auf, wodurch ein Mappenstapel mit der Bezeichnung *Fabre-Projekt* zum Vorschein kam und sich etwas auf dem Boden verteilte, das wie menschliche Zähne aussah.

»Entschuldige, ich ...«, stammelte er.

»Ah, Nofretetes Zähne.« Onkel Max kniete sich hin und sammelte die Zähne sorgsam wieder ein. »Die verstauen wir besser an einem sicheren Ort.«

»Die echten Zähne von Nofretete?«, fragte Darkus mit großen Augen. »Ist das dein Ernst?«

»Mein voller Ernst.« Onkel Max nickte. »Ich habe ihr Grab entdeckt. Die Leute werden dir erzählen, dass man es noch nicht aufgespürt hat, aber ich habe es gefunden. Diese Zähne«, er hielt seine Hand in die Höhe, »habe ich aus dem Sarkophag der für ihre Schönheit berüchtigten ägyptischen Königin.«

»Hast du sie ihr gezogen?«

Onkel Max zuckte mit den Achseln. »Nun, sie hat sie ja nicht mehr benutzt.«

Darkus hob einen Zahn vom Boden auf. »Sollten die nicht in einem Museum sein?«

»Das *wären* sie, Junge, wenn irgendwer auf mich gehört hätte«, sagte Onkel Max. »Aber nein, keiner wollte etwas davon wissen. Ein Junior-Archäologe, der eine so wichtige Entdeckung macht? Ein bloßer Bubi? Sie hielten das für ausgeschlossen, aber sie irrten sich. Nur weil jemand jung ist, heißt das nicht, dass er nicht genug Neugier, Entschlossenheit und Mut aufbringen kann, um das Gleiche zu vollbringen wie ein Erwachsener, oder?« Onkel Max zog die Nase hoch. »Wenn sie sich endlich entschließen, das Ding ausfindig zu machen, und das werden sie, denn ich habe ihnen gesagt, wo es ist, wird die alte Nofretete zahnlos sein, und diese Hübschen hier werden eindeutig beweisen, dass ich zuerst dort war.« Er schüttete die Zähne vorsichtig in einen Briefumschlag. »Die Vergangenheit holt dich immer wieder ein, mein Junge, selbst wenn du es nicht willst.« Er klebte den Umschlag zu. »Das stammt von meiner ersten ägyptischen Ausgrabung, weißt du. Ich war ein Jungspund, gerade erst ausgebildet, und kannte die Spielregeln noch nicht. Das Erwachsenenleben kann schrecklich trist sein, Darkus, es ist voller Taktiererei und Kompromisse …«

Onkel Max ließ sich ausführlichst über die Prüfungen und Beschwernisse des Archäologen-Daseins aus, und Darkus nickte oder schüttelte den Kopf, während sie das Zimmer ausräumten, fegten und Staub wischten. Ein marokkanisches Tuch in leuchtenden Farben wurde über vier Bücherkisten geworfen, um einen Tisch zu schaffen, und drei leere Behälter wurden so übereinandergestapelt, dass sich Kleiderfächer ergaben.

Onkel Max stieg auf einen Stuhl und schrubbte das Oberlicht mit einer in Essig getränkten Zeitung. Als er nach oben fasste, um das Fenster zu öffnen und die Außenseite zu putzen, sah Darkus etwas Schwarzes auf dem Glas sitzen. Ein Wesen … mit sieben Beinen … oder waren es sechs … und einem Horn?

»Moment!«, rief Darkus.

Aber Onkel Max zog das Fenster zu sich und die Kreatur hob ab und flog davon.

»Was war *das?*«, fragte Darkus und wäre am liebsten auch auf Onkel Max' Stuhl geklettert, um besser sehen zu können.

»Was war was?« Onkel Max sah hinauf, aber was immer es war, hatte sich davongemacht.

Sechs Beine bedeuteten ein Insekt, oder? Es gab keine Tiere mit sieben Beinen. Vielleicht war es eine Fledermaus gewesen oder ein kleiner Vogel oder zwei. Aber Fledermäuse hatten keine Hörner und selbst zwei Vögel hatten nur vier Beine. Es musste ein Insekt gewesen sein, aber Darkus hatte noch nie zuvor ein so großes gesehen.

»Die Sonne geht unter«, sagte Onkel Max und steckte seinen Kopf aus dem Fenster. »Es ist kein ägyptischer Sonnenuntergang, aber ich muss zugeben, dass die Stadt ihre eigene Schönheit hat.«

Darkus ließ den Blick durch das winzige Zimmer schweifen. »Onkel Max?«

»Ja, mein Junge?«

»Wo soll ich schlafen?«

Onkel Max steckte den Kopf wieder ins Zimmer.

Darkus blickte sich ratlos um. »Ich glaube nicht, dass hier ein Bett reinpasst.«

»Ich habe auch gar kein Extrabett, selbst wenn es passen würde, was nicht der Fall ist.« Onkel Max nickte zustimmend.

»Ich könnte auf dem Boden schlafen.«

»Oder an der Decke.«

»Okay.« Darkus kratzte sich am Kopf, weil er sich nicht sicher war, ob Onkel Max einen Witz gemacht hatte.

»In einer Hängematte«, sagte Onkel Max. »Eine Art hängendes Bett. Seeleute und Archäologen nutzen die andauernd. Die sind bestens geeignet, um dem tödlichen Stich des Dickschwanzskorpions zu entgehen – nicht, dass es hier Skorpione gäbe, weißt du ... na ja, jedenfalls keine lebenden. Ja. Also, wie wär's mit einer Hängematte?«

»Klingt gut.«

»Ausgezeichnet, denn ich habe ein prächtiges Exemplar.« Onkel Max ging in den Flur und kam mit einer blauen Tasche zurück. Darin befand sich eine Bahn sandgelbes Leinen, das an zwei Kupferringen zusammengerafft war. »Ich denke, wir könnten sie dort aufhängen.« Onkel Max zeigte auf den freien Raum oberhalb der Aktenschränke.

Darkus nickte eifrig und Onkel Max zog zwei Messinghaken und einen Holzhammer aus der Tasche.

»Flitz mal eben ins Wohnzimmer runter, Junge, und schnapp dir den Schlafsack – er liegt auf dem Ledersessel – und bring auch ein Sofakissen mit.«

Als Darkus wieder nach oben kam, hatte Onkel Max die Hängematte aufgehängt. Darkus kletterte schnell die Aktenschränke hinauf und ließ sich in sein neues Bett fallen, das ihn sanft hin- und herschaukelte. Ins Leinen gehüllt, war er vollkommen versteckt.

»Find ich toll!«, sagte er und steckte den Kopf hervor.

Onkel Max reichte ihm den Schlafsack und das Kissen.

»Nicht schlecht«, pflichtete er ihm bei und sah sich mit einem zufriedenen Lächeln um. »Also gut.« Er nahm Darkus' Koffer und legte ihn auf einen Schrank. »Wir sollten dir was zum Anziehen besorgen.«

»Ich habe was zum Anziehen.«

»Etwas Neues.« Onkel Max lächelte. »Der Pulli würde einem Landstreicher gut stehen.«

»Das ist Dads Pulli«, sagte Darkus leise.

»Oh.« Onkel Max wirkte geknickt. »Entschuldige, Darkus. Ich bin ein alter Dummkopf.« Er räusperte sich. »Schrecklich unsensibel von mir.«

»Onkel Max ...«, Darkus schluckte. Er konnte seinem Onkel nicht in die Augen sehen. »Jetzt wo du hier bist ... da muss die Polizei doch wieder anfangen nach Dad zu suchen, oder?«

Onkel Max nickte. »Ich habe morgen einen Termin bei Scotland Yard.«

»Du musst ihnen sagen«, Darkus lehnte sich aus der Hängematte, »dass er nicht einfach abhauen würde. Er würde mich nie alleinlassen, nicht, wo Mum tot ist. Irgendetwas ist ihm in diesem Keller zugestoßen. Irgendetwas Schlimmes.«

»Ja, genau das werde ich ihnen erzählen.« Onkel Max sah mit einer entschuldigenden Miene zu ihm hoch. »Darkus.« Er hielt inne. »Es tut mir wirklich leid, dass ich erst jetzt gekommen bin.« Er setzte den Hut wieder auf. »Ich fühle mich schrecklich deshalb und ich werde mein Bestes tun, um herauszufinden, was deinem Vater zugestoßen ist, und ihn zurückholen. Aber wenn die Polizei, wie ich befürchte, sich als nicht besonders hilfreich erweist, müssen wir möglicherweise auf eigene Faust Nachforschungen anstellen, und das wird von uns beiden Mut und Entschlossenheit verlangen.«

»Du kannst auf mich zählen«, sagte Darkus ernst.

»Das wusste ich.« Onkel Max lächelte. »Um sieben gibt es Essen«, er trat aus dem Zimmer und salutierte, »und zwar Fisch mit Pommes.«

Darkus hörte seinen Onkel nach unten gehen. Dann lehnte er sich aus der Hängematte und zog den Koffer auf seinen Schoß. Als er ihn geöffnet hatte, schob er die Kleidung beiseite und nahm ein gerahmtes Foto seines Vaters heraus. Beim Anblick des sandfarbenen Haars und der lächelnden blauen Augen zog es ihm die Brust zusammen und sein Magen drehte sich um. Er streichelte das Glas. Er vermisste seinen Vater so sehr.

Darkus lehnte sich in der Hängematte zurück und stellte das Bild auf das Kissen neben sich.

Er blickte durch das Oberlicht und sah zu, wie sich die ersten Sterne am Himmel zeigten. Als er die Sternbilder ausmachte, die ihm sein Vater gezeigt hatte, fragte er sich, ob irgendwo unter diesem Nachthimmel sein Dad ebenfalls nach oben blickte und an ihn dachte.

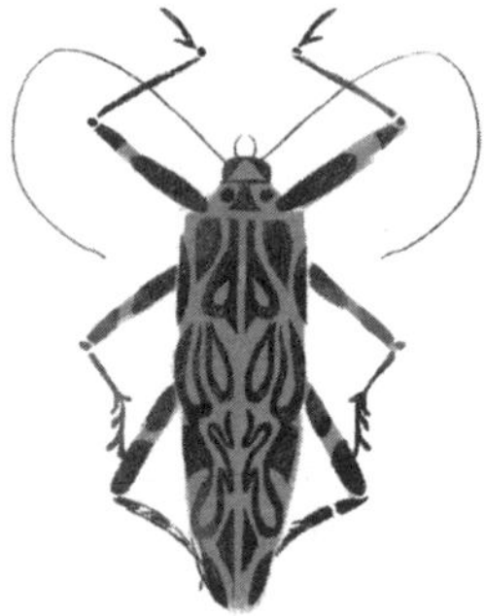

2. Kapitel
KING ETHELRED HALL

Darkus spähte durch den spitzen Eisenzaun, der vor der King Ethelred Hall Senior School entlanglief. Die Schule befand sich in einem riesigen gotischen Gebäude mit fratzenhaften Wasserspeiern an jeder Ecke. Er ließ die schmalen Fenster, die rußbefleckten Backsteine und das leuchtend bunte Graffito auf sich wirken. Der Pausenhof sah aus wie der Gefängnishof in einem Film. Seine letzte Schule war nicht perfekt gewesen, aber sie hatte immerhin einen Sportplatz gehabt.

Er hoffte, dass diese Schule besser war als die, zu der man ihn in den drei Wochen geschickt hatte, die er in der Pflegeunterkunft verbracht hatte. Das war hart gewesen. Onkel Max hatte erzählt, dass man sich seine Schule nicht aussuchen konnte, wenn man sich zur falschen Zeit bewarb – dann wurde man dahin geschickt, wo gerade Platz war. Und

Darkus hatte gehört, dass die Schulen mit freien Plätzen in der Regel die schlechten waren.

Er starrte auf King Ethelred Hall. Das war jetzt die dritte Schule in fünf Wochen.

Fünf Wochen, seit Dad das letzte Mal mit ihm zur Schule gegangen war.

Darkus biss die Zähne zusammen. Er durfte nicht die Fassung verlieren, kurz bevor er das Gebäude betrat, denn alle würden gucken. Er dachte daran, was Onkel Max gesagt hatte. »Mut und Entschlossenheit«, flüsterte er sich selbst zu und mit einem tiefen Atemzug trat er durch das Eingangstor.

Bei der Anwesenheitskontrolle musste Darkus nach vorn kommen und sich einem Meer gleichgültiger Gesichter vorstellen. Ein großes Mädchen namens Virginia Wallace war auserkoren sich um ihn zu kümmern. Ihr Haar war zu acht schwarzen Pusteblumen hochgebunden, jede von einem leuchtenden Zopfgummi zusammengehalten. Sie zog einen Flunsch, als sie ihn von oben bis unten in Augenschein nahm, und war offensichtlich wenig begeistert von ihrer neuen Aufgabe. Neben ihr saß ein kleiner Junge, der so blass war, dass er krank wirkte. Er trug eine große Brille und hatte einen weißen Wuschelkopf. Der Junge streckte ihm seine Hand entgegen und schüttelte die von Darkus, als dieser sich an den leeren Tisch hinter ihnen setzte.

»Hi, ich bin Bertolt Roberts.«

Darkus murmelte seinen Namen, überrascht vom formellen Händeschütteln und dem beflissenen Lächeln des Jungen.

Zur Pause verließ Darkus als Erster das Klassenzimmer. Er ging mit großen Schritten zum Schulhof und fand sich auf dem Weg zu einem riesigen Baum wieder. Der Stamm der massiven Eiche war mit Herzen und Namen tätowiert, die mit Messern und Kompassen in die Rinde geritzt worden waren. Am Stamm lehnte ein breitschultriger Junge mit einer Haartolle, die wie das Horn eines Rhinozerosses von seiner Stirn ragte. Der Kragen seines Hemdes war aufgeknöpft und umrahmte eine dicke Goldkette. Der Knoten seiner lilaschwarz gestreiften Krawatte hing auf Höhe seiner Taille. Eine Schar kleinerer Jungs krakeelte um ihn herum, bemüht, sich genauso lässig gegen den Baum zu lehnen wie er, was ihnen nicht gelang.

»Hast du schon geschnallt, wer die Loser sind?«, rief der Junge ihm zu.

»Ja! Bei Bibo und Einstein solltest du besser nicht hängenbleiben«, sagte ein rothaariger Junge mit Zahnklammer verächtlich.

Die Jungsschar kicherte.

»Willst du eine durchziehen?«, fragte der Junge mit der Tolle und legte den Kopf schief.

»Nein, danke.« Darkus ging weiter.

Der rothaarige Junge rannte zu ihm und ging neben ihm her. »Alles klar. Ich bin Robby.«

»Alles klar, Robby. Ich bin Darkus.«

»Ja, weiß ich. Hör mal, es ist nicht so schlau, eine Einladung von Daniel Dowie auszuschlagen, weißt du. Der fragt dich kein zweites Mal. Ich sag's dir bloß, weil du neu bist.«

»Danke, aber ich rauche nicht.«

»Vielleicht solltest du damit anfangen.« Robby grinste mit seinem Mund voller Metall.

»Nein, danke.«

»Weiß eh nicht, warum Daniel sich für dich interessiert. Stimmt wahrscheinlich gar nicht, was sie sagen«, meinte Robby, als Darkus sich entfernte.

»Was stimmt nicht?« Darkus blieb stehen.

»Das mit deinem Vater.«

Jeder Muskel in Darkus' Körper spannte sich an.

»Dass er tot ist.« Robby lehnte sich vor und suchte in Darkus' Gesicht nach einer Reaktion. »Ist er das? Tot?«

»Er ist *nicht* tot.«

»Wo steckt er dann?«

»Ich … ich weiß es nicht«, stammelte Darkus.

»Vielleicht hatte er genug davon, dein Dad zu sein?« Robby lachte böse. »Nee, wir glauben, der ist tot. Wahrscheinlich ermordet.«

Darkus ballte seine Hände. »Sag das noch mal und ich verpass dir eine.«

»Ooooh, da hab ich aber Angst.« Robby duckte sich und lachte dann. »Darkus' Dad ist tot. Darkus' Dad ist tot.«

Darkus fühlte eine heiße Welle in seiner Brust aufsteigen und sprang vor, aber bevor er Robby seine Faust ins Gesicht donnern konnte, packten zwei starke Hände seine Oberarme und hielten ihn zurück.

»Ruhig, Brauner«, sagte Virginia, ohne locker zu lassen.

»Du bist ein Loser, genau wie deine Freunde«, sagte Robby zu Darkus, als er sich mit ängstlichem Blick von Virginia entfernte. »Ihr seid ein Haufen LOSER!« Er rannte zurück zum Baum und dem lärmenden Geschnatter der anderen Jungs.

»Bist du in Ordnung?« Virginia ließ Darkus' Arme los.

Darkus funkelte sie an. »Du hättest mich zuschlagen lassen sollen.«

»*Er* wollte, dass ich dich stoppe.« Sie nickte über ihre Schulter, wo Bertolt stand und sie anblinzelte. »Aber du solltest ihm danken. Er hat dir einen Gefallen getan.«

Bertolt schlurfte heran, bis er neben Virginia stand, und lächelte schüchtern.

»Robby ist 'ne Petze«, erklärte Virginia. »Du hättest deine erste Woche vorm Büro des Direktors verbracht und die kleine Ratte hätte dir jeden Tag ins Gesicht gelacht.«

»Sie kennt das«, meldete sich Bertolt zu Wort. »Sie hat ihn vor ein paar Wochen verdroschen.«

Virginia grinste wie die Grinsekatze aus *Alice im Wunderland* und sagte dann mit Blick über Darkus' Schulter hinweg: »Oh oh, Robby redet mit den Klonen. Kommt, lasst uns abhauen, bevor er mit Verstärkung zurückkommt.«

»Robby schubst andere gerne rum«, erklärte Bertolt in einer Reihe von Fiepsern, als sie davoneilten. »Virginia hat ihn verkloppt, weil er mich in eine der großen Mülltonnen in der Stinkegasse geworfen hat und mich nicht wieder rauslassen wollte.« Er stolperte und Darkus stützte ihn am Arm. Bertolt lächelte. »Danke.«

»Es gibt keinen Jungen in dieser Schule, den ich nicht fertigmachen könnte«, sagte Virginia kühn. Und Darkus glaubte ihr sofort.

»Danke, dass ihr mich vor, na ja, Schwierigkeiten bewahrt habt.«

»Wenn du nicht neu wärst, hätte ich dich zuschlagen lassen«, grollte Virginia. »Robby ist so ein Widerling.«

»Willst du mit uns Mittag essen?«, fragte Bertolt.

»Klar«, sagte Darkus nickend. »Danke.«

Bertolt und Virginia waren so verschieden wie Erdnussbutter und Marmelade, aber engere Freunde als sie gab es nicht. Sie vollendeten die Sätze des anderen und verstanden sich auch ohne Worte. Darkus hatte so eine Freundschaft selbst nie erlebt, weil er über die Dinge, die ihm durch den Kopf gingen, nicht reden konnte. Er konnte die Angst nicht erklären, die sich seit dem Tod seiner Mutter aufgetan hatte, oder die schrecklichen Albträume, die er von seinem Dad hatte. Aber als er dem Geplapper der beiden zuhörte, wurde er neidisch auf ihre Vertrautheit.

Virginia hatte den Körper einer Federgewicht-Boxerin und eine Haut in der Farbe von Zimstangen. Sie war laut, lebhaft und redete wie ein Wasserfall. Als sie die Cafeteria betraten, erzählte sie Darkus von ihrer Familie: von ihren drei älteren

Geschwistern, David, Sean und Serena, und den zwei jüngeren, Keisha und Darnell.

»Ich bin ein mittleres Kind.« Sie zog ihre Lunchbox aus dem Ranzen. »Mum sagt, ich hätte das Syndrom.« Sie warf die Box klappernd auf den Tisch und rutschte auf einen Stuhl.

»Welches Syndrom?«, fragte Darkus und nahm ihr gegenüber Platz.

»Das, bei dem man eine berühmte Entdeckerin werden muss oder um die Welt segeln, um Aufmerksamkeit zu bekommen.«

»Sie hat keine Angst vor gar nichts«, sagte Bertolt stolz, als er seine blaue Tupperdose herausnahm. »Und vor niemandem.«

»Kämpfen kann ich wegen meiner Brüder«, erklärte sie und stopfte sich Chips in den Mund. »Sean versucht immer, mich zu besiegen, aber er schafft's nicht«, sagte sie und sprühte Chipskrümel über den Tisch.

»Bedauerlicherweise«, sagte Bertolt, eine weiße Augenbraue missbilligend in die Höhe gezogen, »hat sie keinerlei Manieren.«

Bertolt war weiß wie Kreide, mit einem niedlichen Körper und einem übermäßig groß wirkenden Kopf, was an den wuscheligen Haaren und der riesigen Brille lag. Darkus verstand bald, wie er zu dem Spitznamen »Einstein« gekommen war – er war der vollkommene Naturwissenschafts-Nerd. Er bezeichnete es als Hobby, »funktionierende Prototypen von neuen Erfindungen zu konstruieren, die Feuer oder Sprengstoff spucken«. Wie Darkus war Bertolt ein Einzelkind. Er wohnte mit seiner Mutter in einer beengten Wohnung in einem Block nahe der Schule.

»Bertolt meckert 'ne Menge.« Virginia knuffte ihn. »Er hasst es, wenn ich mit vollem Mund rede. Er isst abends bei uns, wenn seine Mum arbeitet, und ich höre ständig: ›Nur Schweine mampfen mit offenem Mund.‹« Sie ahmte Bertolts hohe Stimme nach.

Bertolt wurde rot und Darkus, der seine unglückliche Miene sah, wechselte das Thema. »Deine Mum arbeitet abends?«, fragte Darkus.

»Sie ist Schauspielerin«, erklärte Bertolt. »Sie heißt Calista Bloom, hast du von ihr gehört?«

»Äh, nein, tut mir leid.« Darkus zuckte entschuldigend mit den Achseln.

»Hat keiner.« Bertolt steckte sich kleine Sandwich-Stückchen mit Marmite-Aufstrich in den Mundwinkel. »Im Fernsehen wirst du sie nicht gesehen haben, es sei denn in den Werbespots, wo Leute bei der Arbeit umfallen, aber vielleicht hast du sie schon mal gehört. Sie ist die Stimme von dem nervigen Hasen bei Bazonkas Badezeit.«

Darkus schüttelte den Kopf und zog eine verknotete Plastiktüte aus seinem Rucksack. »Ich komme nicht wirklich viel zum Fernsehen.«

»Mum macht vor allem Theater. Sie spielte in einem Stück, als ich zur Welt kam. Ich wurde nach einem Dramatiker benannt.«

»Schade, dass sie nicht dran gedacht hat, wie es dir das Leben versauen würde und dass du dafür mal in Mülltonnen landen könntest«, schnaubte Virginia.

»Ich glaube nicht, dass das an meinem Namen liegt«, sagte Bertolt stirnrunzelnd.

»Mir gefällt er«, sagte Darkus. Er nahm einen Löffel aus seiner Manteltasche und riss ein Loch in die Tüte. »Er ist ungewöhnlich, aber auf gute Art.«

»Danke.« Bertolt strahlte und guckte dann verwirrt, als Darkus seinen Löffel in das Tütenloch steckte und ihn mit Reis behäuft wieder herauszog. »Was hast du denn da?«

»Das ist der gebratene Spezialreis von meinem Onkel Max. Probier mal. Der schmeckt echt gut.« Darkus hielt Bertolt den Löffel hin. »Ich hatte ihm gesagt, dass ein Lunchpaket aus Sandwiches bestehen sollte, aber heute Morgen war keine Zeit mehr, welche zu machen, also hat er mir eine Tüte Reis mitgegeben.«

Bertolt lehnte den Reis mit leichtem Kopfschütteln ab.

»Also«, Virginia räusperte sich, »was ist denn nun mit deinem Dad passiert?«

»Virginia!« Bertolt stieß sie an und blickte entschuldigend zu Darkus. »Es tut mir so leid.«

»Was denn? Oh, bitte! Alle reden darüber.« Virginia riss die Hände hoch. »Wenn ich nicht frage, macht es jemand anders.«

»Ist schon in Ordnung. Wenn ich es erzähle, fragen die Leute dann vielleicht auch euch und nicht mehr mich.« Er seufzte. »Ich fänd's schon gut, wenn ich wenigstens nicht mehr angestarrt würde.«

»Du warst in den Zeitungen und in den Nachrichten«, bemerkte Bertolt. »Damit bist du praktisch berühmt.«

»Hm, tja, nicht mehr.« Darkus sah auf den Tisch. »Sie können nicht ewig über ein Rätsel berichten, für das es keine Lösung gibt.«

»Also erzähl mal. Was ist passiert?« Virginia lehnte sich vor.

»Es gibt nicht viel zu erzählen. Mein Dad ist zur Arbeit gegangen, wie immer, und irgendwann am Nachmittag – keiner weiß, wann – ist er verschwunden«, sagte Darkus sachlich. »Ich wusste, dass irgendwas nicht stimmt, als er nicht nach Hause kam.«

Bertolt atmete scharf ein.

»Da muss mehr dahinterstecken«, bohrte Virginia nach.

»Niemand weiß, was passiert ist«, fuhr Darkus fort. »Die Polizei hat keinerlei Hinweise entdeckt. Das war's. Mein Dad ist einfach verschwunden.«

»Vielleicht ist er ein Spion«, schlug Virginia vor, die behilflich sein wollte. »Vielleicht schützt er das Land gerade vor Terroristen.«

Darkus schüttelte den Kopf. »Er ist kein Spion. Er leitet die wissenschaftliche Abteilung des Naturhistorischen Museums.«

»Wow!«, rief Bertolt mit leuchtenden Augen. »Ich liebe das Naturhistorische Museum. Kannst du da oft mitgehen?«

Darkus nickte. »In den Ferien.«

»Spion wäre besser«, grummelte Virginia.

»Sag das deinem eigenen Dad!«, schimpfte Bertolt. An Darkus gewandt fügte er hinzu: »Er ist Buchhalter.«

»Ich mein ja bloß, wenn er Spion wäre, gäb's für diese ganze Sache mit dem Verschwinden eine Erklärung«, schnaubte Virginia.

»Ich muss bei Onkel Max bleiben, bis Dad wieder da ist«, sagte Darkus. »Deshalb bin ich jetzt auf dieser Schule. Wenn Dad nach Hause kommt, wird alles wieder so wie früher.«

»Was ist mit deiner Mum?«, fragte Bertolt. »Warum bist du nicht bei ihr?«

»Mum ist an Lungenentzündung gestorben, als ich sieben war«, antwortete Darkus leise.

»Oh nein!« Bertolt legte bestürzt die Hände vors Gesicht. »Wie furchtbar.«

»Du glaubst, dass dein Dad wiederkommt?«, fragte Virginia.

»Ich weiß es.« Darkus war sich dessen so sicher, dass er ganz aufrecht saß, als er es sagte. »Die Leute behaupten, dass er abgehauen sei oder tot, aber das ist er nicht. Ich weiß es. Es gab keinen gepackten Koffer, keine Nachricht. Es fehlt nichts, es gibt keine Leiche und er ist *mein* Dad. Ich kenne ihn. Er würde mich nie verlassen, nicht so.« Er hörte, wie seine Stimme von Gefühlen erstickt wurde, und wusste, dass er anfangen würde zu weinen, wenn er weitersprach. Er hielt inne und schluckte. »Wo auch immer er ist, er ist meinetwegen ganz krank vor Sorge.«

»Natürlich ist er das«, pflichtete Bertolt ihm wütend bei. »Und ich bin mir sicher, dass er ein großartiger Dad ist.«

»Aber da ist noch etwas.« Darkus sah zu Virginia und senkte die Stimme. »Ich weiß, dass mein Dad am Leben ist, weil mein Onkel Max sich nicht so benimmt, als wäre er tot.«

»Wie meinst du das?«, flüsterte sie zurück.

»Onkel Max wirkt beunruhigt und nachdenklich, aber überhaupt nicht traurig. Eigentlich wirkt er vor allem wütend.«

»Also, was glaubst du, was wirklich passiert ist?«, fragte Virginia über den Tisch gelehnt und immer noch flüsternd.

»Ich denke, er wurde entführt.« Darkus sah prüfend in ihre Gesichter, um zu sehen, ob sie ihm glaubten.

»Entführt!«, japste Bertolt.

»Fantastisch!« Virginia bekam große Augen. »Ich meine, natürlich nicht für dich, aber – eine echte Entführung? Das ist fantastisch!«

»Die Polizei glaubt mir nicht. Sie haben seinen Namen auf die Liste vermisster Personen gesetzt und aufgehört zu suchen. Sie sagen, manche Leute wollen nicht gefunden werden, aber …« Er hielt inne und überlegte, ob er ihnen den Rest auch noch erzählen sollte.

»Aber was?«, hakte Virginia nach.

»Onkel Max und ich haben mit unseren eigenen Nachforschungen begonnen.« Darkus wirkte todernst. »Und wir werden Dad selbst finden.«

»Ich helfe dir!« Virginia setzte sich auf. »Wir beide helfen dir, oder, Bertolt?« Sie zupfte an seinem Ärmel.

»Natürlich nur, wenn du das möchtest.« Bertolt warf Virginia einen tadelnden Blick zu.

»Das ist fantastisch, ein echtes Abenteuer! Ich wollte schon immer Detektivin sein.« Sie sprang auf und nahm ihr Hausaufgabenheft aus ihrer Blazertasche. »Wir sollten dich sofort befragen und deine Beschreibung des Tages, als dein Vater verschwand, festhalten, nur für den Fall, dass du das Gedächtnis verlierst und alles vergisst.«

»Virginia kann vielleicht gut kämpfen«, sagte Bertolt zu Darkus, »aber sie ist manchmal stumpf wie ein Löffel.« Er schüttelte den Kopf und sagte so laut, dass sie es hörte: »Das ist das Mittlere-Kind-Syndrom.«

»Ha ha!« Virginia streckte Bertolt die Zunge raus.

Darkus lachte. Es war ein gutes Gefühl, dass ihm endlich jemand glaubte. Er sah Bertolt und Virginia auf der anderen Seite des Tisches streiten und ihm wurde bewusst, wie lange es her war, dass er irgendetwas mit Kindern seines Alters geteilt hatte.

Es konnte nicht schaden, sich helfen zu lassen. Je mehr Menschen nach seinem Vater suchten, desto besser.

»Okay, okay«, sagte Darkus. »Ihr seid dabei.«

»JA!« Virginia boxte in die Luft. »Das wirst du nicht bereuen.«

Bertolt stellte sich neben Virginia.

»Wir werden unser Bestes geben, um deinen Dad zu finden.«

Als er von Bertolt zu Virginia blickte, fühlte Darkus eine ungewohnte Wärme in seiner Brust aufsteigen und er gab dem Lächeln nach, das an seinen Mundwinkeln zupfte. »Danke«, sagte er.

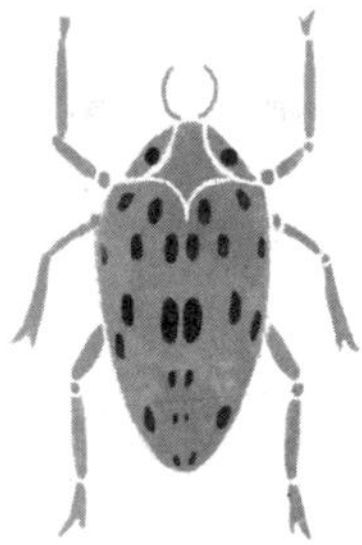

3. Kapitel
DER AUGEN-AUSSTECHER

Darkus verbrachte den restlichen Nachmittag mit Virginia und Bertolt. Um halb vier, als die Glocke läutete, trennten sich ihre Wege und Darkus ging allein zurück zu Onkel Max' Wohnung.

Die Nelson Road war überwiegend eine Wohnstraße. Hohe Stadthäuser, die von Auspuffgasen geschwärzt waren, reihten sich aneinander. Die Straße war eine viel befahrene Busstrecke, auf der die Menschen vom Norden Londons ins Stadtzentrum fuhren. Nelson Parade, der Abschnitt mit den Geschäften, befand sich etwa in der Mitte und bestand aus acht Läden, je vier auf einer Seite.

Um in Onkel Max' Wohnung zu gelangen, ging man durch eine kirschrote Tür links vom Bioladen. Dahinter befanden sich eine Treppe, die zur Wohnungstür führte, und ein Flur, durch den man in den Hinterhofgarten kam, den Onkel Max sich mit dem Laden teilte.

Auf der Eingangsstufe stehend, zog Darkus an einem Schnürsenkel, den er um den Hals trug, und spielte mit den beiden Schlüsseln, die Onkel Max ihm bei seiner Ankunft vor zehn Tagen ausgehändigt hatte. Onkel Max kam nicht vor sechs von der Arbeit zurück und sein Zuhause war nicht auf Kinder ausgerichtet, er hatte nicht einmal einen Fernseher. Das Wohnzimmer war vollgestopft mit Büchern, nicht zueinander passenden Möbeln und seltsamen Objekten, die Onkel Max von seinen Reisen mitgebracht hatte. Darkus fühlte sich dort fehl am Platz, wenn sein Onkel nicht da war, und in diesen Momenten vermisste er seinen Vater am meisten.

Er ließ die Schlüssel wieder zurück in sein Hemd fallen. Statt in die Wohnung zu gehen, überquerte er die Straße und setzte sich auf den gegenüberliegenden Bordstein, ein Stück von der Bushaltestelle und dem Abfalleimer entfernt.

Er betrachtete den Laden neben Mother Earth, der mit Brettern zugenagelt war. Ein halbes Schild, auf dem *Emporium* stand, hing schief über den holzbedeckten Fenstern. Darkus vermutete, dass die graue Tür zwischen den beiden Läden wie bei Onkel Max zu der heruntergekommenen Wohnung darüber führte. Onkel Max hatte ihn vor den Männern gewarnt, die dort wohnten, und gesagt, dass er sich von ihnen fernhalten solle. Es handelte sich um zwei Cousins, die das Gebäude geerbt hatten und von denen jeder ein anderes Geschäft eröffnen wollte, und da keiner von beiden nachgab, war das Emporium nun schon seit fünf Jahren geschlossen.

Er wollte sich in den Waschsalon gegenüber von Mother Earth setzen und seinen Spider-Man-Comic lesen, bis Onkel Max nach Hause kam. Darkus mochte den Waschsalon. Leute kamen und gingen und die Hitze der Trockner sorgte für Wärme.

Als er aufstand, kam plötzlich ein dünner Mann im schlecht sitzenden Anzug aus der grauen Tür gestürmt, dessen Augen aus tief liegenden Höhlen quollen. Mit breit verzerrtem Mund stieß er ein lautes Kreischen aus und zeigte eine schiefe Ansammlung gelber Zähne.

Darkus hörte Gepolter aus dem Inneren des Emporiums und dann kam ein Mann von der Größe eines Ogers aus derselben Tür, schwitzend und schreiend. Darkus wich zurück, als die beiden Männer aneinandergerieten und miteinander zu ringen begannen.

»*Du* bist die Gesundheitsgefahr!«, schrie der dünne Mann.

»Unsinn! *Dein* Müll im Hinterhof ist es.«

»Das sind Waren für mein Geschäft.«

»Das ist fauliger Müll, Pickering.«

»Und was ist mit deinem Zimmer, Humphrey? Das ist voller Ungeziefer und es stinkt! Die Leute können es wahrscheinlich schon von draußen riechen!« Er hob seine schnabelartige Nase zum Himmel. »Ja! Ja! Ich kann's riechen! Kacke!«

Darkus schnüffelte, aber er roch nichts außer Abgasen und vergorenem Abfall im Eimer.

Mr Patel vom Zeitungsladen trat an seine Tür, um zu sehen, was da los war, und verdrehte die Augen, als er Pickering und Humphrey streiten sah. Ein älteres Paar blieb stehen und überquerte dann die Straße, um den Männern auszuweichen.

»Ich hatte Käfer im Haar, nachdem ich nur fünf Minuten in deinem Zimmer war – und die Leute vom Amt wissen, was für ein Schmutzfink du bist, denn ich habe ihnen geschrieben und zum Beweis die Käfer mitgeschickt!« Pickering fing kreischend an zu lachen.

»*DU* BIST DER DRECKIGE!«, brüllte der dicke Mann und sein Doppelkinn schwabbelte. »In *meinem* Haar waren noch nie Käfer.«

»Du HAST kein Haar!« Die Venen auf Pickerings Stirn traten lila hervor.

»Du hältst dich für besonders schlau«, sagte Humphrey verächtlich. »Aber, tja, angeschmiert, denn ich habe dem Amt auch von dir berichtet und mich über den ganzen Müll im Hof beschwert.« Er gab ein zufriedenes Gurgeln von sich. »Ich habe sogar Fotos mitgeschickt.«

»Idiot!«, stieß Pickering aus.

»*Ich* bin ein Idiot?« Humphreys Kopf tanzte vor Wut von Seite zu Seite.

»Ja! Sieh doch, was du gemacht hast!« Pickering warf die Hände in die Luft. »Du hast uns einen Räumungsbescheid eingebracht.«

»Was *ich* gemacht habe?« Der große Mann entblößte die untere Zahnreihe. »Dein zwanghaftes Müllsammeln hat uns den Räumungsbescheid eingebracht.«

»Das sind Waren für mein Antiquitätengeschäft.« Pickering zeigte mit einem sehnigen Arm auf den verrammelten Laden. »Dem gewaltigen Haufen Dreck in deinem Zimmer verdanken wir den ganzen Ärger.«

»Antiquitätengeschäft? Wohl kaum, Rattengesicht. Das wird ein PASTETENladen.« Humphrey haute mit einem lauten Knall gegen eins der Bretter über den Fenstern.

»Es wird ein *Antiquitätengeschäft*!« Pickering presste seinen Körper an den Laden und breitete die Arme aus.

»PASTETEN!« Humphrey zerrte an seiner Taille.

»ANTIQUITÄTEN!« Pickering hielt sich fest.

»Pasteten, Pasteten, PASTETEN.«

»Nur über meine Leiche, Humphrey!«

»Das, mein lieber Pickering, lässt sich machen.«

Pickering befreite sich aus Humphreys Griff, tauchte unter dessen Armen durch und rannte auf die Straße. Sein fetter Cousin polterte hinterher.

Darkus stolperte vom Bordstein weg, als Autos und Busse mit quietschenden Bremsen stehen blieben.

»PASTETEN!«

»ANTIQUITÄÄÄÄÄÄÄÄÄTEN!«, schrie Pickering, wirbelte herum und stürzte sich auf Humphrey. Er umschlang seinen Hals, sprang ihm auf den Rücken und begann seinen Kopf mit den Fäusten zu bearbeiten.

Ein untersetzter junger Typ lehnte sich aus seinem mit Pinstripes verziertem Auto und schrie den beiden zu, dass sie sich verziehen sollten.

Humphrey trompetete wie ein Elefant und schlackerte mit den Beinen in dem Bemühen, sich aus Pickerings Umklammerung zu befreien. Dabei fiel ein riesiger schwarzer Käfer aus seinem Hosenbein und landete auf der Straße, richtig herum.

Darkus blinzelte und beugte sich etwas vor, um besser sehen zu können. Der Käfer sah tödlich aus – wie ein Ninja-Krieger. Von seinem Kopf ragte ein bedrohliches Horn, scharf wie eine Tigerkralle, über dem sich ein kleineres Horn befand und das von zwei weiteren an der Brust flankiert wurde.

Er sah sich um. Niemand sonst schien das unglaubliche Insekt bemerkt zu haben, das nun auf ihn zugekrochen kam. Mr Patel stand immer noch mit verschränkten Armen in der Tür und starrte Humphrey und Pickering finster an. Wütende Autofahrer hupten und die Kunden des Waschsalons waren auf die Straße geströmt, um den ringenden Männern zuzusehen. Aber der Käfer setzte seinen Vormarsch fort, langsam und stetig wie ein Minipanzer.

Als er näher kam, bemerkte Darkus, dass er bestimmt die Größe eines Hamsters hatte. Er wollte gern dichter herangehen, aber der Käfer war so Alien-artig, dass er auch ein bisschen Angst hatte. Er wusste nicht, ob er beißen oder stechen konnte – und das Horn sah scharf aus.

Humphrey brüllte und Darkus blickte auf und sah, dass er

Pickerings Knöchel packte und wie ein olympischer Hammerwerfer schneller und schneller herumwirbelte, bis er Pickerings Füße schließlich losließ und ihn in die Windschutzscheibe eines parkenden Autos schleuderte, was die Alarmanlage auslöste.

Pickerings Augen waren schockgeweitet, als er über die Motorhaube rutschte, auf den Asphalt fiel und mit dem Kopf aufschlug. Humphrey klopfte sich die Hände ab und stapfte wieder in die Wohnung über dem Emporium. Seinen Cousin ließ er bewusstlos im Rinnstein zurück. Die Schaulustigen strömten zu Pickering und fingen an, ihn zum Rinnstein zu rollen, damit er nicht überfahren wurde.

Darkus sah nach unten. Das riesige Insekt näherte sich seinen Füßen, und noch bevor er darüber nachdenken konnte, ob das eine gute Idee war oder nicht, streckte er die Hand aus und berührte die Spitze des Horns. Sie *war* scharf.

»Wow, du bist ja cool!«, sagte er und bemerkte, wie sein Herz in der Brust pochte.

Gebannt beobachtete Darkus, wie der Käfer von der Straße auf den Gehweg krabbelte, sein Körper glänzte wie Öl. Er fand seine Art zu krabbeln faszinierend. Er hatte sich über seine eigene Fortbewegung – aufrecht auf zwei Beinen – nie viele Gedanken gemacht und er fragte sich, wie es wohl wäre, sechs Beine zu haben und sich so dicht über dem Boden zu bewegen. Der Käfer lief, indem er drei Beine gleichzeitig bewegte – das vordere und hintere Bein der einen Körperseite und das mittlere der anderen Seite.

Als das Insekt seinen Schuh erreicht hatte, fing es an heraufzuklettern und nahm Kurs auf seinen Knöchel – als wollte es auch in sein Hosenbein krabbeln!

»Hey! Stopp!« Darkus stürzte nach hinten, ließ seinen Fuß vorschnellen und warf den Käfer ab.

Er landete auf dem Gehweg und hielt inne, als würde er nachdenken. Darkus sah überrascht, wie er seine harten Deckflügel anhob und ein zweites, halb durchsichtiges, rostfarbenes Flügelpaar ausbreitete. Er flog direkt zu ihm zurück. Der riesige Käfer ließ sich auf seinem Knie nieder und hielt sich mit seinen Fußkrallen an der Hose fest.

Darkus schrie und schüttelte sein Bein, während er sich auf den Ellbogen abstützte, aber der Käfer ließ nicht los.

Neben dem Abfalleimer stand ein Karton. Darkus schnappte ihn, setzte sich auf und schubste den Käfer mit dem Handrücken in den Karton. Peinlich berührt sah er sich um, ob jemand bemerkte, dass er wild um sich geschlagen hatte, aber alle versammelten sich um den bewusstlosen Mann auf der anderen Straßenseite und diskutierten, was nun zu tun sei.

Als Darkus in den Karton linste, sah er, wie der Käfer auf dem Rücken zappelte und versuchte wieder auf die Beine zu kommen. Sofort fühlte er sich schlecht, weil er den Käfer geschubst hatte, und richtete ihn im Karton wieder auf.

»Es tut mir wirklich leid. Ich hoffe, ich habe dir nicht wehgetan«, sagte Darkus sanft. »Du hast mir nur ein bisschen Angst eingejagt.«

Der Käfer krabbelte in eine Kartonecke und fing an mit den Vorderbeinen an seinem Gefängnis zu kratzen.

»Ganz ruhig, kleiner Kerl. Ich tue dir nichts.«

Aber der Käfer hörte nicht auf, an der Wand zu schaben, also beschloss Darkus ihn freizulassen. Er hockte sich hin und kippte den Karton zur Seite auf den Gehweg. Der Käfer krabbelte heraus, aber statt wegzulaufen, kletterte er auf Darkus' Hand, blieb stehen und sah ihn erwartungsvoll an.

Darkus brauchte einen Moment, bis ihm klar wurde, es machte ihm nichts aus, dass der Käfer auf ihm saß. Das leichte Kratzen seiner Krallen auf der Haut war fast angenehm. Allerdings überraschte ihn das Gewicht des Insekts – Darkus hatte angenommen, es müsste leicht sein, aber es fühlte sich solide und beruhigend an, wie ein Kiesel. Er hob vorsichtig die Hand nach oben. »Hallo, du.«

Mit der Hand auf Augenhöhe konnte er die Gesichtszüge des Käfers erkennen. Er hätte nicht sagen können, warum, aber der Käfer sah irgendwie … freundlich aus. Seine gewölbten Augen schillerten wie Brombeeren und er hielt den Mund geöffnet, als versuchte er zu lächeln. Obwohl der Käfer von oben pechschwarz wirkte, hatte er an der Unterseite rötliches Haar, das aus den Ritzen zwischen den Segmenten herausragte. Er war fast niedlich. Und dann begriff Darkus: Das war das Wesen auf Onkel Max' Fenster, am Tag seines Einzugs. Die sechs Beine, ein langes Horn, die Größe – es passte alles zusammen.

»Ich hab dich schon mal gesehen, oder?«

Als würde er seine Frage beantworten, begann der Käfer Darkus' Arm hinaufzukrabbeln.

»Was hast du vor?«, fragte Darkus fasziniert.

Der Käfer krabbelte zu seinem Ellbogen und dann weiter auf die Schulter.

»Hey, wo willst du denn hin?« Darkus lachte. Er fing an das Insekt zu mögen.

Der Käfer drehte sich um, so dass er nach vorne blickte, und kauerte sich dann auf Darkus' Schulter wie der Papagei eines Piraten.

Darkus richtete sich vorsichtig auf. »Du bist der schrägste Käfer, dem ich je begegnet bin!«, sagte er.

»Sieh mal einer an, wen haben wir denn da!«

Darkus erstarrte und das Herz rutschte ihm in die Hose.

»Die Heulsuse von Waise«, rief Robby. »Jetzt ist Bibo nicht da, um dich zu beschützen.«

Darkus wandte sich um. An der Bushaltestelle stand Daniel Dowie mit Robby neben sich und drei Jungs im Schlepptau. Wie hatte Virginia sie noch genannt? Die Klone. Das war's. Sie funkelten ihn mit vorgezogenen Schultern und tief in den Hosentaschen vergrabenen Händen an. »Klone« war eine gute Bezeichnung – aber wie auch immer er sie nannte, sie standen zwischen ihm und der Haustür von Onkel Max.

»Was wollt ihr?«, fragte er und klang selbstbewusster, als er sich fühlte.

»Halt's Maul.« Robby spuckte direkt vor Darkus' Füße.

»Du darfst noch nicht mal Dowies Stiefel lecken, geschweige denn mit ihm reden. Obwohl, doch – leck ihm die Stiefel.«

Die Klone schnatterten und grunzten vor Vergnügen.

Daniel Dowie stellte einen Fuß vor und grinste Darkus boshaft an.

»Wenn deine Stiefel geputzt werden müssen«, Darkus sah Daniel Dowie fest in die Augen, »dann frag doch Robby. Er gibt sich solche Mühe, dir in den Arsch zu kriechen, da macht er das sicher gut.«

Daniel Dowie schnaubte verärgert und sah zu Robby, der anfing sich die Ärmel hochzukrempeln.

»Kampf! Kampf! Kampf!«, riefen die Klone im Chor.

Darkus wurde eiskalt, als er sah, wie Robby vor- und zurückstolzierte. Er wusste, dass er eine Abreibung bekommen würde.

Robby baute sich vor Darkus auf. »Du wirst dich gleich an deinen Zähnen verschlucken«, höhnte er.

Darkus verengte die Augen zu Schlitzen und gab sich größte Mühe, unbeeindruckt auszusehen, aber sein Herz schlug wie wild und seine Hände wurden feucht. Als Einzelgänger war er schon oft schikaniert worden. Meistens gelang es ihm, einfach wegzugehen, aber manchmal musste er seinen Mann stehen und kämpfen, von daher wusste er sich zu verteidigen. Nicht dass ihm das jetzt helfen würde, denn selbst wenn es ihm gelänge, Robby niederzuschlagen, wären da noch vier andere, die darauf warteten, sich auf ihn zu stürzen.

Ohne weitere Warnung rannte Robby auf ihn zu.

Unvorbereitet hob Darkus seine Fäuste erst, als Robby sich schon auf ihn stürzte und in die Magengrube boxte. Seine Beine gaben nach und alle Luft entwich aus seinen Lungen, als er zu Boden sank. Er landete auf dem Pappkarton und drückte ihn platt. Als er nach Luft schnappte, war das Einzige, auf das er sich konzentrieren konnte, das Logo von »Baxter's Soup«, das weiß auf rot auf der Kartonseite prangte. Schmerz schoss kreuz und quer durch seinen Körper. Als Robby brüllte und sich anschickte ihn zu treten, fuhr ihm der flüchtige Wunsch durch den Kopf, stärker zu sein.

Darkus zog die Beine an die Brust und rollte sich wie ein Ball zusammen. Er sah eine Schuhsohle auf seine Rippen zurasen und wappnete sich – aber statt des erwarteten Schmerzes hörte er ein explosives Zischen.

Er sah auf. Der riesige schwarze Käfer schoss plötzlich in Robbys Gesicht und flog zischend – fast spuckend – gegen ihn an, wie eine Königskobra.

»Was zur Hölle ist DAS?« Robby machte einen Satz rückwärts, als hätte man ihm einen Elektroschock verpasst.

»Wonach sieht es denn aus?« Darkus mühte sich auf die Knie, sein Verstand arbeitete schnell. »Das ist mein Käfer.«

»Den mag ich nicht!« Daniel Dowie blickte gebannt auf das gewaltige zischende Insekt. Robby stolperte wieder zu den Klonen und alle fünf Jungen wichen zurück.

Der Käfer schwebte vor Darkus in der Luft, seine weichen Flügel schlugen so schnell, dass sie kaum zu erkennen waren. Er zischte wieder laut, wie ein Pumpventil bei einer Dampfmaschine.

»Hau ab! Bleib weg!«, schrien die Jungen den Käfer an und suchten aneinander Halt.

»Ihr habt doch wohl keine Angst vor einem Käfer, oder?« Darkus stieß ein bellendes Lachen aus, den Arm um den schmerzenden Bauch gelegt, als er sich aufrappelte. Er fingerte an den Wohnungsschlüsseln um seinen Hals. Wenn er nur über die Straße käme und die Tür öffnen könnte, dann wäre er in Sicherheit.

Plötzlich steuerte der Käfer auf die verängstigten Jungen zu und ließ sein Horn an ihren Gesichtern vorbeisausen.

Darkus fiel die Kinnlade herunter.

»Der hat es auf mich abgesehen!«, kreischte einer der Klone und duckte sich.

»Der kommt im Sturzflug!«, schrie ein anderer.

»Haltet euch die Augen zu!«, rief Darkus. »Oder er … äh … bringt eure Augäpfel zum Platzen.« Er bluffte nur. »Diese Käferart heißt, äh, Augen-Ausstecher!«

Der Käfer sauste wie ein Mini-Kampfflugzeug über die Köpfe der kauernden Jungs hinweg und zischte ihnen in die Ohren, bevor er wieder zu Darkus abdrehte. Als er das Insekt wieder auf seiner Schulter landen fühlte, gab er sich größte Mühe, seine Überraschung und Freude vor den Jungen zu verbergen, die vor ihm im Staub krochen. Mit dem majestätischen Käfer auf seiner Schulter fühlte er sich stark. Das war neu für ihn und er mochte es.

»Du bist ein verdammter Irrer!«, schrie Daniel Dowie, der die Hände von den Augen nahm und rückwärtsstolperte. »Durchgeknallter Käferjunge!«

»Wie du meinst.« Darkus lächelte. Die Sache fing an ihm Spaß zu machen. »Aber der Augen-Ausstecher und ich, wir sind ein Team, weißt du, und wenn du mir noch mal zu nahe kommst, finden wir heraus, wo du wohnst, und dann kommt mein Freund hier mitten in der Nacht durch den Briefschlitz gekrabbelt und sticht dir im Schlaf die Augen aus.«

»Wir haben keinen Schiss vor dir, Kakerlaken-Atem«, rief Robby hinter Daniel Dowie hervor. »Sprichst mit krabbelndem Ungeziefer, weil du keine Freunde hast. Du siehst selbst aus wie ein Käfer – dreckiger insektenäugiger Loser.«

Darkus blickte auf seine Schulter. Der Käfer sah ihn an und wedelte mit den Mundwerkzeugen. Darkus nickte, als würde er ihn verstehen.

»Stimmt, Augen-Ausstecher, Robbys Augen sehen wirklich saftig aus«, sagte er laut. »Du hast Recht!«

Die Jungen machten auf dem Absatz kehrt und stürmten die Straße hinunter davon. »KÄFER-FREAK!«, schrie Robby, bevor er hinter der nächsten Ecke verschwand.

Darkus schnaubte – halb vergnügt, halb erleichtert – und wandte sich ab. Der Verkehr floss und stockte wieder wie üblich. Pickering war verschwunden und die Leute, die ihre Wäsche machten, waren in den Waschsalon zurückgekehrt.

»Danke«, sagte er zu dem Insekt. »Du hast gerade verhindert, dass mir der Schädel eingetreten wird.« Er fasste nach oben und strich zögerlich über die Deckflügel des Käfers. Sie waren glatt wie neues Plastik. Als er den Käfer streichelte und in seine Brombeeraugen sah, fühlte er sich ihm irgendwie verbunden, als wären sie Gleichgesinnte.

Er schüttelte den Kopf. Er führte sich ja albern auf. Man konnte kein Gleichgesinnter eines Käfers sein … oder?

Er hockte sich hin und setzte den Käfer auf den platt gedrückten Suppenkarton.

»Bitte sehr, kleiner Kerl, du darfst jetzt nach Hause gehen.«

Der Käfer rührte sich nicht.

»Was ist denn los?« Er stupste ihn ein wenig. »Abmarsch.«

Der Käfer sah ihn an.

»Komm schon, ich kann hier nicht länger rumhängen und darauf warten, dass du nach Hause findest«, sagte Darkus und richtete sich auf. »Ich muss Hausaufgaben machen.«

Der Käfer flog hoch und landete wieder auf Darkus' Schulter.

»Warum machst du das?« Darkus runzelte die Stirn. »Willst du mit mir nach Hause kommen?«

Der Käfer öffnete den Mund wie zuvor, als würde er versuchen ihn anzulächeln.

Darkus zuckte die Achseln. »Na gut, aber wenn du mitkommst, brauchst du einen Namen, denn ich nenne dich ganz sicher nicht Augen-Ausstecher.« Er sah auf den zerdrückten Suppenkarton unter seinen Füßen. »Baxter ist ein ziemlich guter Name für einen Käfer. Wie wär's, wenn ich dich Baxter nenne?«

Der Käfer neigte sein Horn. Darkus blinzelte und fragte sich, ob er sich das alles nur einbildete. »Ich werte das mal als Ja.«

Der Käfer öffnete den Mund und lächelte.

Darkus spürte einen Regentropfen auf seinem Kopf und bemerkte plötzlich, dass Mr Patel in der Tür seines Ladens stand und ihn bei einer Unterhaltung mit einem Insekt beobachtete. Er winkte verlegen, schüttelte den Kopf und überquerte die Straße.

Vielleicht verlor er den Verstand. Im Ernst, mit einem Käfer reden? Als wenn der ihn verstehen könnte.

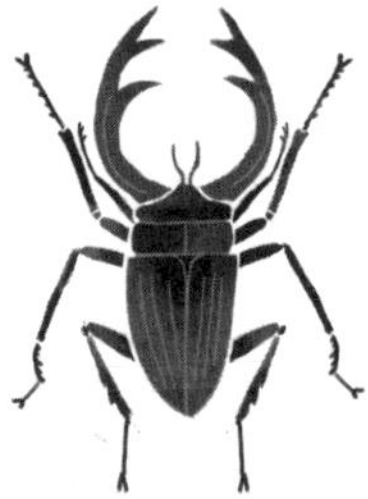

4. Kapitel

DER ENTOMOLOGIE-KELLER

Darkus nahm die Schlüssel heraus, öffnete Onkel Max' Tür und stieg die drei Treppen zum Dachboden empor.

»Das ist mein Reich, Baxter«, sagte er, schaltete das Licht an und ging zum Foto, das an der Wand hing. »Das ist mein Dad. Du würdest ihn mögen. Er sagt immer, dass ich keine Insekten zerquetschen soll.« Darkus starrte das Bild einen Augenblick schweigend an. »Er sagt, man darf kein Leben zerstören, egal wie unbedeutsam. Ich durfte nicht mal die Nacktschnecken im Garten töten.«

Der Käfer öffnete flatternd seine Deckflügel und schloss sie wieder. Das Bild von seinem Vater schien das Insekt seltsam aufzuregen und Darkus trat zurück, falls das große zweidimensionale Menschengesicht dem Käfer Angst machte.

»Hier schlafe ich«, sagte er und zeigte auf die Hängematte,

»und das war's auch schon. Es ist klein, aber besser, als in fremden Hosenbeinen zu leben.«

Er nahm auf dem Boden Platz, setzte den Käfer auf dem improvisierten Tisch ab und beugte sich vor, um ihn genauer anzusehen. An manchen Stellen war der Käfer ziemlich behaart und seine gepanzerte Unterseite erinnerte Darkus an einen Krebs. Seine Vorderbeine hatten bewegliche Kniegelenke, aber die Hinterbeine waren stämmig und fast ganz gerade.

Der Käfer ertrug die Untersuchung und starrte Darkus, ohne zu blinzeln, an.

Darkus hatte nie Angst vor Insekten gehabt, aber er wäre nicht auf die Idee gekommen, dass man sich eins als Haustier halten konnte. Er fragte sich, ob Onkel Max ihm erlauben würde den Käfer zu behalten. Das wäre ziemlich cool. Ihm hatte das Gefühl gefallen, als Baxter auf seiner Schulter saß.

»Okay, Baxter.« Er nahm den Käfer hoch. »Dann lass uns mal in die Küche runtergehen und herausfinden, was du frisst.«

»Ich bin wieder da«, tönte Onkel Max' Stimme die Treppe herauf.

»Bin in der Küche«, rief Darkus zurück und nahm Baxter vom Tisch.

»Gute Neuigkeiten«, verkündete Onkel Max, als er in die Küche platzte. »Ich habe uns einen Termin im Museum gemacht.« Er verstummte, als er sah, was Darkus in den Händen hielt. »Was ist das denn?«

»Ein Käfer.« Darkus hob ihn hoch. »Ist der nicht cool?«

Onkel Max starrte das Insekt an und dann Darkus. »Wo hast du den her?«

»Von der Straße. Er ist auf meine Hand gekrabbelt.« Darkus zog die Hände schützend an seine Brust, überrascht von Onkel Max' Ton. »Ich habe versucht ihn freizulassen, aber er will einfach nicht gehen. Er scheint mich zu mögen.«

»Hier? Draußen auf der Straße?« Onkel Max ließ die Schultern sinken und schien sich etwas zu entspannen.

»Ja. Er ist einfach herumgekrabbelt, ganz allein.« Darkus blickte zu Boden, denn ihm war etwas unwohl dabei, Onkel Max nicht die ganze Wahrheit zu erzählen.

»Seltsam«, sagte Onkel Max und seine Stimme klang distanziert, als würde er an etwas Beunruhigendes denken.

»Was hattest du gesagt wegen dem Museum?«, fragte Darkus, um das Thema zu wechseln.

»Ach ja!« Onkel Max' Finger schoss in die Luft. »Morgen, mein Junge, werden du und ich uns in diesem verdammten Gewölbekeller umsehen.«

»Echt?« Darkus' Herz machte einen Satz. »Aber was ist mit der Schule?«

»Vergiss die Schule.« Onkel Max fuchtelte durch die Luft. »Barty ist wichtiger.«

»Ja.« Darkus nickte. »Das ist er.«

Onkel Max kniff die Augen zusammen und betrachtete

das Insekt, das Darkus an seine Brust gedrückt hielt. »Ich frage mich, wem der Käfer wohl gehört«, sagte er, als wäre er misstrauisch.

»Vielleicht gehört er niemandem.«

»Er wird mit ziemlicher Sicherheit einen Besitzer haben, mein Junge. Ein Nashornkäfer wie dieser …«

»Ein Nashornkäfer?«

»Das ist der Name für eine gehörnte Schönheit wie diese hier.« Onkel Max beugte sich vor. »Ich muss schon sagen, ein prächtiges Exemplar – und man kann sehen, dass es ein *Er* ist, weil die Weibchen keinen Stoßzahn haben.« Er deutete mit dem kleinen Finger darauf. »Er gehört eigentlich nicht nach London. Vermutlich stammt er vom Amazonas oder aus dem Fernen Osten. Der hätte einen stolzen Preis, wenn man ihn in der Zoohandlung kaufen wollte, und selbst dann«, Onkel Max runzelte die Stirn, »bin ich mir nicht sicher, ob es überhaupt legal ist, mit dieser Spezies zu handeln.«

»Darf ich ihn behalten?«, fragte Darkus mit flehendem Blick.

»Möglicherweise sucht jemand nach ihm.«

»Bitte?«

»Falls jemand vorbeikommt und einen Nashornkäfer vermisst, musst du ihn zurückgeben.«

»Ich weiß. Das mache ich, versprochen.« Darkus hielt die Luft an.

»Hm, tja …«

»Bitte sag Ja.«

Es folgte eine lange Pause, in der Darkus fast zu platzen glaubte.

»Ich schätze, für den Moment kann er bei uns bleiben.« Onkel Max' Stirnrunzeln schmolz dahin, als Darkus' düstere Miene in ein Lächeln umschlug. »Schätze, ein Haustier könnte dir Gesellschaft leisten, während ich in der Universität bin.« Er seufzte. »Hast du ihm schon einen Namen gegeben?«

Darkus nickte. »Baxter, wie die Suppe.«

»Das klingt gut.« Onkel Max nickte zustimmend. »Ein guter Name für einen Käfer.«

»Ich hatte noch nie ein Haustier.« Darkus blickte freudestrahlend zum Käfer. »Danke.«

»Schon in Ordnung, Junge.« Onkel Max hob die Hände und gab sich geschlagen. »Ich kann ja schwer Nein sagen, wenn Barty es erlauben würde.«

Darkus sah überrascht auf. »Würde er das?«

»Natürlich! Ein schöner Hexapode wie der hier? Er wäre ganz aus dem Häuschen!«

Darkus runzelte die Stirn. Seinem Vater war die Umwelt sehr wichtig, er recycelte alles und jedes und verbrauchte so wenig Energie wie möglich. Im Frühling beobachtete er Vögel, er baute Gemüse für den Eigenbedarf an und hielt Darkus häufig Vorträge über den Nutzen von Spinnen, aber Darkus konnte sich nicht erinnern, dass er jemals etwas über Käfer gesagt hätte. »Was meinst du?«

»Oh, entschuldige – ein Hexapode ist ein Wesen mit sechs Beinen.«

»Nein, ich meinte, was du über Dad gesagt hast – dass er über Baxter ganz aus dem Häuschen wäre.«

»Na, das liegt auf der Hand. Barty ist besessen von Käfern.« Onkel Max schien sich über Darkus' verwirrte Miene zu wundern. »Und Baxter, also, ich habe noch kein schöneres Exemplar gesehen. Da wäre er selbstverständlich verrückt vor Freude über ...« Onkel Max verstummte.

»Dad ist von Käfern besessen?« Darkus hatte ein komisches Gefühl, als er seinen Onkel begreifen sah, dass er davon nichts gewusst hatte.

»Nimmt er dich denn nie mit auf Insektenjagd?«, fragte Onkel Max leise.

»Nein.« Darkus schüttelte den Kopf und kramte in seinen Erinnerungen nach einem Moment, in dem sein Vater mit ihm über Insekten gesprochen hatte. »Er sagt nur, dass ich keine Spinnen töten soll.«

»Oh, tja, hm ... Ich schätze, es ist lange her. Vielleicht ist er aus der Sache rausgewachsen. Wir waren schließlich noch Kinder.« Onkel Max schien sich zutiefst unwohl zu fühlen. »Und er hat Recht, du solltest keine Spinnen töten.«

Als sein Onkel und er sich unbehaglich über den Tisch hinweg anstarrten, wurde Darkus allmählich klar, dass er über eine Art Geheimnis gestolpert war, und er wusste nicht, was er dazu sagen sollte. Er konnte sich nicht vorstellen, warum sein Vater vor ihm verbergen sollte, dass er Käfer mochte, und die Tatsache, dass sein Vater vor ihm Geheimnisse hatte, tat weh.

Onkel Max schob seinen Stuhl zurück und ging wortlos aus der Küche. Darkus atmete tief ein und unterdrückte dabei blinzelnd ein paar Tränen. Er hatte den besten Tag seit Ewigkeiten gehabt – als er sich mit Virginia und Bertolt anfreundete und dann auch noch Baxter fand –, aber jetzt fühlte er sich plötzlich wieder furchtbar.

Onkel Max kehrte mit einem alten roten Buch zurück, auf das ein goldener Hirschkäfer geprägt war. »Wenn du dich richtig um Baxter kümmern willst, wirst du das hier brauchen.« Er schob das Buch über den Tisch.

Darkus schlug es auf. Es war ein empfindlicher alter Band und einige Seiten waren lose. Auf der Titelei stand *Handbuch für Käfersammler*. Rechts oben in der Ecke war in einer Kinderhandschrift geschrieben: *Bartholomew Cuttle, 9 Jahre*.

Als er die Seiten durchblätterte, sah Darkus, dass das Buch die verschiedenen Käferfamilien auflistete und über Farbabbildungen verfügte, die mit Pergaminblättern geschützt waren. Er fand die Abbildung eines Nashornkäfers.

»Dad liebt Käfer?«

Onkel Max nickte. »Seit er ein kleiner Junge war, ist er von ihnen fasziniert.«

Darkus sah zum Nashornkäfer, der ruhig auf dem Tisch saß. »Das bin ich auch.«

»Barty wurde ein richtiger Experte. Er hat eine Weile auf diesem Gebiet geforscht.«

»Man kann Experte für Käfer werden?« Von so einem Beruf hatte Darkus noch nie gehört.

Onkel Max lachte und nickte.

»Dann will ich das auch werden.« Darkus klappte das Buch zu und drückte es an seine Brust.

Onkel Max fuhr ihm durch das stoppelige Haar. »Du siehst vielleicht aus wie deine Mutter, aber du bist genau wie Barty.«

»Aber eins verstehe ich nicht. Warum hat er mir nie davon erzählt?«

»Das kann ich dir nicht sagen, mein Junge. Das war vor langer Zeit, vor deiner Geburt. Du musst ihn selbst fragen, wenn wir ihn gefunden haben.« Onkel Max bückte sich, öffnete den Schrank unter der Spüle und holte ein rechteckiges Aquarium heraus. »Also, als ich jung war, war ich verrückt nach Wasserschildkröten. Ich hatte zwei, Howard und Carter, bezaubernde Kerle, und das« – er stellte das Aquarium auf den Tisch – »war ihr Zuhause.« Mit dem Daumen kratzte er an einer Algenkruste. »Man muss es mal ordentlich sauber machen, aber es könnte ein gutes Heim für einen Käfer abgeben.«

»Für Baxter?« Darkus stand auf.

»Ja.« Onkel Max lächelte.

Darkus legte das rote Buch vorsichtig ins Becken, schlang seine Arme darum und drückte es an seine Brust. »Danke. Wir waschen es gleich aus, nicht wahr, Baxter?«

»Vorsicht, es ist schwer.«

»Es geht schon.« Darkus stapfte zur Tür. »Komm, Baxter.«

Baxters Flügel surrten wie die Rotorblätter eines Hubschraubers, als er vom Küchentisch abhob und sanft auf Darkus' Schulter landete.

Onkel Max fiel die Kinnlade runter. »Du meine Güte!«

»Ich weiß!«, sagte Darkus aus dem Flur. »Er sieht eigentlich viel zu schwer zum Fliegen aus.«

Die Tür fiel zu und Onkel Max blieb sprachlos in der Küche zurück. Er fuhr sich mit den Händen übers Gesicht und setzte sich hin. Seine Gedanken rasten.

Schon einmal hatte er erlebt, dass ein Käfer auf menschlichen Zuruf reagierte, vor vielen Jahren in Bartholomews Labor, und er hatte alles darangesetzt zu vergessen, dass es jemals passiert war.

Er schüttelte den Kopf. Das ganze Gerede über Barty und seine Vergangenheit machte ihn nervös. Barty hatte Esme versprochen, dass er die abscheuliche Arbeit, die er für das Fabre-Projekt geleistet hatte, nie wieder aufnehmen würde.

Aber Esme war tot. Und falls sein Bruder die Forschung wieder aufgenommen haben sollte, was bedeutete das?

Hatte das irgendetwas mit seinem plötzlichen Verschwinden zu tun?

Max blickte zur Decke. Nichts davon ergab einen Sinn. Wenn dieser Nashornkäfer irgendwas mit dem Fabre-Projekt zu tun hatte, wie kam er dann in die Nelson Parade? Und das Fabre-Projekt war seit über zehn Jahren abgeschlossen. Professor Appleyard hatte sich zur Ruhe gesetzt, verdammt noch mal.

Er bildete sich das alles nur ein. Der Käfer konnte nicht auf Darkus reagiert haben. Er war ihm nur aus dem Raum gefolgt.

Aber selbst das, so viel wusste Max, entsprach ganz und gar nicht dem Verhaltensmuster eines Insekts.

Am nächsten Morgen kletterte Darkus in seinem grünen Pullover und Jeans auf den Beifahrersitz von Onkel Max' Auto und setzte vorsichtig seinen Rucksack im Fußraum ab.

»Das Auto ist ein ziemlich altes Ding, fürchte ich.« Onkel Max drehte schon zum vierten Mal den Zündschlüssel. »Aber wenn es sich erst mal geräuspert hat, geht es ab wie 'ne Rakete.«

Beim fünften Versuch röhrte der Motor auf und der mintgrüne Renault 4 hüpfte vor wie ein Hase.

»Ups!« Onkel Max kicherte. »Die Handbremse!« Er löste sie, stieg auf die Kupplung und legte knirschend den Gang ein, um aus der Parklücke zu fahren. »Ich habe Eddie überredet uns in den Keller zu lassen«, sagte er, wobei er sich übers Steuer lehnte, um sicherzugehen, dass die Straße frei war, bevor er über eine Kreuzung brauste.

Darkus kannte Eddie von seinen Besuchen in den Ferien. Er war der diensthabende Wachmann gewesen, als sein Vater verschwunden war. Für Darkus hatte er immer ein Lächeln und etwas Süßes übrig.

»Margaret wird uns in Empfang nehmen und den Kellerraum aufschließen, aus dem Barty verschwunden ist.« Onkel Max sah Darkus an. »Du erinnerst dich an Margaret?«

Darkus nickte. Margaret war die vollbusige, stark parfümierte Sekretärin seines Vaters.

»Klasse Frau.« Er kicherte. »Sie war mal in mich verschossen, als ich jünger war.«

»Uääh!« Darkus zog eine Grimasse.

»Also, wir müssen uns ein bisschen bedeckt halten«, fuhr Onkel Max fort und ignorierte Darkus, »denn das Museum oder besser Mr Langley, der Museumsdirektor, war nicht gerade erpicht darauf, uns in den Keller zu lassen.«

»Wir schleichen uns also rein?«

»Sagen wir einfach, es ist kein offizieller Besuch.« Onkel Max grinste. »Aber es gibt keinen Grund, sich Sorgen zu machen – wir Archäologen dringen immer uneingeladen irgendwo ein. Ich muss sagen, ich kann das ziemlich gut.«

»Warum lässt uns Mr Langley nicht rein?«

»Ich weiß es nicht genau.« Onkel Max runzelte die Stirn. »Er hat geredet und geredet, darüber, dass die Polizei alles gründlich untersucht habe und es nur beschränkten Zugang zu den Räumen gebe. Ehrlich gesagt habe ich aufgehört zuzuhören, als klar wurde, dass er uns nicht reinlassen würde. Eddie und Margaret waren da wesentlich hilfsbereiter.«

Sie parkten ein paar Straßen vom Museum entfernt und

gingen durch den Haupteingang, wie irgendeine Familie, die einen Ausflug macht. Eddie wartete neben einem Café im Erdgeschoss auf sie. Er stand in Uniform vor einer Tür, auf der *Kein Zutritt* stand.

»Hallo Edward, wie geht es dir?«, fragte Onkel Max und schüttelte ihm die Hand.

»Sehr gut, danke, Professor.« Eddie grinste Darkus an und fuhr ihm über das Haar. »Was ist denn mit deiner Frisur passiert, mein Sohn? Hattest du Streit mit einem Rasenmäher?«

»Hi Eddie.« Darkus lächelte schüchtern. »So was in der Art, ja.«

»Du siehst aus wie ein Igel«, sagte Eddie, zog aus seiner Hosentasche eine Tüte mit Bonbons und bot sie ihm an.

»Danke.« Darkus nahm das Bonbon. »Ich meine dafür, dass Sie das tun. Uns in den Gewölbekeller lassen.«

»Kein Problem, mein Junge«, sagte Eddie kopfschüttelnd. »Schrecklich seltsame Sache. Da helf ich gern.«

Sie folgten ihm durch die Tür und eine Treppe hinunter in den Bauch des Gebäudes, wo Bartholomew Cuttles Sekretärin, Margaret Dingle, schon auf sie wartete.

Onkel Max lüftete seinen Tropenhut. »Sehr freundlich, dass du uns in dieser Sache hilfst, Maggie.«

»Keine Ursache, Max.« Margaret wurde rot. »Du weißt, dass ich alles für Barty tun würde.« Sie fasste Darkus an den Schultern. »Also, junger Mann, ich bin mir sicher, dass du zu alt für eine Umarmung bist, aber das hält mich nicht davon ab.« Sie erstickte ihn in ihrer malvenfarbenen Strickjacke und nahm dann sein Kinn in die Hand. »Lass dich mal ansehen. Wie kommst du klar?«

»Mir geht's gut«, versicherte Darkus und befreite sich. »Onkel Max kümmert sich super um mich.«

»Gibst du ihm auch ordentlich zu essen, Max? Er sieht dünn aus … und was hast du mit seinem Haar gemacht?«

»Er war schon immer dünn«, brummte Onkel Max. »Jetzt mach mal nicht so einen Wirbel um den armen Jungen und lass uns in den Raum, aus dem mein Bruder auf so magische Weise verschwunden ist.«

»Bartholomew war hier.« Margaret nahm ein Schlüsselbund aus ihrer Handtasche und ging zu der dritten von sechs grauen Metalltüren.

»Sind diese Räume privat?«, fragte Onkel Max, als er ihr folgte.

»Die Sammlung steht Forschern und Gelehrten offen, aber nur nach Voranmeldung beim Museumsdirektor. Gelegentlich werden Teile davon der Öffentlichkeit präsentiert, aber die Sammlung ist zu groß für eine einzige Ausstellung.«

Über der Tür prangte ein Holzschild mit den goldgeprägten Worten »Cutter'sche Coleoptera-Sammlung«.

Onkel Max zeigte auf das Schild. »Bezieht sich das auf Lucretia Cutter?«, fragte er und alle Farbe wich aus seinem Gesicht.

»M-hm«, sagte Margaret nickend und schloss die Tür auf. »Sie ist eine große Förderin des Museums. Sie sponsert die Coleoptera-Sammlung. Das Naturhistorische Museum hat die größte Sammlung der Welt, und die Kosten, sie zu unterhalten, sind enorm.«

Darkus hatte noch nie von Lucretia Cutter gehört, aber an der ernsten Miene seines Onkels konnte er ablesen, dass sie nichts Gutes bedeutete.

»Was bedeutet Co-le-op-te-ra?«, fragte Darkus und ließ sich das fremde Wort auf der Zunge zergehen.

»Es bedeutet Deckflügel«, antwortete Onkel Max. »Das ist der griechische Begriff für Käfer, weil Käfer zwei Paar Flügel haben, weißt du? Die Elytren – die harten, schützenden Deckflügel – und die weichen Flügel darunter, mit denen sie fliegen.«

Darkus dachte daran, wie Baxter den Klonen entgegengeflogen war, und erinnerte sich an seine überraschend weiten durchscheinenden, bernsteinfarbenen Flügel. Man käme nie darauf, dass er sie zusammengefaltet aufbewahrte, versteckt unter den Elytren. Das neue Wort fühlte sich an wie ein Geheimnis, auf das er gestoßen war, und Darkus konnte es nicht erwarten, es auszusprechen.

»Moment mal – Käfer?«, sagte er. »Dad ist in einem Raum voller *Käfer* verschwunden?«

Onkel Max hob eine Augenbraue. »Ganz genau, mein Junge.«

Margaret hielt die Tür auf und Darkus drängte hinein, um endlich den Raum zu sehen, aus dem sein Vater fünf Wochen zuvor verschwunden war.

Der Sammlungsraum war leer und kahl. In der Mitte stand ein riesiger Holztisch, auf dem bis auf ein beeindruckendes Mikroskop nichts weiter zu sehen war. An den Seitenwänden zogen sich bis zur Decke hölzerne Schränke entlang, die aus Hunderten schmaler Schubladen mit Messinggriffen bestanden. Es gab keinen weiteren Ausgang, nur die Tür hinter Darkus. Die heimliche Hoffnung – dass er und sein Onkel irgendetwas finden würden, was der Polizei entgangen war – zerschlug sich, als er sich in dem makellosen Raum umsah.

Das Herz wurde ihm schwer. Er war einfach nur enttäuscht.

Vor der Tür hörte er Margaret flüstern: »Oh Max – es ist die Rede davon, die Stelle des wissenschaftlichen Leiters neu auszuschreiben.«

»Tatsächlich?« Onkel Max räusperte sich verärgert. »Tja, das wird peinlich, wenn wir Barty finden, was?« Er hielt inne und senkte die Stimme. »Sag bitte nichts vor dem Jungen – wir sollten ihn nicht beunruhigen.«

Darkus wurde ganz starr. Er war es leid, wie ein Baby behandelt zu werden.

Genervt von ihrer Geheimniskrämerei ging er zu den Holzschränken und zog eine Schublade auf. Sein Ärger verflog, als er Reihe um Reihe toter Hirschkäfer entdeckte, die unter Glas auf einem weißen Brett festgesteckt waren, jeweils mit einem säuberlichen roten Namensschild darunter. Er hatte am Abend zuvor das Buch seines Dads von vorn bis hinten gelesen, aber er hätte diese Käfer auch so erkannt, wegen ihrer geweihartigen Kiefer. Er öffnete noch eine Schublade und noch eine – sie waren alle voll mit Käfern. Er sah sich noch einmal in dem Raum um. Wenn jede dieser Schubladen mit hundert verschiedenen Käfertypen gefüllt war ... sein Gehirn versagte, als er versuchte es auszurechnen.

»Es sind Tausende!«, flüsterte er.

Er ließ seinen Rucksack vom Rücken gleiten, öffnete ihn und nahm ein großes Marmeladenglas mit durchlöchertem Deckel heraus. Onkel Max hatte gesagt, dass Baxter nicht auf Darkus' Schulter sitzen konnte, wenn er außer Haus war, weil der Käfer die Leute beunruhigen könnte. Darkus hatte gejammert, dass er Baxter mit auf Spaziergänge nehme wolle, also hatte Onkel Max nach einem Kompromiss gesucht und hinten in einem Küchenschrank das Marmeladenglas aufgestöbert. Und während Darkus es abwusch, hatte er mit einem Schraubenzieher und einem Hammer Löcher in den Deckel geschlagen.

Darkus stellte das Glas auf den Tisch und klopfte dagegen. Baxter regte sich nicht. Weil er dachte, dass es ihm im Glas vielleicht nicht gefiel, schraubte Darkus den Deckel ab, nahm den Nashornkäfer heraus und setzte ihn auf seine Schulter. Baxter war ungewöhnlich still, sogar seine Fühler waren reglos, aber er schien nichts dagegen zu haben. Darkus wühlte noch einmal im Rucksack, holte sein Käferbuch heraus und schlug es auf. Er blätterte die Seiten durch, bis er zum Kapitel über gehörnte Riesenkäfer kam. Er fand den lateinischen Begriff, nach dem er suchte: *Chalcosoma*.

Darkus ging die Wand mit den Schubladen entlang, bis er das Wort auf einem Schild unter einem Messinggriff fand, und zog die Schublade auf.

»Wow!« Darkus blickte auf Reihen von schwarzen und braunen gehörnten Riesenkäfern. Manche groß, manche klein, manche gefleckt, manche einfarbig, manche mit fünf Hörnern und manche mit keinem – aber eine Sache war ganz offensichtlich: Baxter war größer als alle anderen.

»Baxter, du bist ein Riese! Guck dir den an.« Er drückte den Finger aufs Glas. »Das ist eine Miniversion von dir.«

Baxter zischte ihn leise an und machte sich auf den Weg von Darkus' Schulter herunter, weg von den toten Käfern.

»Was ist denn los?«, fragte Darkus. Aber noch während er sprach, wurde ihm klar, dass dieser Raum für Baxter ein Friedhof sein musste.

Onkel Max folgte Margaret in den Raum.

»Du hast den Käfer mitgebracht?« Onkel Max blieb stehen und starrte Baxter an.

Darkus machte einen Schritt zurück, aufgeschreckt vom scharfen Ton seines Onkels.

»Ich, ich …« Darkus mochte nicht zugeben, dass er Baxter als Unterstützung mitgebracht hatte, falls ihn der Besuch zu sehr mitnahm. »Ich habe mir nichts dabei gedacht.« Er legte seine Hand über Baxter. »Ich setze ihn zurück ins Glas.«

»Ich glaube, das wäre das Beste.« Onkel Max warf Margaret einen entschuldigenden Blick zu. »Es ist verboten, lebende Tiere in das Depot der Sammlung mitzubringen, Darkus.«

»Das wusste ich nicht. Entschuldigung.« Darkus hielt Baxter in seinen Händen und sah Margaret an. »Im Polizeibericht stand, dass in diesem Raum Schubladen mit Präparaten offen standen. Waren das diese hier?« Er wies mit dem Kinn auf die Schublade mit den toten Riesenkäfern.

Margaret nickte. »Ja, genau. In einigen sind Käfer aus Darwins persönlicher Sammlung.«

»Welche standen offen?«, fragte Darkus und brachte Baxter zum Marmeladenglas hinüber. »Ich möchte die Käfer sehen, die Dad sich angeguckt hat.«

Margaret zeigte mit dem Finger darauf. »Im dritten Schrank, etwa in der Mitte – da findest du drei Schubladen, die mit blauen Aufklebern markiert sind. Die drei standen offen, als ich mit der Polizei hier runter kam.«

Darkus versuchte Baxter wieder ins Glas zu setzen, aber der Käfer schien nicht wegzuwollen. Er krabbelte immer wieder auf Darkus' Handgelenk und entzog sich seinem Griff. Onkel Max zog die oberste markierte Schublade auf. Darkus lehnte sich hinüber, damit er besser sehen konnte, und Baxter ließ sich auf den Tisch fallen.

»Einige Käfer fehlen«, verkündete Onkel Max. »Hier sollte eine Reihe Dunkelkäfer sein und dort auch. Da sind aber nur noch die Schilder.«

Darkus ging zu ihm und vergaß Baxter für einen Augenblick.

Margaret runzelte die Stirn. »Das ist ja merkwürdig.«

Onkel Max zog eine weitere Schublade auf. »Diese hier ist vollkommen leer. Und die genauso.«

»Vielleicht hat die Polizei sie mitgenommen?«, warf Darkus ein.

Margaret schüttelte den Kopf. »Sie haben keinen einzigen Käfer mitgenommen.«

Darkus sah wieder auf die leeren Schubladen. »Da ist auch kein Glas drauf.«

»Du hast Recht!« Onkel Max nickte. »Was könnte der Grund dafür sein, Margaret?«

»Ich – ich weiß es nicht.« Sie blinzelte. »Da müsste welches sein.« Ihre Stimme zitterte.

»Schon gut, Maggie. Kannst du uns noch etwas darüber erzählen, wie der Raum aussah?«, fragte Onkel Max sanft.

Sie zeigte auf den Stuhl hinter dem Mikroskop. »Bartholomews Unterlagen und sein Kaffee waren da auf dem Tisch, neben dem Mikroskop.« Sie biss sich auf die Lippe und versuchte die Tränen zurückzuhalten. »Die Tasse war noch voll.«

Darkus setzte sich auf den Stuhl, legte die Hände links und rechts neben das Mikroskop und sah hindurch. Nichts. Er blickte gerade noch rechtzeitig auf, um Baxter vom Tisch auf den Boden fallen zu sehen. Onkel Max hatte den Arm um Margarets Schultern gelegt und tröstete sie. Darkus duckte sich schnell unter den Tisch.

»Baxter«, flüsterte er, als er auf den Käfer zukroch. »Komm

her.« Der Käfer ignorierte ihn und huschte zu einem breiten, etwa einen halben Meter hohen Drahtgitter, das sich unter den Schränken befand.

Darkus schob seinen Körper schnell und leise vorwärts. Das Einzige, was er hören konnte, war Margarets gedämpftes Schluchzen.

»Nein! Baxter!«, flüsterte er, als Baxter durch das Gitter schlüpfte und verschwand. Er kroch auf Knien heran und steckte seine Finger durch ein Loch im Gittergeflecht, aber er konnte den Käfer nicht erreichen. Mit der Wange auf dem Boden versuchte er zu erkennen, was Baxter machte, aber es war stockdunkel und der Käfer in der Finsternis nicht zu erkennen.

Darkus stand auf. »Ähm, Margaret?«, sagte er und blickte zur Decke und im Raum umher.

Sie hob ihr rot geflecktes Gesicht von Onkel Max' Jackettaufschlag. »Ja?«

»Wofür sind diese Gitter kurz über dem Boden?«

»Die gehören zur Klimaanlage. Sie sorgt für die richtige Raumtemperatur, um die Käfer aufzubewahren«, erklärte Margaret schniefend.

»Geht es da irgendwohin?«

Margaret guckte verwirrt. »Wie meinst du das?«

»Ich meine, wenn man das Gitter abnehmen würde und, ähm, vielleicht reinkriechen würde …«

»Nein, Schätzchen.« Margaret schüttelte den Kopf. »Es gibt einen Raum, in dem sich die Klimaanlage befindet und von dem aus alle Aufbewahrungsräume richtig temperiert werden, und der Schacht hinter diesen Schränken führt dorthin und leitet gekühlte Luft in den Raum.«

»Was hast du vor, Darkus?«, fragte Onkel Max und kam zu ihm, um sich die Gitter anzusehen.

»Nichts. Ich …« Er wollte nicht, dass sein Onkel wütend wurde, weil Baxter weggelaufen war. »Na ja, ich habe die kühle Luft an meiner Wange gefühlt und mich gefragt, wo sie herkommt. Das ist alles.«

»Hmmm.« Onkel Max strich sich übers Kinn, während er das Gitter betrachtete. »Gute Idee, mein Junge, und du hast Recht. Diese Gitter *sind* ein Ausweg aus diesem Raum, aber wenn Barty in diesem Klimaanlagenschacht verschwunden sein sollte, müsste ihn jemand gezwungen oder getragen haben – und da ist nicht genug Platz für zwei Männer, vor allem dann, wenn einer sich wehrt oder bewusstlos ist.« Er seufzte und wandte sich wieder den leeren Präparatschubladen zu.

Darkus' Puls beschleunigte sich. Er war noch gar nicht darauf gekommen, dass die Gitter ein Ausweg aus dem Aufbewahrungsraum sein könnten. Er ließ sich wieder auf die Knie fallen und war plötzlich aufgeregt. Onkel Max hatte Recht: Die Öffnung unter den Schränken war klein, viel zu klein, als dass zwei Männer hineinkriechen könnten. Aber sie war groß genug für einen. Wenn er das Gitter abschraubte und abnahm, dann könnte er sich durch den Lüftungsschacht schlängeln, da war Darkus ganz sicher. Es gab nicht genug Platz, um auf Händen und Knie zu krabbeln, aber mit

Hilfe von Ellbogen und Füßen könnte er sich auf dem Bauch liegend vorwärtsschieben.

Er zog an einem Gitter und es klapperte, löste sich aber nicht. Darkus starrte in die Dunkelheit, bis sich seine Augen daran gewöhnt hatten und er den Schacht der Klimaanlage genau gegenüber ausmachen konnte. Falls der Käfer nicht zurückkam, würde er das Gitter abnehmen und hinterherkriechen müssen.

Er fing an eine der Gitterschrauben mit den Fingern abzuschrauben und wünschte, er hätte Onkel Max' Schraubenzieher mitgenommen. Dann entdeckte er einen kompakten schwarzen Schatten, der rückwärts aus dem Klimaanlagenschacht gekrabbelt kam und etwas mit sich zog.

Darkus leckte seine Hand an der breitesten Stelle an, um sie schlüpfrig zu machen, und schob sie durch das Gitter, bis sein Oberarm verhinderte, dass er noch weiter kam. Seine Hand legte er flach auf den Boden.

»Komm her, Baxter«, flüsterte er, »komm auf meine Hand.«

Der Käfer krabbelte langsam rückwärts und schob sich Stück für Stück auf Darkus' Handfläche. Er hatte etwas Goldenes über sein Horn gehakt.

Schnell schloss Darkus seine Hand sanft um den Käfer, zog den Arm vorsichtig durch das Gitter heraus und setzte sich im Schneidersitz auf den Boden. Er öffnete die Finger und schrie auf, als er die Halbbrille mit Goldfassung wiedererkannte, die von Baxters Horn hing.

»Was ist los, Junge?«

Darkus stand auf und hielt die Brille mit der rechten Hand in die Höhe, während er mit der linken Baxter hinter seinem Rücken versteckte. »Ich habe Dads Brille gefunden – da, hinter dem Gitter.«

»Wie ist die denn da hingekommen?«, wunderte sich Onkel Max. Er nahm die Brille, betrachtete sie genauer und sah dann zu Margaret.

»Ich weiß es nicht!« Ihre Unterlippe zitterte. »Die Polizei hat die Gitter untersucht. Sie haben nichts gefunden.«

»Die Brille war ziemlich weit hinten«, sagte Darkus.

»Gut gemacht, Darkus.« Onkel Max zwinkerte ihm zu. »Du hast einen Hinweis gefunden.« Er sah Margaret an. »Ist Barty oft hier herunter gekommen? Um zu arbeiten?«

»Nein«, antwortete sie. »Tatsächlich war es merkwürdig, dass er in diesem Raum war. Er hat immer alles gemieden, was mit den Käfern zu tun hatte. Ich dachte schon, er hätte vielleicht eine Phobie – ihr wisst schon, er hätte Angst vor ihnen.«

Onkel Max schnaubte. »Barty hat keine Angst vor Käfern.«

»Ich schätze, Bartholomew dürfte die Brille getragen haben, um sich die Präparate anzusehen.« Sie klang unsicher. »Vielleicht ist sie durchs Gitter gefallen, als ... als ... oje.« Ihre Stimme zitterte und sie fing an zu weinen.

Darkus sah weg, peinlich berührt von ihrem plötzlichen Gefühlsausbruch.

Onkel Max tätschelte Margarets Arm. »Nun, nun, Maggie, mach dich nicht verrückt.«

Darkus ging zum Tisch und setzte Baxter in das Marmeladenglas. Baxter ließ es ohne Protest geschehen, aber als Darkus den Deckel zuschraubte, öffnete und schloss er seine Deckflügel, schlug sie gegen das Glas und zischte so laut, wie er es bei Robby getan hatte.

»Was ist los?«, flüsterte Darkus und ließ das Glas fast zu Boden fallen, als es ihm aus den Händen hüpfte. Aber Baxter flatterte und zischte weiter.

»Was ist denn mit dem Insekt?«, fragte Onkel Max über Margarets Schulter hinweg.

»Keine Ahnung.« Darkus kratzte sich am Kopf. »Vorhin schien es ihm nichts auszumachen, im Glas zu sein. Soll ich ihn rauslassen?«

»Darkus, du kannst hier keine Insekten rumlaufen lassen. Was, wenn Baxter die Sammlung beschädigt? Lass ihn im Glas.«

Darkus nahm das Glas hoch und drückte es an seine Brust, in der Hoffnung, dass Baxter sich beruhigte, aber er rammte sein Horn wieder und wieder gegen das Glas.

»Schhhhhh, schhhhhh. Ist ja gut. Ganz ruhig.«

Doch der Käfer hörte nicht auf, mit dem Kopf gegen das Glas zu stoßen, er hielt nur inne, um zu zischen.

Darkus sah in die Richtung, in die Baxters Horn zeigte, und stellte fest, dass er zur Tür blickte. Etwas, das sich über der Tür bewegte, erregte seine Aufmerksamkeit. Es war ein zitronengelber Marienkäfer mit schwarzen Punkten, der in etwa so groß war wie eine Zwei-Pence-Münze.

Darkus zeigte hin. »Ich dachte, lebende Insekten seien hier nicht erlaubt.«

Onkel Max und Margaret sahen nach oben. Der Marienkäfer hielt kurz inne, hob dann ab und flog durch den Korridor davon.

»Das ist ja seltsam«, murmelte Margaret. »An dem Tag, als Bartholomew verschwunden ist, habe ich hier auch einen großen gelben Marienkäfer gesehen. In der ganzen Aufregung habe ich das völlig vergessen.«

Darkus sah Onkel Max an. Überall schienen Käfer zu sein. War das schon immer so gewesen und er hatte es nur nie bemerkt oder hatte der gelbe Marienkäfer etwas zu bedeuten?

Onkel Max starrte Baxter an, der jetzt still in seinem Glas saß. Er strich sich übers Kinn und blickte den Korridor hinunter, dem Marienkäfer hinterher.

»Ich glaube, wir sollten gehen«, sagte er und blickte sich hektisch im Raum um, als erwartete er, dass ihn jemand ansprang.

»Was? Aber wir wollen doch rausfinden, wie Dads Brille hinter das Gitter gekommen ist«, sagte Darkus.

»Wir sind hergekommen, um uns umzusehen, und ich denke, das haben wir getan. Also, lass uns Margaret dafür danken, dass sie uns in den Raum gelassen hat, und ins Museum gehen – vielleicht gucken wir uns noch ein paar Dinosaurier an. Ja?« Onkel Max schnappte sich Darkus' Rucksack und warf ihn zu ihm. »Du wirst Baxter wegpacken müssen, Junge, und lass ihn besser auch versteckt. Hoppihopp.«

Darkus tat Baxters Glas in den Rucksack. Irgendwas ging vor sich, das er nicht mitbekommen hatte. Onkel Max sah jetzt besorgt aus – sogar mehr als besorgt – und geleitete Margaret Richtung Tür.

»Kann ich mir noch mal kurz die Käfer ansehen?«, fragte er und ging durch den Raum, um sein rotes Buch zu holen.

»Nein. Wir müssen los«, sagte Onkel Max entschieden und sah Darkus in die Augen. *»Sofort.«*

»Okay«, sagte Darkus und fragte sich, ob es am gelben Marienkäfer lag, dass sein Onkel so dringend zum Aufbruch blies.

»Niemand kann diese Räume ohne Voranmeldung betreten, richtig?«, fragte Onkel Max Margaret.

Sie nickte. »Nun ja, niemand außer der Sponsorin.«

»Das hatte ich befürchtet«, brummte Onkel Max und reichte Darkus die Lesebrille. »Auf die passt du besser gut auf. Du hast sie schließlich gefunden und Barty wird sie brauchen, wenn er nach Hause kommt.« Onkel Max scheuchte Darkus aus dem Raum.

»Sollten wir der Polizei nicht von der Brille erzählen, Max?«, fragte Margaret, als er Darkus an ihr vorbei in den Korridor schob.

»Ich glaube nicht.« Onkel Max schüttelte den Kopf und machte ein beschwichtigendes Gesicht. »Wenn wir irgendwas wirklich Nützliches auftun, sage ich der Polizei Bescheid.«

»Oh, okay.« Margaret schloss die Tür und nahm die Schlüssel hervor, um abzusperren.

»Nun, es war sehr nett von dir, uns in den Raum zu lassen, aber wir müssen weiter, Maggie.« Onkel Max bewegte sich rückwärts den Korridor hinunter.

»Warte.« Margaret nahm eine Mappe aus ihrer Schultertasche. »Ich weiß nicht, ob das eine Rolle spielt, aber das sind die Unterlagen, die Barty im Kellerraum bei sich hatte. Die Polizei hat sie eingescannt und mir dann gegeben, weil sie davon ausgingen, dass es sich um Museumsangelegenheiten handelte. Der oberste Brief ist auch ans Museum adressiert, aber der Rest sind handgeschriebene Notizen von Barty, die mir nichts sagen – vielleicht ein persönliches Projekt? Ich finde, du solltest das bekommen.«

»Vielen Dank, Maggie.« Onkel Max nahm die Mappe und klemmte sie sich unter den Arm. »Das ist sehr aufmerksam von dir.«

Darkus betrachtete die Mappe. Darauf stand *Fabre-Projekt*. Der Titel kam ihm bekannt vor, aber ihm fiel nicht mehr ein, warum.

»Es war wirklich schön, dich zu sehen, Maggie.« Onkel Max bedeckte Margarets Hand mit der seinen. »Danke, dass du uns in den Raum gelassen hast. Das bedeutet Darkus und mir viel.« Er hielt inne. »Vielleicht hast du ja demnächst mal Lust auf ein gemeinsames Abendessen?«

Margaret wurde rot vor Freude und nickte leicht, während sie auf Max' und ihre Hand hinunterstarrte.

»Du sagst mir Bescheid, wenn du irgendwas hörst?«, flüsterte sie.

»Natürlich!« Onkel Max küsste ihre Hand. Dann wandte er sich um. Darkus starrte ihn unbeeindruckt an. »Vorwärts!« Onkel Max zeigte die Richtung an und Darkus folgte seinem Kommando und verschwand den Korridor hinunter, bevor es zu noch mehr Küssen kam.

Eddie ließ sie durch dieselbe Tür hinaus, durch die sie hineingekommen waren, und sie hielten kurz an, um sich zu verabschieden. Dann scheuchte Onkel Max Darkus an der Dinosaurier-Ausstellung vorbei zum Ausgang.

»Warum haben wir es so eilig?«, fragte Darkus.

»Nur so eine Ahnung, Junge, aber ich möchte lieber nicht warten und herausfinden, ob ich richtigliege«, antwortete Onkel Max, ohne sich genauer zu erklären.

Darkus verdrehte die Augen und versuchte mit ihm Schritt zu halten.

Als sie durch die zentrale Hintze-Halle hasteten, am riesigen Diplodocus-Skelett vorbei und den geöffneten Türen des Haupteingangs entgegen, war plötzlich ein schreckliches Kreischen zu hören und Darkus sah ein fantastisches schwarzes Auto die Fußgängern vorbehaltene Auffahrt hochjagen. Menschen sprangen aus dem Weg und schnappten sich ihre Kinder, um sie in Sicherheit zu bringen.

Darkus schrie auf, als Onkel Max ihn packte und rückwärts durch die nächstgelegene Tür zog, hinter der sich die Behindertentoilette befand. »Was soll das?«, fragte Darkus alarmiert.

»Schhhhhhh.« Onkel Max legte den Finger an die Lippen. Er öffnete die Tür einen Spalt und spähte in die Eingangshalle des Museums.

Zwei glitzernde schwarze Gehstöcke erschienen und der Kopf einer Frau. Pechschwarzes Haar, goldene Lippen und dann rückte der Körper ins Bild, der sich auf die Stöcke stützte. Sie trug einen weißen Laborkittel über einem langen, schwarzen Kleid und jede ruckartige Bewegung ihres Körpers verkündete, wie wütend sie war.

»*Wo ist er?*«, schrie sie den unglückseligen jungen Mann an der Information an.

»Wer?« Er zitterte.

»Der Jammerlappen von Direktor dieser verkommenen Einrichtung.« Sie hob eine Hand vom Stock und knallte sie auf den Tresen. »Er hat jemanden in *meinen* Keller gelassen!«

»Ah, Madame Cutter, welch eine Ehre!«, war eine verängstigte Stimme zu vernehmen, die von hastigem Fußgetrappel begleitet wurde. »Welchem Anlass verdanken wir dieses Vergnügen?«

»*Seien Sie still!*«, bellte sie. »Bringen Sie mich *sofort* nach unten. Jemand ist in meinem Kellerraum.«

»Ich versichere Ihnen, Madame Cutter, das kann nicht sein. Niemand kann die Coleoptera-Keller ohne Voranmeldung betreten. Wir gestatten der Öffentlichkeit keinen Zutritt zu den Aufbewahrungsräumen.«

»Sagen Sie mir nicht, was sein kann und was nicht«, fauchte sie. »BRINGEN SIE MICH NACH UNTEN, *SOFORT*!«

»Natürlich! Natürlich! Verzeihen Sie.« Ein zitternder glatzköpfiger Mann war nun zu sehen und Darkus erkannte Mr Langley: der Chef seines Vaters und Direktor des Museums. Er schwitzte so stark, dass Darkus die Tropfen von seiner Nase fallen sah. Er blickte zu Onkel Max, der seinen Finger noch immer an die Lippen presste.

»Folgen Sie mir.« Mr Langley machte eine entsprechende Geste. Madame Cutter stolzierte an ihm vorbei. »Natürlich, Sie kennen den Weg … Ich folge Ihnen, wenn's recht ist?«

Darkus presste ein Auge auf den Türspalt und sah eine Chauffeurin, eine kleine Chinesin, die Madame Cutter mit ein paar Schritten Abstand folgte. Dahinter stolperte Mr Langley her, der fast über seine eigenen Füße fiel.

»Wer war das?«, fragte Darkus.

Onkel Max atmete tief ein. »Das war Lucretia Cutter. Und das bedeutet nichts Gutes.«

»Die Frau von der Cutter'schen Co-le-op-te-ra-Sammlung?«

»Genau die.«

»Also waren *wir* die in ihrem Keller?«

»Allerdings«, sagte Onkel Max und nickte.

»Aber woher wusste sie, dass wir da drin waren?«, fragte Darkus. »Ich habe keine Kameras gesehen, es sei denn …«

»Tja, woher?«, antwortete Onkel Max und steckte seinen Kopf aus der Toilettentür. Als er sicher war, dass Lucretia Cutter weg war, bedeutete er Darkus ihm zu folgen. »Business as usual«, sagte er, rückte seinen Tropenhut gerade und lächelte seinen Neffen beruhigend an.

Sie verließen das Museum, als wäre nichts passiert. Als sie an Madame Cutters Wagen vorbeikamen, konnte Darkus nicht anders, als ihn anzustarren. Er war von einem leuchtenden Schwarz und dort, wo Licht auf die Karosserie fiel, schimmerte er grün und lila. Er hatte eine klassische Form, fast so, als käme er direkt aus einem von Darkus' Comics, und die Scheiben waren dunkel getönt wie bei Autos in Filmen. Darkus war so, als sähe er den Umriss eines Mädchengesichts, das sich an eins der hinteren Fenster presste. Er blieb stehen, aber Onkel Max packte seinen Arm und zog ihn weiter.

»Nicht stehen bleiben«, flüsterte er sanft.

Als sie schließlich um die Ecke gebogen waren und das Museum hinter sich ließen, verlangsamte Onkel Max das Tempo. »Alles in Ordnung?«, fragte er.

Darkus nickte. »Ich glaub schon.«

»Wunderbar.« Onkel Max holte den Autoschlüssel heraus. »Wie gut, dass du den gelben Marienkäfer entdeckt hast, sonst säßen wir jetzt ganz schön in der Klemme.«

Darkus dachte an den Marienkäfer und Baxters seltsames

Verhalten im Marmeladenglas. Nicht er hatte den Käfer entdeckt, sondern Baxter. Der Käfer hatte versucht ihn zu warnen. Aber warum? Hatte der Marienkäfer etwas mit Lucretia Cutter zu tun? Es war auch Baxter gewesen, der Dads Lesebrille gefunden hatte …

Darkus runzelte die Stirn, als er sich noch einmal alles durch den Kopf gehenließ, was in dem Raum passiert war. Es wäre nichts Besonderes gewesen, wenn ein Hund den Marienkäfer angebellt oder die Brille gefunden hätte, aber ein Käfer? Er hatte noch nie von Käfern – oder anderen Insekten – gehört, die Menschen bei Gefahr warnten. Er fragte sich, nicht zum ersten Mal, wo Baxter eigentlich herkam, bevor er im Hosenbein des Ogers von nebenan gelandet war.

Onkel Max schloss die Autotür auf, setzte sich auf den Fahrersitz und langte rüber, um Darkus die Beifahrertür zu öffnen. Als Darkus einstieg, nahm er den Rucksack ab und öffnete ihn, um nach Baxter zu sehen. Es war schwer zu erkennen, ob Baxter schlief, weil er keine Augenlider hatte, aber seine Beine waren ganz still und Darkus schloss daraus, dass er sich ausruhte.

Onkel Max drehte den Zündschlüssel und das Auto sprang beim ersten Versuch an. Er klatschte begeistert in die Hände. »Das hätte nicht besser laufen können, oder?«

»Das Auto anlassen?«, fragte Darkus. »Oder im Museum?«

»Alles! Wir haben Bartys Brille gefunden, die Schurkin aus ihrem Schlupfloch gelockt …«

»Die Schurkin?«

»Wir wissen vielleicht nicht, wie Barty verschwunden ist, mein Junge, oder wo er ist, aber du kannst darauf wetten, dass diese Schlange etwas damit zu tun hat.« Er zuckte mehrmals mit den Augenbrauen. »Und als Krönung habe ich auch noch eine Verabredung mit der entzückenden Maggie!«

5. Kapitel
DER MÖBELWALD

Darkus konnte nach dem Museumsbesuch nicht in die Schule gehen, weil Onkel Max dort erzählt hatte, er sei krank und habe hohes Fieber. Auf dem Heimweg hielten sie an einer Zoohandlung und Onkel Max kaufte einen Sack Rindenmulch für Baxters Becken. Zurück in der Wohnung nahm Darkus Baxters frisch geputztes Aquarium und trug es in den Garten hinter Onkel Max' Wohnung. Er stellte es auf die Betonstufen, die zu dem wuchernden Gestrüpp hinunterführten, das einmal ein Rasen gewesen war, und füllte das Becken zur Hälfte mit Mulch. Dann sammelte er Rindenstücke im Garten, die er obendrauf legte. In der Mitte des Beckens lehnte er drei Stücke aneinander, so dass sich ein erdiger Schlupfwinkel ergab – Darkus wollte dem Käfer einen Lebensraum gestalten, wie er in seinem Handbuch beschrieben war.

»Warum wusste ich nicht, dass Dad Käfer liebt?«, fragte er sich laut, als er Blätter und Zweige am Rand von Baxters Becken arrangierte. »Das ist seltsam. Ich weiß, dass er Vanillekekse mag und Katzen und Fahrradfahren.« Er drehte sich um und sah zu Baxter, der neben ihm auf der Betonstufe entlangkrabbelte. »Findest du das nicht seltsam?« Er hielt inne, als warte er auf Baxters Antwort. »Ich sage dir, was wirklich seltsam ist. Mit Käfern reden. *Das* ist seltsam.«

Er nahm den Becher mit Milch, den Onkel Max ihm vor der Arbeit vorbeigebracht hatte, und trank ihn aus. Nachdem Mum gestorben war, hatte Dad an allem das Interesse verloren und es gab Momente, in denen Darkus glaubte, ihm sei nichts mehr wichtig, nicht einmal sein Sohn. Vielleicht war es also überhaupt nicht seltsam, dass er aufgehört hatte sich für Käfer zu interessieren.

Darkus sah zu Baxter hinunter.

»Insektenjagd klingt gut, was?« Er stellte den leeren Becher ab. »Wenn wir Dad gefunden haben, bringe ich ihn dazu, dass er uns mitnimmt.«

Baxter marschierte zu Darkus' Becher herüber und rammte ihn mit seinem Horn. Der Becher geriet ins Wanken.

»Hey! Was hat dir denn der Becher getan?«

Baxter rammte ihn noch mal und stieß ihn um.

Darkus sah fasziniert zu, wie der Käfer sein Horn unter den Becher bohrte, ihn anhob und gegen die Beckenwand klirren ließ.

»Warum hast du das gemacht?« Darkus stellte den Becher wieder hin.

Baxter bewegte sein Horn langsam von links nach rechts und rammte den Becher dann wieder, so dass er erneut umfiel. Er spreizte seine Elytren, hob ab und zog mit seinen Krallen am Bechergriff.

»Soll ich ihn hochheben?«, bot Darkus an. »Ist es das?« Baxter flog ins Becken uns sah erwartungsvoll zu Darkus auf.

»Da rein? Zu dir?« Darkus stellte den Becher neben ihn. Der Käfer machte sich daran, den Becher in den Wigwam aus Rinde zu schieben, den Darkus gebaut hatte, und krabbelte dann mehrmals rückwärts hinein und wieder heraus.

»Was ist das«, fragte Darkus, »ein Schlafzimmer?«

Baxter stellte sich auf die Hinterbeine, den Oberkörper erhoben, und wedelte mit den Vorderbeinen vor Darkus herum – als freute er sich darüber, verstanden worden zu sein.

»Es *ist* ein Schlafzimmer!« Darkus lachte. »Seit wann brauchen Käfer Schlafzimmer?«

Baxter legte arrogant den Kopf schief, als wollte er sagen: *Du hast ja wirklich gar keine Ahnung.*

Darkus wollte gerade anfangen zu diskutieren, doch dann kicherte er und schlug sich an die Stirn. Er würde doch nicht mit einem Insekt streiten! Manchmal hatte er wirklich das Gefühl, dass er sich mit dem Käfer verständigen konnte, obwohl das unmöglich war. Instinktiv schien er zu verstehen, was der Käfer wollte, oder es kam ihm zumindest so vor.

Wenn er die Bewegungen des Insekts nur aufmerksam genug verfolgte, schienen sie einen Sinn zu ergeben, und manchmal hatte es den Anschein, dass Baxter ihm wirklich etwas sagen wollte, zum Beispiel über den gelben Marienkäfer im Museum.

Er fragte sich, was Onkel Max dazu sagen würde, wenn er ihm davon erzählte – aber vielleicht war das keine gute Idee. Onkel Max benahm sich ohnehin schon so, als würde er Baxter nicht trauen, was Darkus unfair vorkam. Baxter war nur ein Käfer und es war schließlich nicht seine Schuld, dass er klüger und außergewöhnlicher war als normale Käfer.

Dad hätte von ihm verlangt es zu beweisen. Er sagte Darkus wieder und wieder, dass er wissenschaftlich an die Dinge herangehen sollte. »Das Leben ist ein Rätsel, mein Sohn, und die Wissenschaft das Werkzeug, es zu begreifen.« So lautete die Standardantwort seines Vaters auf jede ungelöste Frage, selbst wenn es nur darum ging, seinen zweiten Schuh zu finden. Darkus hatte immer gestöhnt, wenn Dad ihm mit dem Spruch kam, aber in diesem Moment hätte er alles gegeben, um ihn zu hören.

»Natürlich!« Darkus setzte sich auf. »Ich sollte ein wissenschaftliches Experiment durchführen, um herauszufinden, ob Baxter mich wirklich versteht. Das würde Dad auch tun.«

Er suchte den Erdboden am Fuß der Treppe ab. Wenn er beweisen wollte, dass er und Baxter einander verstehen konnten, dann musste er einen anderen, normalen Käfer finden und einen Kontrollversuch durchführen.

Mit einem Stock kratzte er im Blumenbeet neben der Treppe herum. Dort fand er keine Käfer, deshalb hob er einen Stein an, unter dem sich eine Gruppe Kellerasseln versammelt hatte. »Ihr müsst herhalten«, sagte er und pflückte eine Assel vom Stein, die sich in seiner Hand zu einer festen Kugel zusammenrollte. »Keine Angst. Ich fresse dich nicht.«

Er nahm Baxter mit der anderen Hand hoch und platzierte ihn und die Kellerassel hinten auf einer der Betonstufen. »Also, wenn ich euch beide loslasse«, sagte er langsam und deutlich, »dann möchte ich, dass ihr bleibt, wo ihr seid. Okay … los!«

Keins der Insekten bewegte sich.

Darkus starrte auf die Kellerassel und wünschte sich, dass sie einen Schritt vorwärtsmachte.

Nichts passierte.

»Okay, jetzt«, sagte er und nahm beide Insekten hoch, »möchte ich, dass ihr zur Stufenkante krabbelt und dann stehen bleibt.«

Wieder setzte er die Insekten hinten auf der Stufe ab. Eine Sekunde lang tat sich gar nichts, aber dann fing Baxter an nach vorn zu krabbeln.

»Ja. Komm, Baxter.« Darkus spürte, wie ihn Freude durchströmte, als sich der Käfer auf ihn zubewegte. Dann huschte die Kellerassel vor. Beide Insekten blieben stehen, als sie an der Kante ankamen. Darkus kratzte sich am Kopf. Bisher hatte er gar nichts bewiesen.

Die Kellerassel bog ab und krabbelte an der Kante entlang. »Ha! Ich hatte gesagt, ihr sollt an der Kante stehen bleiben, nicht zur Seite krabbeln«, sagte er triumphierend zu der Kellerassel, als Baxter kopfüber von der Kante fiel, auf dem Rücken landete und mit den Beinen zappelte.

»Oh! Alles in Ordnung, Baxter?« Er nahm den Nashornkäfer hoch und brachte ihn ernüchtert wieder zu seinem Becken. »Du bist ziemlich ungeschickt, weißt du?«

Er beschloss das Experimentieren sein zu lassen und schälte die Banane, die Onkel Max ihm mit der Milch gebracht hatte. Er brach ein Stück ab und legte es neben Baxter ins Becken. Laut Dads Käferhandbuch ernährten sich Nashornkäfer von Früchten und Pflanzensäften und Darkus hatte schon bemerkt, dass Baxter Bananen besonders gern mochte. Als er den Käfer auf das Bananenstück krabbeln sah, fragte er sich zum millionsten Mal an diesem Tag, wo sein Vater nur sein konnte, was sein Verschwinden mit Käfern zu tun hatte und was Lucretia Cutter – diese seltsame, wütende Frau auf Gehstöcken – mit seinem Vater verband.

Seine Gedanken wurden von Gepolter und Geschrei unterbrochen, das von der anderen Seite der Gartenmauer kam.

Die Nachbarn stritten sich wieder.

»Du verräterische Schlange, mach die Tür auf!« Lautes Klopfen war zu hören. »Wenn du nicht aufmachst, dann … dann trete ich sie ein.«

»Das würde ich gern sehen, du schwaches kleines Wiesel.« Humphrey lachte dröhnend.

»Ende der Woche kommen die vom Amt.«

»Na, dann leg besser mal los und räum den Hof auf!«

»Deine stinkende Grube von Schlafzimmer ist das wahre Problem.«

»Ich mache mein Zimmer sauber, wenn du den Hof aufgeräumt hast.«

»BRING EINFACH DIESE VERDAMMTEN KÄFER ZUR STRECKE, DU SCHMUTZFINK!«

Darkus sprang auf die Füße.

Käfer? Es gab noch *mehr* Käfer nebenan?

Er sah zum Nashornkäfer, der in seinem Becken glücklich die Banane verspeiste. Es war ihm überhaupt nicht in den Sinn gekommen, dass es dort, wo Baxter herkam, noch mehr Käfer geben könnte.

Darkus rannte zum baufälligen Schuppen am Ende des Gartens, setzte einen Fuß auf den verrottenden Fenstersims und zog sich auf das moosbedeckte Dach, von wo er Richtung Mauer krabbelte, auf die er sich flach obendrauf legte. Er konnte sich einen leisen Pfiff nicht verkneifen, als er in den Hof auf der anderen Seite sah.

Er war komplett mit Möbeln vollgestellt.

Onkel Max hatte ihm erzählt, dass die Nachbarn sammelwütig waren, aber so etwas hatte er noch nie gesehen. Im Hinterhof türmte sich der Müll.

Es sah aus, als wäre eine Meute zankender Möbelstücke

mit einer Strahlenkanone schockgefroren worden. Tisch- und Stuhlbeine ragten hervor, ihre Füße wie geballte Fäuste kurz vorm Zuschlagen. Ein tapferer Kleiderständer schien an der Südseite des Hofes ausbrechen zu wollen, wurde aber von Ackerwindenranken zurückgehalten. Schränke kauerten sich unter Abdeckplanen zusammen. Nackte Stehlampen waren mit einem Seil aneinandergefesselt. Stahlfedern sprangen aus Matratzen, eine riesige Badewanne bäumte sich in der Mitte des Hofes auf und ein rosa Tretroller baumelte hilflos an ihrer Armatur.

»Cool!« Darkus atmete aus und wollte sofort mit der Erkundung beginnen.

Nah am Gebäude stand ein gewaltiger Ahorn, der über das Fenster reichte, aus dem das Geschrei kam. Der Baum hatte genug Laub, um Darkus zu verbergen, und falls er die Flucht ergreifen musste, gab es genügend Verstecke zwischen den Möbeln. Der Himmel war übersät mit kohlefarbenen Wolken und das Tageslicht schwand. Die Dunkelheit würde ihn noch besser schützen.

Er sah sich noch einmal um. Onkel Max würde erst nach sechs von der Arbeit zurückkommen. Ohne noch einmal darüber nachzudenken, ließ sich Darkus in den Wald aus Möbeln fallen, wild entschlossen den Ahorn zu erklimmen und einen Blick in dieses Zimmer zu werfen.

Als seine Füße eine Tischplatte berührten, gab es ein lautes splitterndes Geräusch und er hechtete zur Seite, schwang sich an die Armlehne eines senkrechten Sofas, rutschte die

Sitzfläche hinunter und landete auf einem Haufen ausgeblichener Kissen, aus denen eine muffige Wolke aufstieg.

Darkus erstarrte und lauschte.

»*Humphrey*, hörst du mir zu?«

»Wie bitte?« Humphrey gab einen Laut von sich, der klang wie eine Katze, die einen Haarball herauswürgt. »Du musst ein bisschen lauter sprechen.«

»DU HAST MICH GENAU VERSTANDEN, DU HIRNTOTES WARZENSCHWEIN. MACH SOFORT DIE TÜR AUF.«

»Na, das ist ja nicht sehr nett«, antwortete Humphrey mit zuckersüßer Stimme. »Mich ein Warzenschwein zu nennen!«

Darkus seufzte erleichtert auf – sie hatten ihn nicht gehört. Er krabbelte über einen Holzschrank weiter, näher an die Stimmen heran. Neben einem Stapel Beistelltischchen war eine kleine Lücke. Er quetschte seine Beine hinein, seine Füße fanden den Boden und stehend schlängelte er sich weiter, bis die Lücke größer wurde und er an ein Bücherregal gelangte, in dem Kartons mit Audiokassetten, Comics und vergammeltem Spielzeug lagerten.

Erinnerungen wurden wach an einen Tag, als er noch klein war und sich zwischen zwei übereinandergestapelte Sessel gekuschelt hatte. Er war mit seinen Eltern zu einer Auktion gegangen und zu den Möbeln gekrabbelt, als sie gerade nicht hinsahen. Er konnte ihre alarmierten Stimmen hören, die nach ihm riefen, und sah die Erleichterung in ihren Gesichtern, als er den Kopf hervorstreckte und winkte.

Traurigkeit durchdrang seinen Körper. Er schüttelte den Kopf, um die Erinnerung zu vertreiben, hockte sich hin und schlängelte sich durch eine Allee aus Stuhlbeinen, hievte sich über eine biestige Distel und biss die Zähne zusammen, als sie an seinem Pullover zerrte.

Er kam auf eine schrankgroße Lichtung. Über ihm war eine Plane gespannt, die das Tageslicht abhielt und eine große Standuhr schützte, deren Zeiger auf ewig Viertel vor neun anzeigten. Als er die Tür vorne am Kasten öffnete, löste sie sich sofort und er hielt sie in der Hand. Drinnen befanden sich ein rostgeflecktes Pendel und ein Haufen zerfetztes Papier. Die spitze Nase einer Maus lugte hervor und zwei schwarze Knopfaugen sahen zu ihm auf.

»Entschuldigung«, flüsterte Darkus und klemmte die Tür wieder in den Rahmen.

Man könnte eine super Höhle in diesem Möbelhaufen bauen, dachte er und trat durch einen Vorhang aus Efeu, der von einer Kleiderstange hing. *Keiner wüsste, dass man da ist*. Er fragte sich, ob Virginia und Bertolt Höhlen mochten. Eine zu bauen machte mehr Spaß, wenn man es mit anderen zusammen tat.

Auf seinem Weg öffnete Darkus Schubladen, Schränke und Schachteln und fand eine Zange, einen verzierten Handspiegel und sogar ein Gebiss. Er ließ alles da, wo es war, und versuchte sich zu merken, wo der Ahorn stand. Nachdem er über einen Schreibtisch geglitten war und unter einem Bett hindurch, fand er sich Auge in Auge mit einem Fuchs wieder. Sie starrten einander an, beide vollkommen reglos. Dann blinzelte der Fuchs unbeeindruckt und trottete durch einen Stapel leerer Bilderrahmen davon.

»ICH WARNE DICH, HUMPHREY GAMBLE, DAS IST DEINE LETZTE CHANCE!«

»O nein! Buu-huu! Ich habe ja *solche* Angst!«

»ENTWEDER DU MACHST JETZT DIE TÜR AUF ODER ICH KOMME REIN!«

Die Stimmen waren nun lauter.

Darkus stieß auf eine schwarze Haustür, an die eine silberne 73 geschraubt war. Er drehte den Knauf der Tür, hinter der sich eine Küchenanrichte befand. Dann kletterte er an ihr hoch, wobei er die Schubladen als Sprossen verwendete, und stellte fest, dass er von oben den Hof überblicken konnte. Der Baum war drei Meter entfernt. Darkus bahnte sich im Kopf einen Weg durch die Möbel, der ihn direkt zum Baum führen würde. Dann ließ er sich wieder ins Labyrinth fallen und wand sich vorwärts, bis er unter einem Klapptisch gegenüber vom Baum ankam.

Hinter dem Baum verbarg ein Wirrwarr aus Fahrrädern die Rückseite des Ladens. Darkus dachte an sein eigenes Rad. Es stand zu Hause im Schuppen, ungenutzt hinter einem leeren Haus, südlich des Flusses in Crystal Palace. Es schien eine Ewigkeit her zu sein, dass er dort gewesen war – und glücklich. Die vertraute Traurigkeit stieg wieder in ihm auf, als ihn Heimweh ergriff und er sich daran erinnerte, wie es war, bevor sein Dad verschwand. Unerwünschte Tränen füllten seine Augen.

Wütend schob er seine Gefühle beiseite, krabbelte ins Freie und sprintete zum Baum. Er sprang hoch, bekam den niedrigsten Ast zu fassen, schwang die Beine nach oben und kletterte flink den Baum hoch. Als er auf dem Ast vor dem Fenster ankam, hämmerte sein Herz in seiner Brust.

Zuerst verstand er nicht, was er sah.

Der hölzerne Fensterrahmen hatte keine Scheibe, was erklärte, warum er die beiden Männer hatte streiten hören. Und überall auf dem Holzrahmen und den Backsteinen darum herum befanden sich Hunderte von roten Marienkäfern, die vom Boden aus nicht zu erkennen gewesen waren. So viele huschten um den Fensterrahmen herum, dass es so aussah, als würde er sich bewegen.

Darkus lächelte. Diese Marienkäfer lösten ein anderes Gefühl in ihm aus als der riesige gelbe am Morgen, der irgendwie falsch war.

Er spähte durchs Fenster. Drinnen saß der Dicke, Humphrey, das breite Kreuz an die Tür gepresst und nur in Boxershorts und Netzhemd gekleidet. Neben ihm stand ein weißer Eimer, aus dem er mit der Hand etwas Pinkes schöpfte, es in seinen Mund rinnen ließ und sich dann die Finger sauber leckte.

Aber es war nicht Humphrey, der Darkus in seinen Bann zog.

Auf den ersten Blick sah es aus, als ob sich mitten im Zimmer ein Berg befand, der vom geblümten Teppich bis zur Decke reichte. Darkus hielt ihn erst für irgendeine Art von Modell, bis er den moosbedeckten Hang genauer ansah und begriff, dass es sich eigentlich um einen riesigen Haufen schimmeliger Teetassen handelte. Die Lücken zwischen den Tassen waren mit Gras, Pilzen und diesen winzigen Pflanzen bewachsen, die er manchmal in Mauerritzen wachsen sah. Löwenzahn spross aus der Seite, die dem Fenster zugewandt war, und am Gipfel wuchs ein Schmetterlingsflieder, dessen lilafarbene Blüten wie Trauben herunterhingen.

Er bestaunte das unmögliche Ding und seine Augen sprangen zwischen Tassenrändern und -henkeln hin und her, da bemerkte er plötzlich, dass zwischen den Tassen – und in ihnen drin – Fühler und Beine mit kleinen Dornen zuckten. Ihm fiel wieder ein, wie sich Baxter über den Becher in seinem Becken gefreut hatte, und er begriff, dass diese Tassen *voll mit Käfern* waren.

Er entdeckte zwei Hirschkäfer, die aus einer angeschlagenen Teetasse hervorspähten, und dann einen gehörnten Käfer, kleiner als Baxter und mit kupferfarbenen Deckflügeln, der sich gerade rückwärts in einen Kaffeebecher schob. Ein smaragdgrünes Blitzen lenkte seine Aufmerksamkeit auf eine Gruppe glamouröser Eichenprachtkäfer, die er von einer Abbildung in seinem roten Buch wiedererkannte. Als er eine Reihe von Blattrollern mit langen Giraffenhälsen entdeckte, die umständlich einen Pfad zwischen den Tassen emporkletterten und dabei wie rot und schwarz gekleidete Clowns aussahen, presste er sich die Hand vor den Mund, um einen Freudenschrei zu unterdrücken, und fiel dabei fast vom Baum.

Beim Anblick so vieler Arten machte Darkus' Herz einen Satz. Der Käferberg war das fremdartigste und schönste Ding, das er je gesehen hatte.

Jemand hämmerte an die Tür. »Ich warne dich, Humphrey«, sagte Pickerings Stimme von der anderen Seite, »das ist deine *letzte* Chance.«

Darkus sah, wie Humphrey sich die Lippen leckte und grinste. Es machte ihm offensichtlich Spaß, seinen Cousin auf die Palme zu bringen.

»ICH ZÄHLE BIS DREI«, bellte Pickering, »DANN KOMME ICH REIN. EINS ...«

Humphrey lachte in seine speckigen Finger.

»ZWEI ...«

Humphrey lehnte sich zurück. »Das schaffst du nie«, krähte er.

»DREIIIIII!«

Mit einem lauten Krachen fuhr eine Axt durch die Holztür, kurz über Humphreys Kopf.

»AUSGEBURT DES SATANS!« Humphrey sprang auf alle viere nach vorne, und als er fortkroch, schwabbelte sein Bauch hin und her.

Schockiert zuckte Darkus zusammen, als die Tür aufflog, dabei verlor er fast das Gleichgewicht. Er klammerte sich an den Ast, damit er nicht herunterfiel.

Pickering stand mit erhobener Axt im Türrahmen. Drohend näherte er sich seinem Cousin. »Ich habe dich gewarnt, Humphrey«, sagte er mit einem Furcht einflößenden Lächeln, »aber du wolltest ja nicht hören.«

»He, Pickering, alter Junge, das ist doch kein Grund, Gewalt anzuwenden.« Humphrey war auf den Knien.

»Du wolltest ja nicht hören.« Pickering hatte die Augen weit aufgerissen.

»Ein Witz, Pickers ... du verstehst doch sicher einen Witz?« Humphrey lachte schwach.

»Ein Witz? Ein WITZ?« Pickering zeigte auf den Berg. »Hältst du *das* für einen Witz?«

»Ist nur ein Berg schmutziger Tassen«, plapperte Humphrey. »Ich wollte sie gerade abwaschen, ehrlich, das wollte ich.«

»Du widerst mich an, Humphrey Gamble.« Pickering schüttelte den Kopf. »Ich kann nicht glauben, dass wir verwandt sind. Sieh dir nur die Wand an, alles voller Teespritzer – und was ist das?« Er zeigte auf etwas. »Pilzsporen!« Seine Brust bebte und Darkus fürchtete, dass er sich übergeben würde. »Und auf dem Boden ist alles voller Ungeziefer.«

Darkus sah hinunter und begriff, dass das, was er für einen geblümten Teppich gehalten hatte, ein abgewetzter Läufer war, der mit Käfern übersät war.

»Dieses Zimmer ist gesundheitsgefährdend!« Pickerings Stimme wurde schriller. »Verstehst du jetzt, dass ich dem Amt schreiben *musste*?«

»Das hast du getan, um mich loszuwerden«, sagte Humphrey sachlich.

»Nun, ja«, gab Pickering zu. »Aber kannst du's mir verdenken? Du bist ein Schwein, dass du dein Zimmer so verkommen lässt. Wie lange wirfst du deine dreckigen Tassen schon in die Ecke?«

Humphrey zuckte die Achseln und murmelte: »Seit wir eingezogen sind.«

Pickering wandte sich dem Geschirrberg zu. »Du hast sogar die Scheibe eingeschlagen …«

Humphreys Augen folgten Pickerings.

Zu Darkus' Entsetzen starrten ihn plötzlich beide Männer an.

Schnell wie der Blitz schoss Pickering zum Fenster, langte heraus und packte Darkus im Nacken am Pullover. Darkus' Entsetzen wurde von Angst verdrängt, als er mit einem Mal in der Luft baumelte. Er griff mit den Fingerspitzen nach dem Fensterrahmen und stieß einen unterdrückten Schrei aus, woraufhin die Marienkäfer in einer rot-schwarzen Wolke davonflogen. Es gab niemanden, der ihm helfen konnte. Onkel Max war nicht da.

»BAXTER!«, schrie er, als er durch das Fenster hineingezogen und auf den Boden geworfen wurde, was die Käfer in alle Richtungen auseinandertrieb.

6. Kapitel

DARKUS UND GOLIATH

»Na sieh mal einer an, wen haben wir denn da.« Pickering thronte über Darkus. »Ein Junge, der herumschnüffelt.« Sein Gesicht verzog sich, als er Darkus genau betrachtete. »Dich habe ich schon mal gesehen, oder?« Er nickte langsam. »Gestern auf der Straße, du hast mich beobachtet. Warum?«

»Welcher Junge?«, fragte Humphrey, der noch immer kniete. »Welche Straße?«

Darkus versuchte zu protestieren, aber alle Luft war aus ihm gewichen, als er auf den Boden aufschlug, und sein Körper schrie nach Sauerstoff. Seine Lungen fühlten sich an, als wenn sie gleich platzten.

»Was fällt dir ein durch unser Fenster zu spähen?«

»Ich, ich …«, japste Darkus und konnte endlich wieder atmen.

»Dir hat es wohl die Sprache verschlagen«, sagte Pickering verächtlich.

Darkus' Kopf pochte, und als das Brennen in seinen Lungen nachließ, wurde es von einem stechenden Schmerz in seinem unteren Rücken ersetzt. Die Käfer waren nicht länger auf dem Boden, sie zogen sich in ihre Tassen zurück. Darkus sah sich um und hoffte verzweifelt, dass er keinen von ihnen zerdrückt hatte.

Als er merkte, dass sich Pickerings Wut nicht mehr gegen ihn richtete, mühte sich Humphrey auf die Füße und stellte sich neben seinen knochigen Cousin. »Rede oder wir hacken dich in Stücke und fressen dich.« Er schmatzte.

Pickering fasste Darkus am Kinn. »Ich weiß, was du treibst, du übler kleiner Skinhead. Glaub ja nicht, ich wüsste nicht Bescheid.« Seine Finger schlossen sich fest um Darkus' Kiefer. »Du hast neulich Nacht schon hier rumgeschnüffelt, stimmt's? Du bist ein Dieb!«

»Was? Nein!« Darkus versuchte den Kopf zu schütteln. »Es tut mir leid – ich meine, dass ich durch Ihr Fenster gesehen habe, ich habe nur …«

»Du hast die Lage ausgekundschaftet.« Pickering drückte noch fester.

»Was?«, stieß Humphrey hervor.

»Ich habe dir nichts davon erzählt, aber als du letzte Woche unterwegs warst, habe ich hier drinnen Geräusche gehört. Ich bin reingegangen und habe Einbrecher verscheucht.«

»Wirklich?« Humphrey sah sich überrascht um. Es gab in dem Zimmer kaum etwas außer dem Tassenberg und einem schmutzigen rosa Sessel von der Größe eines kleinen Sofas, der es nicht wert war, gestohlen zu werden.

»Zwei Typen. Große hässliche Kerle, schwarz gekleidet, die in diesem gammeligen Dreckhaufen rumgestochert haben.« Pickering starrte den Berg finster an, seine Nasenflügel bebten angewidert. »Sie trugen Mundschutz und Gummihandschuhe, weil es hier so *dreckig* ist!« Pickering ließ Darkus los und näherte sich seinem Cousin, seine Hand schloss sich fester um den Griff der Axt. »Ich hasse es, mit dir zu leben, Humphrey. Weißt du das? Ich wache jeden Morgen auf und hoffe, dass du die Nacht nicht überlebt hast.«

»Und du hast diesen Jungen bei den Dieben gesehen?«, fragte Humphrey schnell. Er zeigte auf Darkus in dem Versuch, Pickering abzulenken. »Er war einer der Räuber?«

»Ich konnte ihre Gesichter nicht erkennen«, sagte Pickering und dachte nach, »aber die zwei, die ich verscheucht habe, waren Männer. Der hier muss sich versteckt haben.«

»Und jetzt ist er wieder da, um die Sache zu Ende zu bringen«, sagte Humphrey.

»Ich bin *kein* Dieb!«, rief Darkus aus.

»Wirklich?« Pickering wandte sich um. »Dann erklär mir mal, was du auf meinem Grundstück und auf meinem Baum verloren hast, von dem du mit deinen diebischen kleinen schwarzen Augen in mein Fenster gestiert hast.« Er stürmte durch den Raum heran und beugte sich über Darkus. »Du hast es auf meine Antiquitäten abgesehen, stimmt's? Du hast vor, meine Antiquitäten zu stehlen!«

»Ich habe Ihre Antiquitäten noch nie gesehen!«, protestierte Darkus und stolperte rückwärts, bis seine Schultern die Wand berührten.

»Das soll ich dir glauben, nachdem du dich gerade durch einen ganzen Hof voll davon geschlichen hast?« Er packte Darkus' Gesicht. »Du verlogener kleiner Penner.«

Darkus wand sich, als sich die Fingernägel des Mannes tief in seine Wangen bohrten.

»Also, was mache ich jetzt mit dir?«, fragte Pickering.

»Ich weiß es«, sagte Humphrey und trat eifrig vor. »Lass mich Pastete aus ihm machen. Das wird ihm eine Lehre sein.«

»Sei nicht albern«, sagte Pickering und ließ Darkus zu Boden fallen. »Wir müssen ihn fesseln.«

Humphrey hockte sich hin und schnüffelte an Darkus herum wie ein aufgeregter Hund. »Ich müsste dich häuten, bevor ich eine Pastete mit dir füllen könnte«, sagte er grinsend. »Menschenhaut ist ziemlich zäh.«

Darkus wurde eiskalt. Er hoffte inständig, dass der dicke Mann nur versuchte ihm Angst einzujagen.

Pickering ließ seine Axt fallen, verließ das Zimmer und kam mit einem Seil und einem Küchenstuhl wieder. »Setz dich hier drauf«, befahl er.

»Was haben Sie mit mir vor?«, fragte Darkus nervös.

Pickering drückte ihn auf den Stuhl und band ihn daran fest.

»Jemanden zu entführen ist illegal, wissen Sie?«

»Genau wie klauen.« Pickering wandte sich an Humphrey. »Bring mir deine Cranberry-Soße.«

Humphrey watschelte zu dem weißen Eimer neben der Tür hinüber. »Essen wir ihn jetzt?«

»Zuerst bringen wir ihn zum Reden«, sagte Pickering zu Humphrey. »Und sobald du das losgeworden bist« – sein Auge zuckte, als er den riesigen Haufen voller Insekten betrachtete, der fast den ganzen Raum einnahm –, »dieses … *Ding*, kannst du mit ihm machen, was du willst.«

Humphrey klatschte glücklich in die Hände.

»So«, Pickering stellte sich mit gekreuzten Armen vor Darkus, »du wirst mir jetzt von der Bande erzählen, für die du arbeitest, und wann sie mich ausrauben wollen.«

Pickering fasste nach unten und hob die Axt vom Boden.

»Ich glaube ja«, beeilte Humphrey sich zu sagen, »dass er eher ein Spion vom Amt ist, der Beweise sammeln soll, damit sie uns rausschmeißen können.«

Pickering riss die Augen auf und verengte sie dann zu Schlitzen, als er diese Möglichkeit in Betracht zog. »Dann können wir ihn definitiv nicht gehen lassen.«

»Deshalb will ich ja Pastete aus ihm machen«, sagte Humphrey erklärend.

»Du kannst ihn haben, sobald du die Insekten losgeworden bist«, sagte Pickering und hielt seinem Cousin die Hand hin.

»Abgemacht.« Humphrey grinste und schlug ein.

»Ich bin nicht vom Amt oder einer Bande oder irgendein Dieb!«, rief Darkus. »Ich bin nur ein Kind. Ich habe Sie streiten hören und dann habe ich die Käfer gesehen und –«

»Das würde ich an deiner Stelle auch sagen«, schnitt ihm Pickering das Wort ab. »Wir sind keine Idioten.« Er sah Humphrey an. »Na ja, *ich* jedenfalls nicht.« Er hob ein riesiges T-Shirt vom Boden auf und riss einen Streifen Stoff davon ab.

»Hey, das ist meins!«, protestierte Humphrey.

»Echt? Es sieht aus wie ein schmutziger alter Lappen«, sagte Pickering, lehnte seine Axt an den Sessel und machte sich daran, Darkus zu knebeln.

Darkus zog den Kopf weg und versuchte Widerstand zu leisten, aber der schreckliche Knebel legte sich über seinen Mund und roch wie verwesendes totes Tier. Er musste an Maden denken und verspürte Brechreiz.

»Jetzt gib mir den Topf.«

Humphrey tat wie geheißen und zog den Deckel ab.

Darkus wand sich hin und her und die Haut an seinen Handgelenken brannte, als er versuchte sich von seinen Fesseln zu befreien. Er musste hier weg. Onkel Max hatte Recht, diese Männer waren gefährlich.

Pickering schöpfte mit den Händen eine große Menge Cranberry-Soße aus dem Topf und ließ sie auf Darkus' Kopf tropfen. Sie war kalt und klebrig und Darkus fing an zu zittern, als sie ihm langsam den Rücken hinunterrann.

»Hey, verschwende die nicht«, protestierte Humphrey. »Das Zeug ist gut.«

»Ich besorg dir neue.« Pickering langte hinunter und nahm noch eine Handvoll. »Hör mir gut zu, Junge. Dieses Zeug«, er hielt Darkus die Hand unter die Nase, »ist Cranberry-Soße, und es dürfte dir nicht entgangen sein, dass sich direkt hinter dir ein abscheulicher Haufen voller Krabbeltierchen befindet, mit Millionen kleinen Biestern, die beißen und stechen und graben und kratzen, und weißt du, was sie auf der ganzen großen Welt am liebsten essen?« Pickering schmierte Darkus eine Handvoll Soße ins Gesicht. »Cranberry-Soße.«

Darkus zitterte, als ihm die kalte Soße an Nacken und Brust hinuntertriefte. Pickering schob die grünen Pulliärmel hoch und rieb Darkus' Arme mit Soße ein.

»Also, wenn du mir nicht erzählst, wer dich hierhergeschickt hat, um uns auszuspionieren« – er befand sich jetzt Nase an Nase mit Darkus –, »dann dürfen dich die Krabbeltierchen bei lebendigem Leib verspeisen.«

Darkus starrte Pickering an. Dass die Käfer Cranberry-Soße mochten, leuchtete ihm ein, vor allem, da Humphrey einen ganzen Eimer davon in seinem Zimmer hatte. Baxter mochte süße Früchte ja auch. Aber dank seines Käferhandbuchs wusste Darkus etwas, das Pickering nicht ahnte: Viele Käfer sind Vegetarier.

»Als Erstes mampfen sie sich durch die Soße und dann graben sie sich in deine Haut.« Pickering nahm noch eine Handvoll der pinken Pampe. »Danach trinken sie dein Blut und lassen sich deine Muskeln schmecken, bis nur noch deine kümmerlichen Knochen übrig sind.« Er schob Darkus' Hosenbeine hoch und verteilte die Soße auf seinen Schienbeinen. »Und es gibt da sogar ein paar ganz fiese Viecher, die Knochen fressen.« Pickering hatte offensichtlich seinen Spaß. »Also, das ist deine letzte Chance.« Er zog den Knebel hinunter. »Was hast du zu deiner Verteidigung zu sagen?«

»Ich bin von nebenan«, insistierte Darkus. *»Ich wohne nebenan!«*

»LÜGNER!« Wütend schob Pickering den Knebel wieder hoch. »Der Professor nebenan hat keine Kinder.«

Darkus kämpfte gegen die Fesseln an, aber es hatte keinen Sinn.

»Vielleicht hast du ja Lust zu reden, wenn dir die Käfer die Haut abgezogen haben.« Pickering ließ ein schrecklich affektiertes Lachen hören.

»Das wollte ich doch machen«, schmollte Humphrey.

»Sieh mal! Da kommt ein Hässlicher, Großer, Schwarzer mit einem riesigen Horn. Oje, der sieht hungrig aus.«

Darkus sah auf und fing vor Erleichterung fast an zu weinen, als er Baxter über den Boden auf ihn zukrabbeln sah. Der Käfer – *sein* Käfer – hatte ihn rufen hören. Er brauchte keinen Kontrollversuch mehr, um zu wissen, dass Baxter ihn verstand. Sofort fühlte sich Darkus mutiger und die Angst, die in seiner Brust herumflatterte, legte sich.

»Ich habe Hunger.« Humphrey starrte Darkus an.

Unten klopfte es laut an die Haustür.

»Wer zum Teufel kann das sein?« Pickering richtete sich auf und sah sich um wie ein aufgeschrecktes Erdmännchen.

»Keine Ahnung.« Humphrey zuckte mit den Achseln.

Pickering fasste seinen Cousin an dessen teigigem Arm und führte ihn in den Flur. »Ich bin noch nicht fertig mit dir«, knurrte er zu Darkus und knallte dann die Tür zu.

Darkus versuchte sofort die Knoten zu erreichen, die seine Handgelenke fesselten, aber seine Finger bekamen das Seil nicht zu fassen. Da senkte sich ein vertrautes Gewicht auf seine Schulter. Baxter landete und krabbelte dann in seinen Nacken, wo der Knebel zugebunden war. Er konnte spüren, wie der Käfer sein Horn zwischen Knebel und Haut schob und am Stoff zerrte. Er *sägte* daran!

Nach wenigen Sekunden rutschte der Knebel hinunter, Darkus spuckte ihn aus und sog erleichtert frische Luft ein. »Baxter! Junge, bin ich froh dich zu sehen!«, flüsterte er. »Kannst du mir auch mit dem Seil helfen?«

Baxter wandte sich dem Tassenberg zu und rieb ein Hinterbein an seinen Elytren, was eine Reihe seltsamer Zirplaute erzeugte. Darkus hatte das an Baxter noch nie beobachtet. Er begriff, dass es wohl das war, was in seinem Buch »Stridulation« genannt wurde.

Ein seufzendes Geräusch, als würde Zucker in ein Gefäß geschüttet, erfüllte das Zimmer, als die Käfer aus ihrem Berg hervorkamen und zu ihm krabbelten.

Pickering und Humphrey standen immer noch vor der Tür und diskutierten.

»Wir können niemanden reinlassen, wegen dem Jungen.« Pickering klang aufgebracht.

»Und wenn es die Polizei ist?«, fragte Humphrey.

»Die Polizei?«, kreischte Pickering. »Warum sollte es die Polizei sein?«

»Äääh … wegen dem, was der Junge gesagt hat – dass Entführen illegal ist?«

»Aber das haben wir doch gerade erst gemacht. Woher sollte die Polizei wissen, dass er hier ist?«

»Keine Ahnung.«

»Du gehst runter und machst auf.«

»Warum ich? Was sage ich denn?«

»Vermutlich irgendetwas Dummes!« Pickering gab einen frustrierten Laut von sich.

Wieder wurde hartnäckig geklopft.

»Okay, wir gehen beide«, erklärte Pickering und Darkus hörte, wie sie die Treppe hinuntertrampelten.

Er verspürte ein Kitzeln, als die Käfer anfingen ihm die Beine hochzukrabbeln. Scharf sog er die Luft ein und war sich nicht sicher, was er davon halten sollte, von Käfern bedeckt zu sein. Aber bald schon kletterten sie seinen Rücken hoch, kraxelten um seinen Nacken herum und huschten durch sein Haar. Schauder liefen ihm den Rücken rauf und runter, als winzige Krallenfüßchen über seine Haut trippelten. Darkus seufzte, als ihm bewusst wurde, dass es ihm überhaupt nichts ausmachte. Die Käfer fühlten sich schwer an – als wäre er in Sand eingegraben –, aber so viele zu spüren war auch ziemlich schön. Er versuchte nicht zu lachen und stillzuhalten, als sie ihn kitzelten. Auf keinen Fall wollte er einen zerdrücken.

Mit geschlossenen Augen, von Kopf bis Fuß von Käfern bedeckt, dachte er an seinen Vater. *Du wirst es nicht glauben, wenn ich dir davon erzähle*, sagte er stumm zu ihm.

Nach wenigen Sekunden konnte er seinen linken Arm bewegen. Er tastete nach dem Seil – ja! Beide Hände waren frei. Als er seine Füße bewegte, fielen die Fesseln ab. Die Käfer hatten sie durchgekaut, durchbohrt und zerschnitten.

Darkus stand vorsichtig auf, wobei ein Klacks Cranberry-Soße auf den Boden klatschte, und hockte sich dann hin, um sich bei den Käfern zu bedanken. Er war begeistert, als er die Schar roter Giraffenhalskäfer in ihrer Mitte sah und auch die schillernden Eichenprachtkäfer. Aber der mit Abstand beeindruckendste Käfer auf dem Boden war ein gigantischer Goliathkäfer, der an seinem schwarz-weißen Zebramuster zu erkennen war. Er stand fast reglos da, selbst seine Fühler zuckten kaum und Darkus fragte sich, ob er sehr alt war.

Keine Abbildung in irgendeinem Buch konnte einfangen, wie großartig diese Käfer waren.

Darkus fasste sich ins Gesicht, das nicht einmal mehr klebrig war. Die Käfer hatten ihn befreit *und* ihn gewaschen! »Vielen Dank!«, flüsterte er. »Ihr seid fantastisch!«

Draußen gingen flackernd die Straßenlaternen an und ein gelber Schimmer erfüllte den Raum. Es musste fast sechs Uhr sein. Onkel Max würde bald nach Hause kommen.

Von unten hörte Darkus Stimmen. Pickering und Humphrey mussten die Tür geöffnet haben.

Und ganz plötzlich zogen sich die Käfer in den Tassenberg zurück, schnell wie ein flüchtiger Schatten. Irgendetwas schien sie erschreckt zu haben. Nur der Goliathkäfer bewegte sich langsam.

Darkus lief leise zum Fenster auf der Straßenseite und sah hinunter. Das schnittige schwarze Auto, das er vor dem Museum gesehen hatte, parkte auf der anderen Seite.

Angst fuhr ihm in den Magen. Lucretia Cutter war hier! Aber warum?

Er sah sich zu dem Berg um und schlagartig begriff er. Jede Menge spektakulärer Käfer. Lucretia Cutter musste sich für sie interessieren, sonst würde sie die Sammlung des Naturhistorischen Museums nicht unterstützen. Und dieser beunruhigende gelbe Marienkäfer, den er am Morgen gesehen hatte, musste auch mit ihr zu tun haben. Onkel Max glaubte das eindeutig auch.

Lucretia Cutter konnte nur aus einem Grund hier sein: wegen der Käfer. Aber woher wusste sie überhaupt, dass sie hier waren? Ihm fiel wieder ein, was Pickering über die zwei Männer in Schwarz mit Gesichtsmasken und Gummihandschuhen gesagt hatte. Arbeiteten sie für Lucretia Cutter?

Darkus hockte sich mit dem Rücken gegen den riesigen rosa Sessel hin und stemmte seine Hacken in den Boden. Mit aller Kraft presste er sich dagegen und schob den Sessel ruckartig voran. Es war ein schweres Möbelstück, das breiter als der Türrahmen war. Er verkeilte ihn unter dem Türknauf und wandte sich dann wieder dem Berg zu.

»Hört zu«, sagte er eindringlich, »ihr seid in *schrecklicher* Gefahr. Lucretia Cutter ist hier. Das sind schlechte Nachrichten. Ich weiß nicht, was sie will, aber«, er dachte an all die aufgespießten Käfer in den Schubladen, »ich glaube, wenn sie euch sieht, wird sie euch töten wollen. Versteht ihr das? Ihr dürft sie nicht reinlassen!« Er hob Baxter hoch. »Wir müssen los, aber wir kommen wieder. Versprochen.«

Darkus rannte zum Fenster, warf Baxter ins Freie und machte einen Satz Richtung Ahorn. Er bekam einen Ast zu fassen, hangelte sich zu dem darunter und schwang sich auf die Erde, wo er in der Hocke landete, gerade als Baxter herunterschwebte und sich auf seine Schulter setzte.

7. Kapitel
DER BESUCH

Humphrey stolperte mit Pickering im Schlepptau die Treppe hinunter und riss die Haustür auf.

»Um Gottes willen! Sie riechen grauenhaft!«, sagte eine Frauenstimme voller Verachtung. »Und Sie sind noch nicht einmal angezogen!«

Humphrey schnaubte, als hätte man ihn geohrfeigt, und glotzte die atemberaubende Frau auf der Eingangsstufe an. Sie hatte goldene Lippen und ihre Haut schimmerte wie polierter Marmor. Ihr schwarzer Bob rahmte eine große Sonnenbrille ein, die sich wie ein Visier um ihr Gesicht legte. Er fragte sich, ob sie ein Filmstar war.

Pickering rempelte ihn an, um auch etwas zu sehen.

»Spreche ich mit Mr Pickering Risk und Mr Humphrey Gamble?«, fragte die Frau spöttisch.

»In der Tat!« Pickering drängte sich vor und verbeugte sich tief. »Pickering Aloysius Risk, zu Ihren Diensten. Was kann ich für Sie tun?«

Die Frau, die auf zwei schwarzen Gehstöcken lehnte und einen weißen Laborkittel trug, griff in ihre Tasche und zog eine geballte Faust heraus, die mit einer blitzenden Reihe von Diamantringen geschmückt war. Die Cousins verfolgten fasziniert, wie sie die Hand senkte und fünf schwarze Fingernägel wegschnellten wie Springmesser, was den Blick auf drei tote Käfer in ihrer Handfläche freigab. Einer war rot, einer grün und einer gold.

»Erkennen Sie die wieder?« Eine nachgezogene Augenbraue wölbte sich über ihrer Sonnenbrille.

Humphrey starrte verständnislos auf ihre Hand. »Sind Sie wegen des Jungen hier?«, fragte er unbedarft.

»Welcher Junge?«

Mit einem Schrei schubste Pickering Humphrey beiseite und knallte die Tür zu.

»Was ist denn los mit dir?«, fragte Humphrey.

»Was ist los mit mir? Was ist los mit *dir*?«, keuchte Pickering mit dem Rücken an der Tür. »Willst du ins Gefängnis kommen? Erzähl ihr bloß nichts, schon gar nicht über den Jungen.« Seine Augen schossen hin und her. »Sie muss vom Amt sein.«

»Sie sieht nicht aus, als wäre sie vom Amt. Hast du ihr Auto gesehen, das auf der anderen Straßenseite?« Humphrey pfiff anerkennend. »Das nenne ich mal ein Schmuckstück!«

»Sie *muss* vom Amt sein …«

»Ich glaube, ihr hat gefallen, was sie sah.« Humphrey trommelte sich auf die Brust wie ein Gorilla.

»… denn welche Erklärung gibt es sonst für diese Käfer?«

»Welche Käfer?«

»Die in ihrer Hand!«

»Die Bonbons?«

»Das waren Käfer, keine Bonbons – und das waren nicht irgendwelche Käfer.« Pickering schlug sich die Hand an die Stirn. »Das sind genau die drei Käfer, die ich vor drei Wochen aus meinem Haar gezogen und ans Amt geschickt habe, um zu beweisen, wie verwahrlost du bist: rot, grün und gold.«

»Wir könnten die Tür aufmachen und es überprüfen«, schlug Humphrey vor, schnüffelte an seinen Achseln und checkte seinen Atem.

»Nein.« Pickering schüttelte entschieden den Kopf. »Wir müssen sie loswerden.«

»Ich kann Sie hören!« Die Stimme der Frau durchschnitt die Tür wie ein Messer.

Pickering jaulte auf und sprang vor.

Humphrey traf eine Entscheidung. Es klopfte nicht jeden Tag eine schöne Frau an seine Tür und er wollte weiter mit ihr reden. Also hob er Pickering kurzerhand aus dem Weg und öffnete erneut die Tür.

»Bitte entschuldigen Sie viel-, vielmals«, sagte er mit einer Verbeugung. »Ignorieren Sie meinen Cousin einfach, er ist nicht ganz richtig im Kopf.« Er schielte und streckte die

Zunge heraus, um Pickerings Dachschaden zu verdeutlichen. »Mr Humphrey Winston Gamble, zu Ihren Diensten.« Er hielt ihr seine schwitzige Hand hin.

»Wer sind Sie?«, verlangte Pickering zu wissen. »Was wollen Sie?«

»Mein Name ist Lucretia Cutter.« Die Frau hob das Kinn, als erwartete sie, dass die Cousins schon von ihr gehört hatten. Humphrey starrte sie ausdruckslos an und sah dann zu Pickering, der offensichtlich auch noch nie von ihr gehört hatte.

»Hören Sie, Sie haben etwas, das ich haben will«, sagte sie.

»Darauf können Sie wetten«, entgegnete Humphrey, zog den Bauch ein und streckte die Brust heraus.

»Ich bin bereit dafür zu zahlen«, sagte Lucretia Cutter, »eine Menge.«

»Fahren Sie fort«, sagte Pickering.

»Berichten zufolge gibt es in diesem Teil der Stadt exotische Käfer.«

Pickerings Augen verengten sich. »Ich habe keine Käfer gesehen.«

Sie hielt ihm wieder die drei Käfer hin. »Wirklich nicht? Denn meines Wissens haben Sie die hier an das Gesundheitsamt geschickt.«

»Hier gibt es keine Käfer«, beharrte Pickering.

»Mr Risk, ich bin nicht vom Amt. Ich bin Coleopterologin.«

»Was haben Füße damit zu tun?«, fragte Humphrey.

»Keine Chiropodologin, sondern Coleopterologin«, fauchte sie. »Käferkundlerin und Sammlerin. Ich bin auf der Suche nach einer Gruppe von seltenen Arthropoden, die vor einigen Jahren aus meinem Labor entwischt sind.« Sie hielt die toten Körper wieder hoch. »Diese Käfer haben genau die DNS, die auch die verschwundenen Exemplare hatten. Ich glaube, ich habe endlich ihren Aufenthaltsort entdeckt und er befindet sich genau hier.« Sie lehnte sich gierig vor. »Nicht wahr?«

Humphrey nickte grinsend. »Wollen Sie mein Schlafzimmer sehen?«

Pickering zog ihn zurück in den Flur. »Hör auf zu nicken wie ein Dummkopf«, zischte er. »Das könnte eine Falle sein.«

»Mr Risk, ich bitte Sie! Das ist doch keine Falle. Es geht schlicht ums Geschäft.« Sie hielt ihnen ein glänzendes schwarzes Rechteck hin. »Hier ist meine Karte.«

Humphrey und Pickering drängten vor, aber Humphrey schnappte die Karte und Pickering musste sich am Türrahmen festhalten, um nicht in Lucretia Cutter hineinzustürzen. Seine Nasenspitze kam einen Millimeter vor einer glitzernden schwarzen Brosche zum Halt, die am Aufschlag ihres Laborkittels steckte und mit einer zarten Platinkette gesichert war.

»*Sie lebt!*«, quiekte Pickering, als die Brosche langsam über Lucretia Cutters Kittel wanderte.

»Das ist ein Hirschkäfer, der mit schwarzen Diamanten überzogen ist. Schwarze Diamanten sind selten, aber Hirschkäfer sind mittlerweile noch seltener.« Lucretia Cutter strich über die funkelnden schwarzen Steine und der Käfer hörte auf sich zu bewegen. »Das ist meine Version eines Maquechs und sie ist unbezahlbar.«

»Maqu… was?«

»Maquech. Ein mit Steinen geschmückter Käfer, eine lebendige Brosche aus Mexiko. Ist der nicht umwerfend?«

»Oh – ähm, sehr hübsch.« Pickering zog die Nase kraus.

»Es ist zu schade, dass sich die exotischen Käfer nicht auf Ihrem Grund und Boden befinden«, sie legte den Kopf schief und zog die Oberlippe hoch, »denn ich bezahle pro Exemplar.«

»Sie wollen sie kaufen?«, fragte Pickering überrascht.

»Ja.«

»Alle?« Humphrey traute seinen Ohren nicht.

»Ja, alle.«

»Aber es gibt Tausende …«, sagte Humphrey erstaunt.

»Tatsächlich? Wie interessant.« Lucretia Cutter legte den Kopf zurück, was ihren perfekt geformten Hals sehen ließ. »Sie müssen sich vermehrt haben.« Sie seufzte und kam plötzlich dicht an Humphrey heran. »Legen sie irgendein ungewöhnliches Verhalten an den Tag?«

»Ähm, ähhh …«, stotterte er.

Sie stieß ihre Gehstöcke über die Schwelle und schwang sich hinterher. »Warum zeigen Sie sie mir nicht?«

»Nein!«, kreischte Pickering und versperrte ihr den Weg. »Da gibt es nichts für Sie zu sehen.«

Das Bild eines Jungen, der an einen Stuhl gefesselt und mit Cranberry-Soße bedeckt war, blitzte in Humphreys Kopf auf und er half Pickering den Flur zu blockieren.

Lucretia Cutter richtete sich drohend auf und wirkte mit einem Mal unglaublich groß.

»LASSEN SIE MICH DURCH!«

»Es tut mir leid. Sie müssen jetzt leider gehen. Auf Wiedersehen«, schrie Pickering angsterfüllt. »Danke für Ihren Besuch.«

»Wie Sie wollen«, sagte Lucretia Cutter wütend und trat den Rückzug an. »Sie haben meine Karte. Ich gebe Ihnen eine Woche, um darüber nachzudenken.«

Als sie sich zu ihrem Auto umwandte, stiegen zwei schwarz gekleidete Männer aus. Einer überquerte die Straße, um sie zu eskortieren, und der andere hielt ihr die Wagentür auf.

Pickering starrte hinüber. »Die sehen aus wie die beiden Männer, die ich letzte Woche aus dem Zimmer verjagt habe.«

Darkus krabbelte, so schnell er konnte, durch den Möbelwald zurück. Baxter hielt sich an seiner Schulter fest, als er sich über die Mauer warf, die Treppe zu Onkel Max' Wohnzimmer hinaufstürmte und sich vor dem Fenster auf die Knie fallen ließ.

Das Auto war noch da.

Darkus öffnete den Riegel und schob das Fenster hoch. Er hörte ein gedämpftes Ploppen. Die Chauffeurin, die er bereits vor dem Museum gesehen hatte, öffnete eine der hinteren Türen. Ein puppengleiches Mädchen stieg aus. Sie trug ein ärmelloses schwarzes Kleid und eine Stoffhaube, die auf dem Kopf aufgetürmte silberne Locken einrahmte. Das Kleid war in der Taille eng geschnürt und darunter bauschte sich der Rock wie ein Fallschirm bis kurz über die Knie. Sie trug weiße Lederhandschuhe, einen weißen Gürtel, weiße Ballerinas und eine weiße dreieckige Handtasche baumelte an ihrem Ellbogen, als sie die Straße Richtung Zeitungsladen überquerte. Beim Gehen hielt sie ihren linken Arm wie die Tülle einer Teekanne in die Luft und schwang die Hüften hin und her.

Darkus vergaß, dass das Fenster weit geöffnet war, und prustete los. Das Mädchen sah nach oben. Er erstarrte mit einem breiten Grinsen im Gesicht. Das Mädchen hob eine behandschuhte Hand an die Lippen und warf ihm einen Luftkuss zu, bevor sie durch Mr Patels Ladentür stolzierte. Darkus spürte, wie ihm heiß wurde. »Wofür war das denn?«, fragte er sich verstimmt und lehnte sich so weit wie möglich aus dem Fenster, aber das Mädchen war nun im Laden.

Von Humphreys und Pickerings Tür hörte er Gemurmel, aber er konnte nicht verstehen, was sie sagten. Er lehnte sich so weit vor, wie er sich traute, um herauszufinden, ob das einen Unterschied machte.

Ein perlendes Lachen ließ ihn zusammenfahren. Das Mädchen war wieder da, sie stand mitten auf der Straße und lutschte an einem Lolli. Während sie ihn anschaute, nahm sie eine kleine weiße Karte aus ihrer Handtasche, winkte ihm zu und ließ sie zu Boden fallen. Dann ging sie zurück zum Auto, ohne sich noch einmal umzusehen.

»Warten Sie!«, dröhnte Humphreys Stimme. »Was würden Sie mit all den Käfern machen?«

Darkus blickte nach unten. Lucretia Cutter sah sich über die Schulter nach den Cousins um und ein grausames Lächeln verzog ihre goldenen Lippen. »Ich würde sie töten, Mr Gamble. Sie alle töten. Und sobald sie tot sind, spieße ich die außergewöhnlichen Exemplare auf und nehme sie in meine *persönliche* Sammlung auf.«

Auf ihre Gehstöcke gestützt schwang sie sich davon und ignorierte die Hand ihres Bodyguards. Ihre Ellbogen ragten rechtwinklig heraus wie die Beine einer Gottesanbeterin und ihr schwarzer Rock zog sich wie der Körper eines Tausendfüßlers hinter ihr her. *Ich frage mich, was mit ihren Beinen los ist,* dachte Darkus und konnte nicht anders, als bei ihrem Anblick zu schaudern, ein Gefühl des Grauens, das sich wie kalter Nebel über ihn legte.

»Was, glaubst du, will sie hier?«, fragte Darkus und blickte über seine Schulter. Baxter saß mit flatternden Deckflügeln auf dem Couchtisch.

»Was tust du? Versteckst du dich?« Er hob Baxter hoch, hielt ihn an die Brust und streichelte seine Flügel. »Mach dir keine Sorgen, ich lasse nicht zu, dass sie dir wehtut.«

Er starrte hinunter auf die Straße. Der Raum, aus dem sein Dad verschwunden war, trug den Namen dieser Frau über der Tür. Onkel Max hatte sie als Schurkin bezeichnet und jetzt war sie wegen der Käfer hier. Tja, aber die bekam sie nicht. Darkus schwor sich, dass er sie – und die Männer von nebenan – davon abhalten würde, den fantastischen Insekten wehzutun. Er war sich sicher, dass sein Dad ähnlich gehandelt hätte.

Morgen in der Schule würde er Virginia und Bertolt vom Museum und den Käfern erzählen und sie um Hilfe bitten.

Der Motor röhrte auf und Darkus verfolgte, wie Lucretia Cutters Wagen die Straße hinunterkroch wie ein mechanischer Mistkäfer.

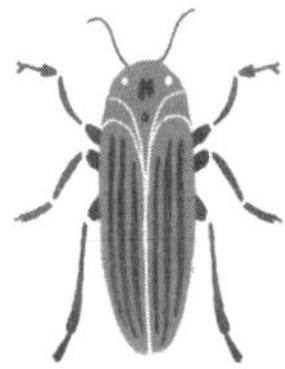

8. Kapitel
DER EID

»Wo gehen wir denn hin?«, fragte Bertolt nervös, als Darkus sich zum Schuppendach hochzog.

»Wart's ab«, sagte Darkus. »Virginia, hilf ihm mal hoch.«

Bertolt kraxelte aufs Dach und kreischte kurz auf, weil sein Schuh in der Regenrinne stecken blieb.

»Hier lang«, sagte Darkus, lief leichtfüßig an der Mauer entlang und zog sich dann hinauf. Oben setzte er sich, ließ die Beine baumeln und reichte Bertolt die Hand.

Er hatte den Schultag über so getan, als ob er sich krank fühle. Onkel Max hatte zwar gesagt, er könne ruhig noch einen zweiten Tag freinehmen, um ihre Geschichte glaubwürdiger zu machen, aber Darkus wollte wieder hingehen. Er konnte es nicht erwarten, Bertolt und Virginia zu sehen. Seine einzige Sorge war, dass Pickering und Humphrey ihn auf dem Schulweg entdecken könnten. Also hatte er sich Onkel Max' Pudelmütze und einen langen Schal vom Garderobenständer im Flur geborgt und Kopf und Hals damit bedeckt. Bevor er aus der Tür schlüpfte, hatte er sich vergewissert, dass die Luft rein war, und sich dann größte Mühe gegeben, wie einer der Klone rüberzukommen, die mit vorgezogenen Schultern zur Schule stapften.

Am Ende des Schultags hatte er Virginia und Bertolt eingeladen mit zu Onkel Max zu kommen, wobei er sie über die Gründe im Unklaren ließ. Er hatte Angst, dass sie ihn auslachen würden, wenn er die Wahrheit erzählte – oder, noch schlimmer, ihn dafür bemitleiden würden, dass er sich so etwas Verrücktes ausdachte. Sie mussten alles mit eigenen Augen sehen, dann würden sie ihm vielleicht helfen.

»Ich fasse es nicht, dass ich mich hierzu habe überreden lassen«, grollte Bertolt, der sich langsam über das Dach schob und versuchte nicht nach unten zu sehen.

Darkus packte seinen Arm und zog ihn auf die Mauer hoch. Er zeigte auf den Hof nebenan. »Sieh dir das mal an.«

Bertolt fiel die Kinnlade herunter.

»Was denn?«, fragte Virginia und schwang sich auf der anderen Seite von Darkus auf die Mauer. »Mein lieber Scholli! Das gibt's doch nicht!«

»Ich nenne es den Möbelwald«, sagte Darkus großspurig.

»Was bist du, ein Dichter?«, sagte Virginia lachend und warf die Beine auf die andere Seite. »Na los, worauf wartet ihr?«

»Virginia!«, sagte Bertolt. »Das darf man nicht!«

»Uups!«, sagte Virginia mit einem Lächeln zu Bertolt, ließ die Mauer los und landete auf einem Kleiderschrank.

»Mir nach.« Darkus schwang sich zum senkrechten Sofa hinüber, ließ sich hinuntergleiten und verschwand im Gewirr.

Er wartete unter einem Tisch auf Virginia und Bertolt, die hereingekrabbelt kamen und sich zu ihm kauerten. »Ich bin mir nicht sicher, ob das eine gute Idee ist«, flüsterte Bertolt und sah sich nervös um. »Wir wissen nicht, wer hier wohnt.«

»Doch, das weiß ich«, sagte Darkus.

»Sind die nett?«, fragte Bertolt hoffnungsvoll.

»Nicht wirklich.« Darkus wechselte das Thema. »Hört mal, ich habe euch hierhergeführt, weil ich eure Hilfe brauche.«

»Hat es mit deinem Dad zu tun?«, fragte Virginia.

Darkus nickte.

»Ich wusste es!«

»Es ist einiges passiert und ich weiß noch nicht, was das alles bedeutet, aber ich glaube, das Verschwinden meines Dads hat etwas hiermit zu tun.« Er ließ den Rucksack vom Rücken gleiten und nahm Baxters Marmeladenglas heraus.

»Was ist das?«, rief Bertolt aus und lehnte sich vor.

»Wow! Woher hast du so einen großen Nashornkäfer?« Virginia kniete sich hin, schnappte sich das Glas von Darkus und betrachtete es von nahem. »Der ist prächtig!«

»Woher weißt du das?«

»Weiß ich was?« Virginia stupste das Glas leicht mit der Fingerspitze an.

»Dass Baxter ein Nashornkäfer ist?«, fragte Darkus beeindruckt.

»Ich weiß viele Dinge«, sagte Virginia lächelnd. »Außerdem habe ich drei Brüder und Sean steht total auf Käfer. Er hat zwei Stabheuschrecken, eine Tarantel und ein ganzes Regal voller Insekten-DVDs. Der würde freiwillig einen Eimer Zitronensaft trinken, wenn er dafür so einen großen Käfer in die Finger bekäme.«

Darkus nahm das Glas wieder an sich und schraubte den Deckel ab. »Ich habe ihn vorgestern gefunden.« Er neigte das Glas vorsichtig. »Darf ich vorstellen? Baxter«, sagte er, als der Käfer aus dem Glas auf seine Hand krabbelte. »Baxter, das sind Bertolt und Virginia.«

»Beißt der?«, fragte Bertolt gebannt.

»Sei kein Idiot«, sagte Virginia und gab ihm einen Schubs. »Nashornkäfer fressen Früchte und Pflanzensaft.«

»Na, das kann ich doch nicht wissen«, schnaubte Bertolt. Er sah zu Darkus. »Ich verstehe das nicht. Was hat der Käfer mit dem Verschwinden deines Vaters zu tun?«

»Gestern war ich im Museum und habe mir den Raum angesehen, aus dem er verschwunden ist.«

»Ist nicht wahr!« Virginia bekam große Augen. »Hast du irgendwelche Hinweise gefunden?«

»Die Polizei hat doch schon alles gründlich durchsucht«,

sagte Bertolt und sah sie über den Brillenrand missbilligend an.

»Ehrlich gesagt, ja, habe ich.« Darkus strich mit dem Finger über Baxters Brust. »Oder vielmehr Baxter.«

»Der *Käfer* hat einen Hinweis gefunden?«, fragte Virginia skeptisch.

Darkus berichtete, wie er Baxter gefunden hatte, und erzählte dann vom Besuch im Museum.

»Ich war gestern gar nicht krank«, sagte Darkus. »Das hat Onkel Max nur behauptet.« Er erzählte vom Raum mit der Käfersammlung, dem Rätsel um die leeren Schubladen, wie sie die Brille seines Vaters gefunden hatten und von der Ankunft Lucretia Cutters.

»Wie sich herausgestellt hat, ist Dad aus dem Raum der Cutter'schen Coleoptera-Sammlung verschwunden.«

»Du hast sie gesehen?«, fragte Bertolt verblüfft. »Die echte Lucretia Cutter?«

Darkus nickte. »Ich habe sie sogar zweimal gesehen, aber das erzähle ich gleich noch.«

»Zweimal!«, quiekte Bertolt.

»Wer ist Lucretia Cutter?«, fragte Virginia.

»Keine Ahnung«, sagte Darkus achselzuckend. »Sie ist reich, so viel ist klar, sie hat das tollste Auto und sie steht total auf Käfer. Onkel Max glaubt, dass sie etwas mit Dads Verschwinden zu tun hat.«

»Ihr habt noch nie von Lucretia Cutter gehört?«, fragte Bertolt erstaunt.

Darkus und Virginia schüttelten den Kopf.

»*House of Cutter* ist eine der größten Modemarken der Welt. Lucretia Cutter ist als verrückte Fashion-Forscherin bekannt«, sagte Bertolt. »Sie ist ein Genie und eine mächtige Geschäftsfrau.«

Sie starrten ihn verständnislos an.

»Ihr habt doch bestimmt schon mal das Logo mit einem fliegenden Skarabäus auf Handtaschen und so gesehen?« Er malte mit dem Finger einen Kreis in die Luft.

»Wieso kennst du dich mit Mode aus?«, fragte Darkus überrascht.

»Meine Mutter liest immer solche Zeitschriften«, sagte Bertolt und wurde rot.

»Und was hat diese Modedesignerin mit Käfern zu tun?«, fragte Virginia. »Oder mit deinem Dad?«

»Letzte Saison hat sie eine Rüstung aus Spinnenfäden für den Geist von Johanna von Orléans gemacht«, sagte Bertolt. »Vielleicht will sie ein Kleid aus Käfern machen.«

»Widerlich!« Virginia verzog das Gesicht. »Ein Kleid aus Insekten.«

»Ich kann nicht glauben, dass du sie gesehen hast«, sagte Bertolt zu Darkus. »Sie geht fast nie aus, nicht seit ihrem Unfall. Sie kommt nicht einmal mehr zu ihren eigenen Modeschauen.«

»Unfall?«

»Sie hatte einen schrecklichen Autounfall, ungefähr vor einem Jahr.«

Bertolts hohe Stimme senkte sich zu einem dramatischen Flüstern. »In den Zeitungen hieß es, sie würde nie wieder laufen können.«

»Sie hatte Gehstöcke, als ich sie gesehen habe«, sagte Darkus. »Sie bewegt sich zwar seltsam, aber sie kann laufen.«

»Es hieß, sie wäre fast gestorben«, fügte Bertolt hinzu.

»Tja, nun, man darf den Zeitungen nicht immer glauben«, sagte Darkus bitter. »Wie auch immer, Onkel Max sagt, sie bedeutet nichts Gutes.«

Bertolt wirkte bestürzt. »Wieso?«

»Weiß ich nicht genau. Ich vermute, dass sie Dad kennt, denn laut Onkel Max war Dad mal Käferexperte. Aber da ist noch mehr.«

Darkus erzählte davon, wie er die Nachbarn hatte streiten hören, wie er den Möbelwald entdeckt hatte, in den Baum geklettert und auf den Tassenberg voller Käfer gestoßen war und wie man ihn dann gefangen genommen hatte. Bertolt wirkte angespannt, als Darkus von seiner Flucht und Lucretia Cutters Besuch berichtete und von dem Mädchen, das aus dem Auto ausgestiegen war und seine Karte fallen gelassen hatte. Den Teil mit dem Kuss, den sie ihm zugeworfen hatte, ließ er aus. Das war zu peinlich und er wusste, dass Virginia ihn damit aufziehen würde.

»Und wenn ihr mir nicht glaubt« – er zog ein weißes Papprechteck aus seiner Tasche und hielt es ihnen hin –, »hier ist die Karte.«

Bertolt nahm sie und las: *»Novak Cutter, Schauspielerin.*

Towering Heights, Regent's Park, London.« Er sah auf. »Das ist eine noble Gegend.«

»Moment mal.« Virginia hob die Hände. »Das wird jetzt zu verrückt. Du willst sagen, Baxter ist da reingeflogen und hat dir geholfen, wie so eine Art Superkäfer? Und er hat die anderen Käfer dazu gebracht, sich durch deine Fesseln zu beißen, damit du entkommen konntest?«

»Ja.« Darkus runzelte die Stirn, denn er merkte, dass Virginia ihm nicht glaubte. »Hört mal, ich brauche eure Hilfe. Es kommt mir vor, als müsste ich bei einem Bild nur die Punkte verbinden, aber da sind alle möglichen Punkte ohne Zahlen und ich komme nicht darauf, wie sie zusammengehören.«

»Okay, da ist was im Busch, aber ein Käfer mit Superkräften?« Virginia spitzte die Lippen und zog die Augenbrauen hoch. »Das ist ja wohl ein Scherz!«

»Ich weiß, das klingt, als hätte ich es mir nur ausgedacht, aber das ist kein Scherz.« Darkus schüttelte den Kopf. »Ich kann mit niemandem sonst darüber reden. Onkel Max verhält sich sowieso schon so komisch, was Baxter angeht, und er würde mich umbringen, wenn er wüsste, was gestern Abend passiert ist. Vielleicht müsste ich Baxter dann sogar weggeben.« Er blickte von Virginia zu Bertolt. »Es ist wichtig, dass ihr mir glaubt. Deshalb habe ich euch hergebracht. Ich wollte es euch zeigen.«

»Uns was zeigen?«, fragte Virginia.

»Baxter«, Darkus streckte seine Hand so weit wie möglich weg, »Zeit für deinen Auftritt. Flieg auf meine Schulter.«

Die Elytren des Käfers hoben sich und darunter entfalteten sich die weichen Flügel. Sie flatterten, als er die kurze Strecke zu Darkus' Schulter flog, wo er seine Lieblingsposition einnahm.

Bertolts und Virginias Mienen waren starr vor Schreck.

»Wie hast du das gemacht?«, quiekte Bertolt verblüfft.

Darkus zuckte mit den Achseln. »Ich habe gar nichts gemacht.«

»Mach das noch mal«, insistierte Virginia mit gedämpfter Stimme. »Nein, bring Baxter dazu, etwas anderes zu machen. Etwas Schwierigeres.«

»Baxter«, flüsterte Darkus, »flieg hoch und dreh einen Looping«, sein Finger beschrieb die Bahn in der Luft, »und dann lande auf Virginias Hand.« Er nahm ihre Hand, öffnete sie und drehte die Handfläche nach oben. »Okay? Los!«

Baxter hob ab, drehte eine Schleife in der Luft und landete dann auf Virginias Hand.

»AAAAAAAH! DAS GIBT'S NICHT!«, kreischte sie begeistert.

»SCHHHHHHHHH!«, schimpfte Darkus.

»Und du behauptest, da oben seien noch mehr von diesen Käfern?« Bertolt zeigte zum Emporium hoch.

»Die sind nicht alle wie Baxter«, sagte Darkus, »aber ja, da oben sind Hunderte, wenn nicht Tausende von Käfern.«

»Das ist fantastisch!«, sagte Virginia und starrte auf den Nashornkäfer auf ihrer Hand.

»Glaubst du mir jetzt?«, fragte Darkus vergnügt.

»Darauf kannst du wetten!« Virginia sah ihn mit aufgeregt blitzenden Augen an. Sie legte ihre Hand an Darkus' Schulter, damit Baxter zurückklettern konnte.

»Hilfst du mir?«

Virginia nickte.

Darkus sah zu Bertolt. »Und du?«

Er schob seine Brille die Nase hoch und schluckte nervös. »Ich werde mein Bestes geben.«

»Also wie lautet der Plan?«, fragte Virginia.

»Lucretia Cutter will die Käfer aus dem Raum da oben haben«, sagte Darkus, »und wenn sie sie in die Finger bekommt, wird sie alle töten. Das hat sie selbst gesagt, ich habe es gehört.« Baxters Deckflügel öffneten und schlossen sich. »Keine Angst, Baxter, das werden wir nicht zulassen.« Er sah Virginia an. »Ich weiß nicht viel über diese Käfer, aber wenn es darunter nur ein paar wie Baxter gibt, dann sollte man sie erforschen, nicht töten.« Darkus spürte Ärger in sich aufwallen. »Wir müssen mehr über diese Käfer in Erfahrung bringen. Woher kommen sie? Und warum will Lucretia Cutter sie haben? Und vor allem müssen wir herausfinden, woher sie meinen Dad kennt und ob es eine Verbindung zwischen diesen Käfern und der Arbeit meines Dads gibt, woran auch immer er gerade saß.« Die Mappe unter dem Arm seines Onkels schoss ihm in den Kopf. »Ich glaube, es könnte sich um etwas handeln, das Fabre-Projekt heißt.«

»Ich wünschte, du könntest hören, wie verrückt du gerade klingst«, sagte Virginia kichernd.

»Das ist NICHT LUSTIG!« Darkus merkte, dass er schrie.

»Schhhhhhhh!« Bertolt guckte verschreckt.

»Wow! Beruhige dich. Schon gut.« Virginia hielt die Hände hoch. »Wir sind auf einer Käfer-Rettungsmission und kämpfen gegen eine teuflische Mode-Magnatin, die vielleicht, vielleicht aber auch nicht deinen Vater entführt hat, was irgendwas mit Käfern zu tun hat, aber wir wissen noch nicht, was.« Sie lächelte. »Ich bin dabei! Ich wollte nur sagen, dass es verrückt klingt.« Sie lehnte sich zurück und grinste. »Aber verrückt ist cool.«

Bertolt fasste herüber und legte seine Hand auf Darkus' Arm. »Ich werde alles Erdenkliche tun, um dir zu helfen deinen Dad wiederzufinden, Darkus«, sagte er ernst.

»Danke.« Darkus fühlte sich plötzlich ernüchtert. Seine Gedanken rasten, seit er das Museum besucht hatte, und jetzt, wo er sie endlich mit Virginia und Bertolt geteilt hatte, verstand er, wie komisch er klang. »Tut mir leid, dass ich geschrien habe.«

»Ach, schon in Ordnung.« Virginia knuffte ihn freundlich in den Arm.

»Ich habe nicht wirklich einen Plan«, gab er zu. »Aber ich kann auch nicht zulassen, dass Lucretia Cutter da reingeht und alle Käfer umbringt.«

»Lasst uns einen Eid schwören«, sagte Virginia und streckte die Hand aus.

»Einen Eid?«

»Ich, Virginia Wallace, gelobe feierlich, dass ich Darkus

Cuttle bei seiner Mission, seinen Vater zu finden und die Käfer zu retten, helfen und beistehen werde.«

Bertolt legte seine flache Hand auf Virginias.

»Ich, Bertolt Roberts, gelobe feierlich, dass ich Darkus Cuttle bei seiner Mission, seinen Vater zu finden und die Käfer zu retten, helfen und beistehen werde.«

Darkus legte seine Hand auf die der anderen.

»Ich, Darkus Cuttle, gelobe feierlich, dass ich nicht eher ruhen werde, bis ich meinen Vater gefunden und die Käfer gerettet habe.«

Baxter sauste herunter und setzte sich auf Darkus' Handrücken.

Sie sahen erst einander und dann den Käfer an.

»Na bitte«, sagte Virginia. »Wir haben einen Eid geschworen. Jetzt müssen wir loslegen.«

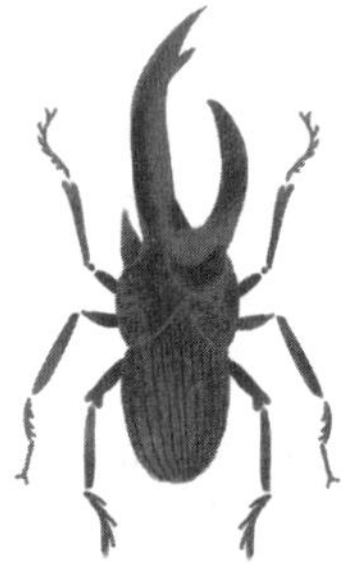

9. Kapitel

DAS BASISLAGER

Sie beschlossen, als Erstes ein Lager im Möbelwald aufzuschlagen, damit sie das Emporium besser im Auge behalten konnten. Virginia wollte den Ahorn hinaufklettern und die Käfer sehen, aber Darkus fand, dass sie warten sollten, bis Humphrey und Pickering das Haus verlassen hatten, und Bertolt stimmte dem entschieden zu.

»Da wir uns zu dritt in dieses Abenteuer stürzen«, sagte Bertolt, »sollten wir da nicht einen Namen haben, so wie die Fantastischen Vier oder die Fünf Freunde?«

»Nein!« Virginia verzog das Gesicht. »Wir geben uns keinen Namen!«

»Aber wir könnten uns Die Drei Käfer-Tiere nennen«, sagte Bertolt, »wie die Musketiere, aber mit Käfern.«

»Wie alt bist du, sieben? Namen sind lahm.«

Bertolt hörte nicht zu. »Oder wir könnten eine Gang namens Käferkerle gründen.« Er hielt inne. »Plus Käfermädchen.«

»Darf ich ihm den Mund zukleben?«, fragte Virginia. »Er geht mir auf die Nerven.«

Darkus lachte.

»Wie wär's mit Die Insekten-Detektive?« Bertolt legte hoffnungsvoll den Kopf schief.

»Ich würde lieber mein eigenes Bein aufessen, als in einer Gang zu sein, die sich Die Insekten-Detektive nennt.« Virginia schüttelte den Kopf und wechselte das Thema. »Wo wollen wir das Lager aufschlagen?«

»Es muss weit genug vom Emporium entfernt sein, damit uns niemand hört oder entdeckt, und gleichzeitig müssen wir einen freien Blick auf alle Fenster haben«, überlegte Darkus.

»Das wäre dann in der hinteren linken Ecke«, sagte Bertolt. »Von rechts versperrt der Ahorn die Sicht.«

»Wir müssen richtige Pfade durch die Möbel schlagen«, sagte Darkus, »damit wir uns schnell bewegen können – und verschwinden, falls nötig.«

»Können wir Fallen bauen?«, fragte Bertolt. »Falls jemand versucht uns zu folgen?«

»Das klingt gut.« Darkus nickte begeistert.

»Was ist mit Sprengstoff?« Bertolts Nasenflügel blähten sich bei dem Gedanken. »In den Fallen, meine ich.«

»Ääh, ich glaube, die meisten dieser Möbel sind brennbar«, antwortete Darkus stirnrunzelnd.

»Natürlich.« Bertolt kratzte sich am Kopf. »Vielleicht nur ein paar Böller.«

»Na, dann.« Virginia krabbelte auf Händen und Füßen durch einen Schrank ohne Rückwand fort. »Legen wir los.«

Die drei schlängelten sich durch den Möbelwald, kartografierten seine Gassen und Sackgassen und räumten lautlos Dinge aus dem Weg, um Pfade freizulegen und ein Labyrinth zu bilden, dessen Geheimnisse nur sie kannten. Sie gaben sich stumme Zeichen, als sie Stühle verrückten, Kartons anhoben und Regale verschoben und auf diese Weise verborgene Durchlässe, breitere Tunnel und Wege ins Nirgendwo schufen.

An der Südecke des Hofs, so weit vom Emporium entfernt wie möglich, errichteten sie einen Verschlag aus großen Möbelteilen mit Abdeckplane als Dach. Sie zerrten die Standuhr mitsamt der dort wohnenden Maus hinein und verwendeten die schwarze Tür mit der silbernen 73 als Eingang.

»Das ist jetzt unser Basislager«, schlug Bertolt vor, als er einen runden Couchtisch in die Mitte schob. »So nennt man das Lager, das man auf einem Berg aufschlägt, um von dort den Gipfel zu erreichen.«

Darkus ordnete die Regalbretter in einem Metallgestell neu an, damit es als Wand dienen konnte. »Basislager.« Er probierte den Namen aus. »Das klingt gut.«

»Seht mal, was ich für tolle Sachen gefunden habe.« Virginia kam mit jeder Menge Zeug durch die Tür und lud es auf dem Sofa ab. »Ein Teleskop zum Spionieren, eine Öllampe, etwas Schnur – immer nützlich –, eine Autobatterie und ein Spiegel.«

»Das ist ja schön.« Bertolt nahm sich das Messing-Teleskop und starrte hindurch. »Wir könnten damit bis ins Emporium sehen.«

»Sie nennen ihn nicht grundlos Einstein«, zog ihn Virginia auf.

»Ich frage mich, ob Pickering und Humphrey gestern Abend ins Zimmer gekommen sind«, sagte Darkus. Er hatte sich den ganzen Tag Sorgen um die Käfer gemacht. »Dieser Sessel war wirklich schwer und ich habe ihn so unter den Türknauf geklemmt, dass sie ihn nicht mehr drehen konnten.«

»Wir könnten das Teleskop nehmen und nachsehen.« Virginia schnappte es Bertolt aus der Hand.

Darkus nickte und sah sich um. »Mit dem Lager sind wir ja so ziemlich fertig.«

Bertolt zuckte die Achseln. »Okay.«

Sie schlugen sich durch ihre neu geschaffenen Tunnel zu einem Aussichtsposten, der auf einer Linie mit Humphreys und Pickerings mutmaßlichem Küchenfenster im ersten Stock lag.

»Oooh, seht euch den an!« Bertolt zeigte auf einen vor sich hin dämmernden Kristallleuchter, der aus einem Koffer ragte. »Können wir den auf dem Rückweg mit ins Basislager nehmen?«

Virginia war auf eine hohe Kommode geklettert und hatte das Teleskop durch ein Loch in der Plane gebohrt. »Ich kann einen in der Küche sehen«, flüsterte sie. »Er zieht sich gerade den Mantel an.« Sie drehte sich um. »Glaubst du, dass er rauswill?«

»Wir könnten nach vorne gehen und nachsehen«, schlug Darkus vor.

Virginia rutschte die Kommode herunter. »Los, los, los, sonst verpassen wir ihn.«

Die drei krabbelten zu einer Leiter hinüber, die sie an die Mauer gebunden hatten. Sie kletterten hoch und ließen sich auf der anderen Seite fallen, rannten durch Onkel Max' Hausflur und dann vors Haus. Sie blickten in beide Richtungen, konnten aber keine Spur der Nachbarn entdecken, also rasten sie über die Straße und stürmten in den leeren Waschsalon, wo sie sich hinter den Maschinen, die am Fenster standen, auf den Boden warfen.

»Da ist er!«, sagte Darkus atemlos und zeigte über die Straße. »Es ist der Dünne. Er heißt Pickering.«

Virginia und Bertolt linsten über eine Waschmaschine hinweg, als ein großer knochiger Mann im abgewetzten Regenmantel aus der Tür neben dem verrammelten Laden trat und die Straße hinaufeilte. Darkus fiel plötzlich wieder ein, wie er Pickering in einem Moment blinder Panik davon erzählt hatte, dass er nebenan lebte. Hoffentlich glaubte Pickering immer noch, dass er gelogen hatte, am besten hatte er seine Bemerkung sogar vergessen. Er wollte gerade Virginia und Bertolt davon erzählen, als sich die graue Tür wieder öffnete. Er packte die beiden und zog sie hinter die Maschinen.

»Das ist der andere«, flüsterte er. »Humphrey.«

»Der ist ja gigantisch«, japste Bertolt, der durch einen Spalt zwischen den Maschinen spähte.

Humphrey trottete in die entgegengesetzte Richtung von Pickering davon.

»Ich weiß«, stimmte Darkus ihm zu. »Das ist der, der gesagt hat, er wolle eine Pastete aus mir machen.«

»Moment mal!« Virginia sah ihn an. »Wenn die jetzt beide weg sind, dann ist das doch ein guter Moment, um die Käfer kennenzulernen und sich den Berg anzugucken.«

Bertolt schluckte. »Ähm, wäre das nicht Einbruch?«

»Nur wenn dabei wirklich etwas einbricht«, sagte Darkus und grinste Virginia an.

»Wir wollen ja nichts stehlen – und wenn wir uns beeilen, sind wir wieder draußen, bevor sie zurückkommen«, sagte Virginia und versuchte Bertolt zu beruhigen.

»Das ist gefährlich«, gab Bertolt zu bedenken.

»Gefahr ist mein zweiter Vorname.«

»Nein, ist er nicht«, murmelte Bertolt und fummelte nervös an einem Faden herum, der vom Ärmelaufschlag seines Blazers hing. »Sondern Winifred.«

»Komm schon, Bertolt«, umgarnte ihn Darkus. »Ich schwöre, dass du so etwas noch nie gesehen hast, und es könnte meinem Dad helfen.«

Mit dem unglücklichsten aller Gesichtsausdrücke ließ Bertolt ein winziges Nicken erkennen.

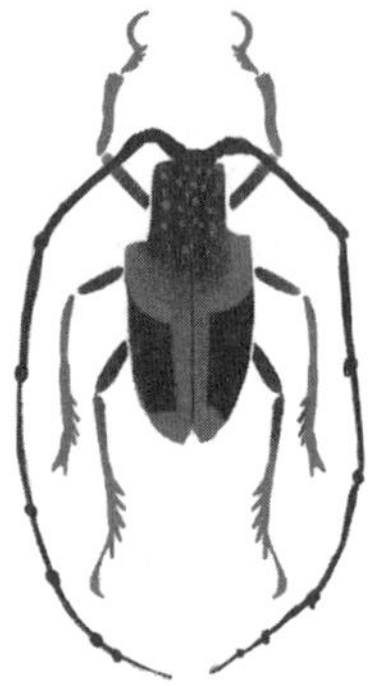

10. Kapitel
DER KÄFERBERG

»Das Fenster ist es.« Darkus zeigte durch die Äste des Ahorns nach oben. »Wir müssen auf den gegenüberliegenden Ast klettern und reinspringen.« Er blickte auf seine Schulter. »Baxter, du kannst hochfliegen.«

»Ich weiß immer noch nicht recht.« Bertolt krallte sich an Virginia. »Ich hab's nicht so mit Höhen.«

»Willst du das Ganze denn nicht sehen?«

Bertolt nickte widerwillig. »Doch, aber …«

»Was könnte schlimmstenfalls passieren? Wir gehen da rein und es stellt sich raus, dass nur eine Handvoll normaler Käfer in einer Teetasse haust?«

»Nein.« Bertolt blickte düster drein. »Dass wir runterfallen und uns das Genick brechen. Oder dass wir geschnappt werden und im Gefängnis landen.«

»Falls wir geschnappt werden, erzählen wir der Polizei, wir versuchen Darkus zu retten. Die haben ihn gekidnappt, weißt du noch? Wir werden Helden sein.«

»Und was, wenn sie uns kidnappen?«

»Hör mal, sie sind weg – und falls sie zurückkommen, sind wir blitzschnell aus dem Fenster und wieder unten«, sagte Darkus beruhigend, schwang sich auf den Baum und beugte sich herunter, um Virginia die Hand zu reichen. Sie machte sich über ihn lustig, schlang die Hände um den niedrigsten Ast und lief mit den Füßen den Stamm hinauf, bis sie sich neben ihn in sitzende Position schwingen konnte.

Sie sahen zu Bertolt hinunter, der springend versuchte den Ast zu fassen zu bekommen, allerdings erfolglos. Virginia und Darkus zogen ihn zu sich hoch.

»Danke.« Bertolt schob seine Brille die Nase hoch und grinste entschuldigend.

Darkus kletterte als Erster auf den Ast vor Humphreys Zimmer und hievte sich durchs Fenster. Die Käfer hatten sich in ihrem Berg versteckt, nur das eine oder andere Hinterbein, der eine oder andere Fühler waren sichtbar. Erleichtert stellte er fest, dass der rosa Sessel immer noch unter dem Türknauf klemmte.

»Hallo«, flüsterte Darkus und erhob sich vom Boden. »Ich bin wieder da.«

Baxter landete sanft auf seiner Schulter. Er konnte leises Schaben und Zwitschern hören, als die anderen Käfer aus ihrem Berg hervorkamen.

»Rück mal.« Virginia kauerte auf dem Fenstersims. »Dieses Fenster brummt ja vor Marienkäfern.«

»Ich bleibe vielleicht einfach hier.« Bertolt klammerte sich immer noch an den Ast.

»Mach schon.« Virginia streckte sich und Bertolt warf sich in ihre Arme, woraufhin beide durch das Fenster zu Boden stürzten.

»Tut mir leid«, flüsterte Bertolt. »Ich habe ein Größenhandicap, wenn es um Bäume geht.«

»Es ist ganz schön dunkel hier drinnen.« Virginia sah sich um.

»Das Licht geht nicht«, antwortete Darkus und zeigte auf die leere Fassung, die von der Decke baumelte. »Ich wünschte, ich hätte meine Taschenlampe mitgebracht.«

Als Antwort erklang ein sanftes Summen. Tausende kleiner flackernder gelber Lichter schwebten Richtung Decke.

»Wow!« Darkus sah hoch.

»Funkelfünkchen!«, staunte Virginia.

»Funkel was?«, fragte Darkus.

»Glühwürmchen«, sagte Virginia mit leuchtenden Augen. »Unser ganz persönlicher Sternenhimmel.«

»Glühwürmchen«, wiederholte Bertolt. »Sind *die* schön!«

»Willkommen am Käferberg.« Darkus trat stolz vor den gewaltigen Haufen und freute sich über Virginias und Bertolts Mienen, als Hunderte Käfer die Köpfe aus ihren Tassen steckten. Baxter flog sofort los und landete auf dem Schmetterlingsflieder.

»Das sind ja große Käfer!« Virginia kam näher, um sie sich genauer anzusehen.

»Stehen bleiben!« Darkus deutete auf den Boden. »Guck mal runter.«

Der Boden zu ihren Füßen sah vielleicht aus wie ein Teppich, aber Darkus wusste ja, dass es ein lebendiges Gewebe von Käfern war.

»Was soll ich tun?«, fragte sie Darkus.

Darkus kniete sich hin. »Könntet ihr bitte meine Freundin durchlassen?«, fragte er höflich.

Die Käfer zu Virginias Füßen zogen sich zurück und gaben den Weg frei.

»Unglaublich!« Sie lachte vor Vergnügen und trat vorsichtig neben ihn.

Darkus zeigte auf die Käfer in den Tassen und bemerkte dabei, dass einige der Tassen auch Käferlarven beherbergten. In mehreren Tassen entdeckte er Spuren von Cranberry-Soße und war fasziniert von den türkis- und karamellfarbenen Schimmelwucherungen, die zwischen den verschiedenen Geschirrteilen sprossen. Er widerstand der Versuchung, darin herumzustochern, aber ihm fiel auf, dass verschiedene Käferarten ihre Tassen mit unterschiedlichen Dingen ausgekleidet hatten, zum Beispiel mit Zweigen oder Wasser oder sogar einer alten Socke!

»Mein Bruder Sean fällt tot um, wenn ich ihm davon erzähle«, sagte Virginia und spähte in die Tassen. »Guck mal! Ein *Holunderkäfer*!« Sie zeigte auf einen schwarzen Käfer mit absurd langen Fühlern und goldumrandeten Elytren. »Das ist eine vom Aussterben bedrohte Art. Oh, und da ist ein Hirschkäfer – und ein Blasenkäfer! Dieses Zimmer sollte zum Naturschutzgebiet erklärt werden.«

»Äh, Leute …« Bertolts Stimme schoss eine Oktave in die Höhe. »HILFE!«, kreischte er.

»Entspann dich. Wir hören die Haustür, wenn sie zurückkommen«, sagte Darkus.

»Nein, sieh doch!« Bertolt wandte die Augen gen Decke. »Käfer!«

»Ich weiß.« Virginia sah lächelnd zu den Glühwürmchen hoch. »Sind die nicht atemberaubend?«

»NEIN!«, heulte Bertolt. »Auf meinem Kopf!«

»Wo-hoow! Was ist das denn?«, rief Virginia aus. »Der ist ja gigantisch!«

»Tatsächlich?« Bertolt sah aus, als würde er gleich in Ohnmacht fallen. Auf seinen weißblonden Locken saß der riesige Käfer mit den Zebrastreifen.

»Alles in Ordnung.« Darkus lächelte. »Das ist ein Goliath. Den habe ich gestern schon getroffen. Er tut dir nichts.«

»Schaff ihn von mir runter«, flehte Bertolt.

Sanft hielt Darkus seine Hand an Bertolts Stirn und der große Käfer krabbelte darauf. Bertolt schloss die Augen, ließ die Stirn an die Wand sinken und seufzte vor Erleichterung, bis er die Augen wieder öffnete und direkt vor seiner Nase eine Ansammlung mintgrüner Rosmarinkäfer fand, die sich an einem Teespritzer labten. Er sprang kreischend zurück.

Virginia gab einen missbilligenden Laut von sich. »Jetzt sei nicht so eine Memme, sonst trittst du noch einen platt. Komm schon, du bist ja wohl klug genug, um zu erkennen, wie fantastisch diese Kerlchen sind, oder?«

Bertolt blickte beschämt zu Boden. »Tut mir leid.«

»Oh! Seht mal! Mistkäfer!«, rief Virginia und zeigte darauf.

»Igitt! Bäh!«, sagte Bertolt und verzog das Gesicht. »Guckt mal, was die da schieben!«

Darkus sah einen braunen Kricketball aus einem Loch in der Fußleiste rollen, der von zwei bronzefarbenen Käfern dirigiert wurde. Der eine Käfer schuftete heldenhaft, bewegte sich in einer Art Handstand und schob den Ball mit den Hinterbeinen vorwärts, während der andere Käfer lediglich vorgab zu helfen, aber eigentlich einfach oben thronte und eine Freifahrt genoss.

»Glaubt ihr, das ist menschliches A-a?«, fragte Bertolt.

»Was für Sorten A-a sollen die hier denn sonst noch haben?« Virginia kicherte über Bertolts Abscheu. »Ach, nun komm, wir alle müssen mal, und wenn die Käfer es nicht wegschaffen würden, würden wir wahrscheinlich bis zu den Knöcheln darin herumwaten.« Sie sah sich im Zimmer um, betrachtete den schmutzigen Sessel, die Axt und den Holzstuhl mit den Seilen, die sich um die Beine wanden. »Alles, was du gesagt hast, stimmt!«, sagte sie zu Darkus.

»Ich dachte, du hättest gesagt, du glaubst mir?«

»Habe ich auch – irgendwie.« Sie schüttelte verwundert den Kopf. »Aber das hier ist doch völlig irre.«

»Ich weiß.« Er nickte. »Diese Käfer sind anders als alle, die ich bisher gesehen habe.« Er setzte den Goliathkäfer vorsichtig auf den Berg. »Und sie brauchen unsere Hilfe. Sie sind in Gefahr.«

Baxter ließ sich vom Schmetterlingsflieder fallen und krabbelte zum Goliathkäfer, wobei seine Fühler in stummer Unterhaltung zuckten.

»Aber ...« Virginia schüttelte den Kopf. »Käfer verhalten sich nicht wie Bienen im Bienenstock. Sie verhalten sich nicht so, wie du sagst, sie arbeiten nicht zusammen.«

»Diese hier vielleicht schon.« Darkus sah seine Freunde an. »Etwas Bedeutendes geht in diesem Raum vor sich. Ich weiß nicht genau, was es ist, aber ich weiß, dass wir diese Käfer beschützen müssen. Dad würde es genauso machen.«

»Wirst du deinem Onkel davon erzählen?«, fragte Bertolt.

»Ich weiß es nicht.« Darkus runzelte die Stirn.

»Ich glaube, du solltest es tun«, sagte Bertolt.

Ein lauter Knall kam von unten und sie sahen einander alarmiert an.

Ein Lachen, das einem das Blut in den Adern gefrieren ließ, tönte die Treppe herauf. »Wie siehst du denn aus?«, dröhnte Humphrey.

»*Ich*?«, keifte Pickering. »Guck mal in den Spiegel, dann siehst du, wie wunderbar Satin betont, dass du wie ein Warzenschwein schwitzt.«

»Deine Krawatte sieht aus, als hätte ein Affe seine Banane draufgespuckt!«, sagte Humphrey prustend.

Die Cousins waren wieder da.

Gänsehaut überzog Darkus' gesamten Körper. »Zeit abzuhauen«, flüsterte er dringlich. »Wir wollen nicht, dass sie uns erwischen.« Er streckte seine Hand nach Baxter aus, der direkt darauf zuflog.

Sie rannten zum Fenster. Virginia kraxelte auf den Fenstersims, lehnte sich vor und bekam den Ast zu fassen. Sie schwang sich hinunter und ließ sich auf den Boden fallen.

»Was, wenn ich ihn nicht erreiche?« Bertolt klammerte sich ängstlich an den Fensterrahmen.

»Du schaffst das«, sagte Darkus, »stoß dich nur kräftig ab.«

Bertolt nahm all seinen Mut zusammen, schloss die Augen und stürzte sich vom Fenstersims, die Arme weit ausgebreitet wie ein fliegendes Eichhörnchen. Er schoss über den ersten Ast hinaus und schrie, als er auf den zweiten traf, an dem er sich in Todesangst festkrallte.

Virginia war in Sekundenschnelle wieder auf dem Baum, packte Bertolt und half ihm auf den Boden hinunter.

»Zurück ins Basislager.« Sie gab ihm einen Schubs. »Schnell!«

»Hey!«

»Du warst gerade so laut wie eine Alarmanlage, also krabbel unter den Tisch, schnell, bevor uns jemand sieht.«

Bertolt kroch in den Tunnel. Ein Glühwürmchen tauchte vor ihm auf und erhellte den Weg.

Darkus wand sich gerade den Baum hinunter, mit Baxter auf der Schulter, als ein Fenster im Stockwerk unter dem Käferberg geöffnet wurde. Die Cousins waren in der Küche. Er erstarrte.

Pickering steckte den Kopf heraus. »Ich habe definitiv etwas gehört.«

»Hast du nicht«, ertönte Humphreys Stimme.

»Habe ich wohl.« Pickering suchte den Hof ab. »Da draußen ist irgendwer.«

Darkus hielt die Luft an. *Sieh nicht nach oben …*

»Wahrscheinlich war es ein Fuchs.« Humphreys Kopf erschien neben Pickerings. »Ich seh nix – nur einen Hof voller Müll.«

»Das ist *kein* Müll!«, schrie Pickering und knallte das Fenster zu.

Darkus ließ sich zu Boden fallen und krabbelte, so schnell er konnte, in den Möbelwald. Bertolt und Virginia warteten dort auf ihn.

»Los, schnell zurück zum Basislager«, sagte er.

»Moment! Wohin führt diese Tür?« Virginia zeigte auf eine schäbige Holztür auf der anderen Seite des Baums, die zum Teil von einem Möbelstapel verdeckt wurde.

»Ich habe keine Ahnung«, gab Darkus atemlos zu. »Die habe ich bisher noch gar nicht bemerkt.«

»Sie könnte in den verrammelten Laden führen.«

»Bestimmt wollen wir nicht rein.« Bertolt sah zu Darkus und hoffte offensichtlich, dass der ihm beipflichten würde. »Oder? Dann wären wir doch in ihrem Gebäude und sie sind schließlich zu Hause.«

»Sie ist wahrscheinlich abgeschlossen«, sagte Darkus.

»Vielleicht aber auch nicht.« Virginia legte den Kopf schief. »Wenn wir diese Käfer beschützen wollen, müssen wir uns mit allen Fluchtwegen aus dem Gebäude vertraut machen, falls Lucretia Cutter wieder auftaucht.«

Darkus nickte. »Okay, sehen wir uns die mal an.«

Bevor jemand protestieren konnte, schoss er wieder über den Hof, immer noch mit Baxter auf der Schulter. Als er die Tür erreichte, drehte er den Türknauf und zog daran. Das aufgeschwemmte Holz löste sich mit einem Grunzen aus dem Türrahmen. Darkus hielt die Daumen hoch und schlüpfte hinein.

Bertolt stöhnte, als Darkus verschwand.

»Du bleibst hier«, sagte Virginia und schlängelte sich an ihm vorbei. »Du bist unsere Absicherung.«

»Okay«, sagte Bertolt und wirkte erleichtert.

»Falls du sie kommen siehst, musst du ihre Aufmerksamkeit auf etwas anderes lenken, damit wir rauskommen können.« Virginia spähte unter dem Tisch hervor.

»Warte.« Bertolt blinzelte wild. »Wie soll ich das machen?«

»Mach irgendwelchen Krach.« Sie zeigte über den Hof. »Wirf den Stuhlstapel da um.« Sie stürzte hinter Darkus her.

Bertolt sah zu dem Glühwürmchen auf, das über seinem Kopf schwebte. »Ich bin die Absicherung«, sagte er.

Virginia fand sich auf einem Linoleumboden mit schwarzweißem Schachbrettmuster wieder, daneben eine schäbige

Kochnische. Zu ihrer Rechten konnte sie eine vernachlässigte Toilette ausmachen. Auf dem Boden davor lag eine Schachtabdeckung.

Ob es da zur Kanalisation geht, dachte sie und erinnerte sich an die Mistkäfer.

Sie trat über die Abdeckung hinweg in die Küche. Ein Keramikspülbecken befand sich unter einem dunklen Fenster, dem alles Licht von davorstehenden Möbeln genommen wurde. Gegenüber war ein Einbauschrank, an dessen Tür eine abgetragene Blümchenschürze hing.

»Darkus«, rief sie flüsternd aus, »wo bist du?«

»Hier.« Seine Stimme kam aus einem Durchgang zu ihrer Linken. »Komm und sieh dir das an.«

Er stand in der Mitte des Ladens und war umgeben von einem Wirrwarr aus Nähmaschinenteilen. Ein taubenblaues Schild – *Fanny Flooters Strick- und Stick-Emporium* – lag neben einem zerbrochenen Schaukasten, in dem sich ein von Spinnweben überzogenes gelbes Wollknäuel befand. An der Wand hinter der Kasse stand in riesigen roten Lettern mit Tropfspuren das Wort PASTETEN. Darunter hatte jemand mit dünnem schwarzen Filzstift geschrieben: MACHEN DICK!

Überall gab es Spuren von Insekten. Stuhlbeine waren zerfressen worden, so dass sie aussahen wie abgebrannte Streichhölzer. Dunkle Außenskelette huschten aus Ecken und Winkeln und schimmerten im Dämmerlicht, als sie ihren Geschäften nachgingen.

Darkus sah an Virginia vorbei. »Wo ist Bertolt?«

»Er ist unsere Absicherung. Wir wollen ja nicht erwischt werden.«

Darkus nickte. »Wenn wir die aufbekämen«, er zeigte auf die Ladentür, »hätten wir einen Fluchtweg auf die Straße.« Er ging rüber zur Tür, schob die Riegel zurück und probierte es, aber sie war abgeschlossen. »Schlösser knacken kannst du nicht zufällig?«

Virginia schüttelte den Kopf.

Darkus stellte sich auf die Zehenspitzen und ließ die Finger oben über den Türrahmen gleiten. Er hielt inne, grinste und fischte einen Schlüssel aus Staub und Spinnweben.

»Dad hat für vergessliche Tage immer einen Ersatzschlüssel oben auf der Tür«, sagte er, schob den Schlüssel ins Schloss und drehte ihn. Das Schloss öffnete sich. »Ja!«, flüsterte er, riss die Tür einen Spaltbreit auf, stoppte aber, bevor sie die goldene Glocke berührte, die von der Decke hing.

Virginia hielt die Hand zum Abklatschen hoch. Darkus brauchte eine Sekunde, bis er verstand, was sie meinte, und seine Hand gegen ihre schlug. Er schloss und versperrte die Tür wieder, steckte den Schlüssel ein und folgte Virginia zurück in die Küche.

Sie öffnete die Schranktür mit der Schürze daran und flüsterte: »Sieh dir das an.« Drinnen war eine Treppe. Als sie ihre Köpfe hineinlehnten, konnten sie Pickerings und Humphreys Stimmen hören.

»*Ich* habe Lucretia Cutters Karte und es sind *meine* Käfer«, schrie Humphrey. »Sie sind in meinem Zimmer, also gehören sie mir.«

Heftiges Geschirrgeschepper war zu hören.

»Die führt in ihre Küche!«, formte sie mit den Lippen.

»Du hast etwas vergessen«, sagte Pickering mit ätzender Stimme. »Wir können deine Tür nicht öffnen, denn wenn mich nicht alles täuscht, hockt da drinnen ein gefesselter und geknebelter Junge. Ich frage mich, was die Polizei dazu sagen würde?«

»Aber das warst *du*!«

»Tja, aber er ist in *deinem* Zimmer und erinnert sich bestimmt daran, dass du Pastete aus ihm machen wolltest. Ich bin mir sicher, dass die Polizei das interessiert – denn das wäre nichts anderes als Mord.«

Humphrey grollte.

»Ich will ja nur vorschlagen, dass wir zusammenarbeiten«, sagte Pickering. »Du hast versucht die Tür aufzubrechen, aber sie gibt nicht nach und meine Axt ist da drin. Das heißt, der einzige Weg rein ist durchs Fenster. Wenn du nicht länger im Flur schlafen willst, brauchst du meine Hilfe, um hineinzukommen.« Pickering klang triumphierend. »Wenn ich reinkomme und den Jungen loswerde, werden wir BEIDE den Deal mit Lucretia Cutter machen. Was sagst du dazu?«

Es folgte eine Pause.

»Abgemacht«, sagte Humphrey widerwillig. »Solange ich immer noch Pastete aus ihm machen kann.«

Virginia schloss die Schranktür. »Lass uns verschwinden.«

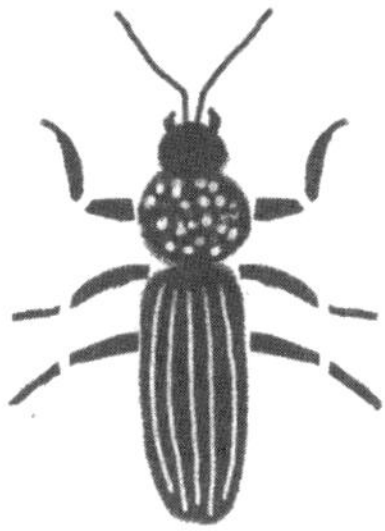

11. Kapitel
NEWTON

»Wo warst du denn?«, rief Onkel Max die Treppe herunter. »Ich habe mir schon Sorgen gemacht.«

Darkus winkte Virginia und Bertolt in die Wohnung. »Ähm, nirgends eigentlich«, antwortete er und stieg die Stufen zum Wohnzimmer hinauf.

»Nirgends, aha.« Onkel Max erschien in der Tür. »Das ist ja ein sehr interessanter Ort …« Er hielt inne, als er Virginia und Bertolt sah. »Oh! Hallo! Ich bin Darkus' Onkel, Professor Maximilian Cuttle.« Er reichte ihnen die Hand. »Es freut mich, euch kennenzulernen.«

»Bertolt Roberts.« Bertolt schüttelte Onkel Max' Hand.

»Virginia Wallace«, sagte Virginia winkend. »Wir, äh, wir sind gekommen, um Darkus bei den Hausaufgaben zu helfen, weil er neu ist und ein bisschen hinterherhinkt.«

Darkus warf ihr einen Blick zu.

»Na, das ist nett.« Onkel Max trat lächelnd einen Schritt zurück.

»Warum hast du das gesagt?«, fragte Darkus Virginia leise, als sie an Onkel Max vorbei ins Wohnzimmer gingen.

»Willst du ihm etwa sagen, was wir wirklich gemacht haben?«

Darkus schüttelte den Kopf.

Virginia lächelte wissend.

»Dachte ich's mir doch.«

»Kommt rein. Kommt rein. Oh, und wie ich sehe, ist Baxter auch dabei. Darkus, du hast den Käfer doch nicht mit in die Schule genommen?«

»Natürlich nicht.«

»Gut.« Onkel Max klatschte in die Hände. »Ist es nicht wundervoll, Gäste zu haben?« Er strahlte. »Hm, Darkus?«

Darkus lächelte peinlich berührt und nickte.

Virginia kniete sich vor ein Schiff aus Balsaholz, das in einer Glasflasche gefangen war. »Sie haben ein paar coole Sachen«, sagte sie zu Onkel Max.

»Nun, danke, Virginia, das ist sehr freundlich von dir.« Onkel Max wirkte hocherfreut. »Die meisten dieser alten Sachen habe ich auf meinen Reisen entdeckt.« Er ließ die Hand über die Auswahl an Kuriositäten schweifen, die im Wohnzimmer verteilt war. »Es ist ein ziemliches Sammelsurium, aber mir gefällt es. Es erinnert mich an die Orte, die ich bereist habe.«

Bertolt saß im Schneidersitz auf dem Boden, neben einer violetten Wasserpfeife. »Seht mal! Ich bin die Raupe aus *Alice im Wunderland*!« Er tat so, als würde er an der Pfeife saugen und einen Ring aus Rauch blasen.

Virginia lachte und Darkus lächelte Onkel Max zu. Aber Onkel Max sah ihn nicht an, sondern runzelte die Stirn, ging zu Bertolt und starrte in seinen weißblonden Lockenschopf. »Bleib ganz still, Junge«, sagte er. »Du scheinst einen ziemlich großen Käfer im Haar zu haben.«

»Nicht schon wieder!«, jammerte Bertolt und ließ die Pfeife fallen.

»Keine Panik«, sagte Darkus und beugte sich vor. »Das ist ein Glühwürmchen!«

»Ein großes«, fügte Virginia hinzu, »mit einem Bauch wie glühende Kohlen.«

»Ein Glühwürmchen?« Bertolt blickte nach oben und versuchte es zu erkennen. »Ach, das macht mir nichts aus. Die sind wunderschön!«

»Soll ich es herunternehmen?«, fragte Onkel Max.

Aber das war nicht nötig. Das Glühwürmchen flog aus seinem Haar und tauchte Bertolts Gesicht in goldenes Licht. Zögerlich streckte er die Hand aus, damit das Insekt darauf landen konnte. Das Glühwürmchen war lang und dünn. Seine kupferfarbenen Deckflügel waren goldumrandet und ein weißer Streifen verlief senkrecht in der Mitte. Es hatte ein winziges Gesicht und stummelige Mundwerkzeuge, die aussahen wie ein Schnurrbart.

»Wenn man von oben guckt, würde man es nicht für ein Glühwürmchen halten, weil das Licht aus seinem Bauch kommt«, erklärte Virginia mit einer gewissen Überheblichkeit. »Man erkennt es nur, wenn es fliegt. Das nennt sich Biolumineszenz.«

»Der ist fantastisch, Bertolt«, sagte Darkus glücklich. »Jetzt haben wir *beide* Käfer!«

»Ich habe einen Käfer?« Bertolt bekam große Augen. »Woher weißt du das?«

»Sieh ihn dir doch an«, sagte Darkus. »Sieh mal, wie er den Mund öffnet. Er versucht dich anzulächeln. Baxter sieht mich auch manchmal so an. Das ist niedlich.«

»Hallo«, flüsterte Bertolt dem Glühwürmchen zu. »Ich heiße Bertolt. Wie heißt du?«

Das Glühwürmchen saß still da und starrte lächelnd zu ihm hoch.

»Hättest du etwas dagegen, wenn ich dich Newton nenne?«, fragte Bertolt. »Das ist mein Lieblingswissenschaftler. Er hat entdeckt, dass Licht aus Farben besteht.«

Das Glühwürmchen sprang in die Luft und ließ seinen Bauch blitzen.

»Haben hier alle einen Käfer als Haustier?«, fragte Onkel Max verschnupft.

»Ich nicht«, schmollte Virginia. »Ich will aber auch einen.«

»Warum keinen Welpen oder ein Kaninchen?«

»Die sind nicht so cool«, antwortete Virginia, als hätte Onkel Max eine dumme Frage gestellt.

Aber er starrte auf das Glühwürmchen und Darkus konnte sehen, dass ihn etwas beunruhigte. »Was ist los, Onkel Max?«

»Nichts, ich verstehe nur nicht, wo all diese Käfer herkommen.« Onkel Max kratzte sich am Kopf. »Sie sind größer als normale Käfer und sie wirken, na ja … es ist, als ob …«

»Ja?« Darkus lehnte sich vor.

»Hmm, ich weiß nicht. Wahrscheinlich bilde ich mir das nur ein.« Onkel Max schüttelte den Kopf. »Ich werde langsam komisch im Kopf. Muss das Alter sein.« Er seufzte. »Und vor Aufregung habe ich meine Manieren ganz vergessen. Ich bin ein schrecklicher Gastgeber! Was kann ich euch zu trinken bringen?« Onkel Max sah von Virginia zu Bertolt. »Kaffee? Pfefferminztee? Möchte jemand vielleicht eine Lakritzstange?«

»Ein Pfefferminztee wäre wunderbar, Professor Cuttle«, sagte Bertolt höflich. »Danke.«

»Könnte ich etwas Orangensaft bekommen?«, fragte Virginia.

»Orangensaft – gut, natürlich. Ähm, der ist uns gerade ausgegangen. Vielleicht sollte ich kurz zu Mr Patel runterflitzen und das eine oder andere besorgen. Was passt gut zu Orangensaft?«

»Kekse«, antwortete Virginia. »Welche mit Vanille- oder Schokofüllung.«

Darkus und Bertolt nickten.

»Wundervoll. Nun, lasst euch von mir nicht von den Hausaufgaben abhalten. Ich erledige rasch ein paar Besorgungen und bringe euch dann gleich einen Snack vorbei.« Onkel Max trat rückwärts aus der Tür, während er in die Runde strahlte.

»Er ist nett«, sagte Virginia, als sie sich sicher war, dass er gegangen war. »Ich habe noch nie einen Erwachsenen erlebt, der fast ausflippt vor Begeisterung, weil ein Kind Freunde mit nach Hause bringt.« Sie lachte.

Darkus spürte, wie seine Wangen zu glühen begannen, und wechselte das Thema. »Warum willst du Orangensaft und Kekse?«

»Tja, ich weiß nicht, wie es mit dir steht, aber ich mag weder Pfefferminztee noch Lakritzstangen.« Virginia zog eine Augenbraue hoch. »Orangensaft und Kekse sind mir lieber. Wie auch immer, ich fand, wir müssten kurz unter uns reden. Lasst uns das schnell tun, bevor er zurückkommt.« Sie stemmte die Hände in die Hüften. »Also, ich muss wissen, wie Bertolt zu einem Käfer gekommen ist.« Sie starrte ihn an. »Hast du ihn gefangen?«

»Nein!« Bertolt sah entsetzt aus. »Das Glühwürmchen war im Tunnel, nachdem wir vom Käferberg weg sind. Es ist uns gefolgt. Als ihr in den Laden gerannt seid, habe ich ein bisschen mit ihm geredet, weil …« Bertolt sah zu Boden. »… ich im Dunkeln nicht allein sein mochte. Durch das Reden mit dem Glühwürmchen fühlte ich mich mutiger.« Er wandte sich an Darkus. »Ich hab's aus den Augen verloren, als ihr wiedergekommen seid. Ich dachte, es wäre weggeflogen, aber es muss sich in meinem Haar versteckt haben.«

»Vielleicht hat Newton Bertolt ausgewählt, so wie Baxter mich ausgewählt hat«, sagte Darkus.

Virginia blähte die Nasenflügel auf, verärgert über die Idee.

»Darkus«, sagte Bertolt blinzelnd, »wie sprichst du mit Baxter?«

»Ich weiß es nicht. Ich tue es einfach.«

»Kannst du mir beibringen Newton zu verstehen, wie du Baxter verstehst?«

»Ich bin mir nicht sicher.« Darkus sah zu seinem Käfer, der über den Couchtisch krabbelte, und runzelte die Stirn. »Ich habe eigentlich noch nicht darüber nachgedacht, *wie* ich das mache.«

»Wie verstehst du, was er dir sagen will?«

»Kann ich Newton mal haben?«, fragte Darkus.

»Natürlich.« Bertolt hielt Darkus seine gewölbte Hand hin.

Darkus nahm Newton sanft hoch, setzte ihn auf seine Handfläche und hielt sie auf Augenhöhe. »Hallo, Newton, schön dich kennenzulernen.«

Das Glühwürmchen flatterte hoch und ließ seinen Bauch vor Darkus aufblitzen.

»Ah, vielen Dank.« Darkus nickte dem Käfer zu und betrachtete Gesicht und Brust genau. »Bertolt, ich glaube, er benutzt seinen Bauch, um zu kommunizieren. Pass auf, was er damit macht.« Er wandte sich wieder an den Käfer. »Kannst du einmal blitzen, wenn du Ja meinst, und zweimal für Nein?«, fragte er.

Das Glühwürmchen blitzte einmal.

Virginia und Bertolt staunten.

»Das ist umwerfend!«, quiekte Bertolt und konnte kaum noch an sich halten.

»Baxter spricht mit seinem Körper zu mir«, sagte Darkus. »Er schüttelt sein Horn oder nickt damit, zuckt mit den Fühlern oder winkt mit den Beinen. Wenn man genau hinsieht, was die Käfer machen, versteht man sie auch.«

Bertolt war beeindruckt. Er streckte die Hand aus, um Newton wieder aufzunehmen.

»Ich habe im Emporium eine Treppe gefunden«, sagte Virginia, die es drängte, über etwas anderes zu reden, »die führt vom Laden in die Wohnung darüber und Darkus hat den Schlüssel zur Ladentür gefunden.«

»Wir haben sie reden hören«, ergänzte Darkus. »Sie glauben, ich wäre immer noch gefesselt in Humphreys Zimmer. Sie haben vor, durchs Fenster zu klettern, mich zu beseitigen und dann die Käfer an Lucretia Cutter zu verkaufen. Ich frage mich, was sie machen, wenn sie herausfinden, dass ich nicht mehr da bin?« Er lächelte.

»Die sind so blöd, wahrscheinlich denken sie, die Käfer hätten dich gefressen!« Virginia lachte. Sie betrachtete die Wand mit den vollgestopften Bücherregalen, die Onkel Max' Wohnung von den Nachbarn trennte. »Schon komisch, dass all diese Käfer auf der anderen Seite dieser Mauer sind. Ich meine, wie sind die da überhaupt hingekommen?« Sie wandte sich nachdenklich Darkus zu. »Wenn Lucretia Cutter tatsächlich etwas mit dem Verschwinden deines Dads zu tun hat und die Verbindung zwischen ihr und deinem Dad irgendwas mit Käfern zu tun hat, kommt es dir dann nicht merkwürdig vor, dass es bei *dir* nebenan einen Berg mit Superkäfern gibt?«

Darkus runzelte die Stirn. Daran hatte er noch gar nicht gedacht, aber ein Zufall schien wirklich unwahrscheinlich. »Aber ich wohne ja erst seit ein paar Wochen hier«, gab er zu bedenken. »Die Käfer müssen schon eine Ewigkeit nebenan leben, so groß, wie der Berg ist.«

»Wie lange wohnt dein Onkel schon hier?«, fragte Bertolt.

»Oh, seit Jahren, schon bevor ich zur Welt kam.«

»Könnten die Käfer etwas mit ihm zu tun haben?«, fragte Bertolt.

»Keine Ahnung«, sagte Darkus achselzuckend. »Er verhält sich schon komisch, wenn Baxter in der Nähe ist.«

»Wir sollten ihn fragen«, sagte Virginia.

»Wie sollen wir das anstellen, ohne zu erzählen, dass wir nebenan eingebrochen sind?«

»Das weiß ich nicht, aber wir sollten ihn unbedingt weiter über Lucretia Cutter ausfragen. Wenn dein Onkel glaubt, dass sie etwas mit der Entführung deines Dads zu tun hat, heißt das, dass sie sich kennen müssen.«

»Er weicht meinen Fragen über sie immer aus. Ich glaube, da gibt es etwas Wichtiges, das er uns verschweigt. Im Museum sollte Margaret mir nicht erzählen, dass jemand anders Dads Stelle übernehmen soll. Er glaubt, wenn er mir die Wahrheit sagt, könnte ich nicht damit umgehen.«

»Das ist Blödsinn«, sagte Virginia verächtlich. »Nicht Bescheid zu wissen ist viel schlimmer.«

»Du sagst es«, seufzte Darkus.

»Dann lasst es uns noch mal probieren, alle zusammen. Wenn dein Onkel uns den Orangensaft bringt.«

Wie aufs Stichwort hörten sie Onkel Max' Schlüssel in der Haustür unten. Fünf Minuten später kam er mit einem Tablett mit Orangensaft, Keksen und Pfefferminztee für Bertolt herein. Er setzte es auf dem Couchtisch ab.

»Danke, Professor Cuttle«, sagte Virginia, nahm sich ein Glas Orangensaft und schenkte ihm ein unschuldiges Lächeln. »Darkus hat uns gerade vom Verschwinden seines Vaters erzählt und wie Sie und er das Rätsel lösen wollen. Das klingt wahnsinnig aufregend.«

»Nun, ich würde nicht sagen –«

»Bertolt und ich würden gern mithelfen. Nicht wahr, Bertolt?«

»O ja!«, sagte Bertolt und nickte begeistert, während er nach einem Keks griff.

»Das ist sehr freundlich von euch, aber –«

»Wir haben alles über den Besuch im Museum gehört«, sagte Virginia und schnitt Onkel Max das Wort ab, »und darüber, wie Darkus die Lesebrille gefunden hat und diese Frau auf Gehstöcken aufgetaucht ist – wie sich herausgestellt hat, weiß Bertolt nur zu gut über sie Bescheid, nicht wahr, Bertolt?«

»Lucretia Cutter.« Bertolt nickte wieder. »Sie ist in sämtlichen Zeitschriften – sie nennen sie die verrückte Fashion-Forscherin.«

»Tun sie das, ja?« Onkel Max machte ein Gesicht, als würde er etwas Schlechtes riechen. »Tja, ich schätze, den Schuh könnte sie sich anziehen …«

»Aber wir haben uns gefragt … woher wussten *Sie*, wer sie ist?«, fragte Virginia.

»Wie bitte?«

»Ich will nicht unhöflich sein oder so was, Professor Cuttle, Sir, aber ich halte Sie nicht für einen Mann, der Catwalks und Modezeitschriften im Blick hat.«

»Virginia!«, schimpfte Bertolt.

»Deshalb habe ich mich gefragt«, fuhr Virginia fort, »wieso Sie Lucretia Cutter erkannt haben, als Sie im Museum waren.«

Onkel Max blieb der Mund offen stehen. Er schloss ihn wieder.

»Ja«, Darkus beugte sich vor, »wieso?«

»Kennen Sie sie?«, hakte Virginia nach und biss von ihrem Keks ab, während sie auf eine Antwort wartete.

Onkel Max sah die drei Kinder an und setzte sich mit einem großen Seufzer aufs Sofa. »Nun, ehrlich gesagt, ja. Ich habe sie einmal gut gekannt.«

»War das, bevor sie berühmt wurde?« Virginia warf Darkus einen triumphierenden Seitenblick zu.

»Ja, allerdings.« Onkel Max zog an seinem Ohrläppchen und blickte in die Ferne.

»Wie hast du sie kennengelernt?«, fragte Darkus.

»Durch Barty«, gab Onkel Max zu. »Er hat uns auf einer Party vorgestellt.«

»Und woher kennt Dad Lucretia Cutter?«, fragte Darkus.

»Durch die Uni.«

»Dad hat mit Lucretia Cutter studiert?«

»Sozusagen.« Onkel Max schüttelte den Kopf. »Das ist lange her, Darkus. Dein Vater hat seit über fünfzehn Jahren nicht mehr mit dieser Frau gesprochen.«

»Aber warum ist sie dann im Museum aufgetaucht?«, fragte Darkus. »Und warum trägt der Raum, aus dem Dad verschwunden ist, ihren Namen?«

»Darkus, wenn ich die Antworten auf diese Fragen wüsste ... hätte ich es dir längst gesagt.«

»Und das, was Darkus' Vater und Lucretia Cutter an der Uni gemacht haben ...«, sagte Virginia, »hatte das mit Käfern zu tun?«

Onkel Max blinzelte, als er über die Antwort nachdachte. »Bartys Fachgebiet waren Käfer, aber Lucretia Cutter hatte einen anderen Hintergrund, sie war Genetikerin. Ich glaube, ihr Interesse an Käfern rührte von der Bekanntschaft mit Barty. Seine Leidenschaft für Käfer war ansteckend – wenn er anfing über sie zu sprechen, konnte man nicht anders, als seine Faszination zu teilen.«

»Was ist mit Ihnen?«, fragte Virginia, beugte sich vor und nahm sich noch einen Keks. »Hatten *Sie* jemals mit Käfern zu tun?«

»Nein«, sagte Onkel Max kopfschüttelnd.

»Du hattest also auch nie irgendwelche Käfer in der Wohnung?«, fragte Darkus.

»Ich … äh, ähm …« Onkel Max schien sich schrecklich unwohl zu fühlen. »Oh, seht nur! Wir brauchen mehr Kekse.« Er sprang auf und eilte aus dem Zimmer.

»Du hast Recht, Darkus. Da ist etwas, das er uns nicht sagen will«, flüsterte Virginia. »Es sind noch jede Menge Kekse übrig.«

»Er hat auch nicht sehr viel über die Verbindung zwischen deinem Dad und Lucretia Cutter erzählt«, sagte Bertolt. »Da muss mehr gewesen sein, als sich an der Uni zu begegnen und über Käfer zu plaudern.«

»Ja, wir müssen unbedingt noch mehr herausfinden«, sagte Virginia nickend.

»Und ich weiß auch, wie wir das anstellen.« Darkus stand auf, steckte eine Hand in die Hosentasche und zog ein weißes Stück Karton heraus. »Ich werde Novak Cutter fragen.«

»Du willst nach Towering Heights?« Virginias Augenbrauen schossen in die Höhe.

Darkus nickte. »Samstagvormittag.«

»Darkus!«, keuchte Bertolt. »Das könnte gefährlich werden und vielleicht weiß sie auch gar nichts.«

»Stimmt«, Virginia legte den Kopf schief, »aber dann wiederum: *Vielleicht* weiß sie doch etwas. Und ich wette, sie kann uns andere Dinge erzählen, die den Käfern helfen könnten – zum Beispiel warum ihre Mutter sie *wirklich* haben will.« Sie sah Darkus an. »Aber du darfst ihr nicht trauen. Sie ist die Feindestochter. Sie wird dich wahrscheinlich anlügen – vielleicht liefert sie dich sogar an ihre Mutter aus.«

»Ich habe keine Angst vor ihr«, sagte Darkus störrisch. »Wenn Lucretia Cutter hinter Dads Verschwinden steckt, dann muss ich das wissen.«

Am Donnerstag und am Freitag arbeiteten Darkus, Bertolt und Virginia nach der Schule weiter am Basislager. Sie zeichneten eine Karte vom Möbelwald und klebten sie an die Rückseite eines Kleiderschranks. Jede Falle, die sie im Umkreis gebaut hatten, damit sie sie vor feindlich gesinnten Kräften warnte, war darauf markiert. Außerdem hatten sie eine Alarmanlage entwickelt, bei der Schnüre mit Kronkorken gespannt waren, die klimperten, wenn man daran hängenblieb.

Die Tage vergingen wie im Flug mit Stöbern, Bauen und Planen. Newton hatte es sich in Bertolts Haar gemütlich gemacht und ein Heer von Glühwürmchen – Newtons Freunde und Familie – war dem Käfer aus dem Emporium ins Basislager gefolgt.

Am Samstagmorgen trafen sich Bertolt und Virginia vor dem Emporium.

»Du trägst eine Fliege!«

»Gefällt sie dir nicht?«, fragte Bertolt und blickte auf seine Brust.

»Ein bisschen schick, oder?«

»Sie passt gut zu meinem Tanktop.«

Bertolt sah über den Brillenrand hinweg missbilligend auf ihre Kleidung.

Virginia betrachtete ihren roten Trainingsanzug. Er war ausgebleicht und an den Knien ausgebeult, ein Erbstück von ihrer Schwester Serena. Sie schob Bertolt auf die Emporium-Tür zu. »Los, beeil dich und schließ die Tür auf, bevor uns jemand sieht.«

Sie schlichen sich durch den Laden und auf der anderen Seite wieder hinaus zum Möbelwald. Als sie die Tunnel erreicht hatten, folgten sie dem schon vertrauten Weg zum Basislager. Die krummen und schiefen Wände glühten und glitzerten, als Tausende von Glühwürmchen zur Begrüßung die baumelnden Kristalle des Kronleuchters erleuchteten, den Bertolt an das Planendach gehängt hatte.

Virginia nahm die Öllampe vom Regal, stellte sie auf den Tisch und zündete den Docht an. Bertolt setzte sich an seine Werkbank – ein Bügelbrett auf mehreren Kisten – und Virginia fläzte sich mit Darkus' Käferhandbuch auf das Sofa.

»Dieses Buch ist wirklich interessant«, sagte sie. »Aber glaubst du, dass Darkus es ganz durchgelesen hat?«

»Ich weiß nicht. Warum?« Bertolt baute gerade eine neue Falle. Das Pendel sollte im Tunnel hinter einem Klapptisch installiert werden, und zwar so, dass es herunterschwang und einem möglichen Verfolger eins überzog.

»Na ja, hier steht etwas …« Virginia hielt inne.

»Was?« Bertolt legte den Schraubenzieher hin.

»Es geht um die durchschnittliche Lebenserwartung eines Käfers.« Virginia runzelte die Stirn. »Die ist nicht gerade lang.«

Bertolt sah zu Newton und der funkelnden und zischenden Glühwürmchenwolke über seinem Kopf. »Ich will's gar nicht wissen«, sagte er und nahm sich wieder den Schraubenzieher.

Virginia seufzte, legte das Buch weg und ging zu einer Collage aus Zeitungs- und Zeitschriftenartikeln, die sie über die Karte an den Schrank geklebt hatten. Sie handelten alle von Lucretia Cutter. Virginia starrte auf ein Bild von Novak und ihrer Mutter auf einem roten Teppich. »Ich frage mich, wie Darkus klarkommt. Er ist inzwischen bestimmt in Towering Heights.«

»Ich glaube immer noch, dass wir hätten mitgehen sollen«, sagte Bertolt.

»Ich auch«, stimmte Virginia ihm zu, »aber das wollte er ja nicht.«

Darkus stieg am Regent's Park aus dem Bus und ging am Zaun entlang. Zu seiner Linken erstreckten sich Bäume und Rasenflächen bis zum Eingang des Londoner Zoos. Auf der anderen Straßenseite standen große Villen, einige trugen Namen, andere waren nummeriert. Er ging weiter, bis er an ein großes, beeindruckendes Stadthaus kam, das den Namen »Towering Heights« über dem Tor eingraviert hatte, und plötzlich wurde ihm bewusst, dass er überhaupt nicht wusste, was er zu Novak Cutter sagen sollte.

Das Grundstück war von einer Mauer umschlossen, die ungefähr Darkus' Größe hatte. Dahinter umgab eine rote Buchenhecke das Haus, die gut und gerne 2,50 Meter hoch war. An einem Torpfosten gab es eine Gegensprechanlage und vom Tor führte eine weiße kiesbedeckte Zufahrt zur linken Seite des Hauses. Der Vorgarten zur Rechten war schwarz-weiß gepflastert, wie ein Schachbrett für menschliche Spielfiguren, und eine glänzende Haustür wurde von riesigen Blumentöpfen voller roter Lilien flankiert.

Darkus lief auf und ab, redete mit sich selbst und überlegte, wie er Novak Cutter am besten fragte, ob ihre Mum seinen Dad entführt hatte. Jede Menge lächerlicher Sätze kamen aus seinem Mund. Er verfluchte sich dafür, nicht vorher mit Virginia und Bertolt geübt zu haben.

Er überquerte die Straße und spähte durch die Gitterstäbe des Tores. Er wusste noch nicht einmal, was er in die Gegensprechanlage sagen sollte.

Das war nicht gut. Am besten ging er zurück zum Basislager, um Virginia und Bertolt zu fragen, was er tun sollte. Er machte zwei Schritte Richtung Bushaltestelle und erstarrte. Etwas entfernt waren Pickering und Humphrey und sie kamen direkt auf ihn zu, in lächerlichen gelben und violetten Anzügen. Ohne nachzudenken, zog Darkus sich auf die Mauer und ließ sich auf der anderen Seite in die Rotbuchenhecke fallen. Er konnte die Cousins streiten hören.

»Du versaust das besser nicht, Humphrey.«

»Halt die Klappe, Pickers, oder ich überleg's mir noch mal, ob du nicht wieder nach Hause abziehst.«

»Wir hatten einen Deal. Ich habe deine Tür aufbekommen, schon vergessen?«

Darkus hielt den Atem an, als die Stimmen näher kamen. Die Hecke kratzte ihn im Nacken, aber er rührte sich nicht. Er hörte das Summen der Gegensprechanlage und wie die beiden Männer ihre Namen nannten. Die schwere Tür öffnete sich geräuschlos und ein Butler mit schwarzem zurückgegeltem Haar und schwermütiger Miene kam heraus. Er ging steif und gemessen zum Tor.

»Wir haben einen Termin mit Lucretia Cutter«, schrie Humphrey.

»Monsieur Gamble und Monsieur Risk, ja, ich weiß«, antwortete der Butler mit einem französischem Akzent. Jetzt, wo er näher dran war, konnte Darkus erkennen, dass er dunkle Ringe unter den grauen Augen hatte.

»Ganz genau.« Humphrey streckte die Brust heraus und Pickering nickte eifrig. Der Butler öffnete das Tor, indem er einen Code eingab, und die Cousins folgten ihm durch die Haustür, die hinter ihnen ins Schloss fiel.

Darkus zwängte sich auf der anderen Seite völlig zerkratzt aus der Buchenhecke heraus. Er stand einen Moment mit Blick aufs Haus da. Allein herzukommen war ein Fehler gewesen. Er musste zurück ins Basislager.

Darkus rannte zum Tor, aber es war geschlossen. Frustriert rüttelte er an den Gitterstäben. Er würde entweder darüberklettern müssen oder sich durch die Hecke zurückkämpfen und noch schlimmer zerkratzt werden. Er hatte das Tor zur Hälfte erklommen, als er hörte, wie sich hinter ihm eine Tür öffnete und eine Stimme sagte: »Du! Junge.« Darkus erstarrte. Es war ein französischer Akzent. Der Butler war zurückgekommen! »Komm runter.« Darkus gehorchte, aber wandte sich nicht um. »Deine Ladyschaft wird dich jetzt empfangen.«

Darkus sah sich um. *»Mich?«*

»Ja, *dich*.«

»Aber ich habe keinen Termin«, stammelte er.

»Du brauchst keinen. Du bist eingeladen.« Das Gesicht des Butlers war ausdruckslos, seine traurigen Augen blinzelten nicht. »Nun komm, Junge. Weißt du denn nicht, dass man eine Dame nicht warten lässt?«

Darkus schleppte sich schweren Schrittes auf Lucretia Cutters Haustür zu, während sein Herz in der Brust hämmerte.

12. Kapitel
TOWERING HEIGHTS

Der Butler führte Darkus in Towering Heights hinein. Das Haus war eine weiße Kathedrale, die mit poliertem Stahl, glänzenden schwarzen Einbauten und rotem Stoff durchsetzt war. Das Ganze erinnerte Darkus an eine moderne Kunstgalerie. Er wurde zu einer ausladenden Treppe mit blutrotem Teppich und Ebenholzgeländer geführt und sie stiegen in den zweiten Stock hoch, während sie an Treppenabsätzen vorbeikamen, auf denen kugelförmige Skulpturen aus Glas und Aluminium präsentiert wurden.

Der Butler zeigte auf eine Tür, die dem Treppenabsatz gegenüberlag, und Darkus ging darauf zu, während sich der Butler im Hintergrund hielt und dann verschwand. Darkus klopfte, das Herz pochte ihm bis zum Hals. Es kam keine Antwort, also drückte er vorsichtig gegen die Tür.

»Hallo?« Das Zimmer war dunkel.

»Ich wusste, dass du kommen würdest«, sagte eine Stimme aus der Dunkelheit.

»Tatsächlich?« Angestrengt versucht Darkus zu erkennen, wer da sprach.

Ein Strahler ging an und beleuchtete einen Perserteppich in der Mitte des Zimmers.

»In dem Moment, als sich unsere Blicke zum ersten Mal begegneten, wusste ich, dass du mir bis ans Ende der Welt folgen würdest.«

Novak Cutter trat ins Licht.

Sie trug ein bodenlanges weißes Kleid, ihre Platinlocken schmiegten sich um ihr Gesicht und eine Straußenfederboa umhüllte ihre Schultern. Sie legte die Rückseite ihrer zarten Hand an die Stirn und die Federboa glitt zu Boden.

Erleichtert trat Darkus in den Raum und hob die Boa auf. Er öffnete den Mund, um etwas zu sagen.

»Nein«, flüsterte sie und legte ihre Hand auf seinen Mund. »Sag nichts. Zwischen uns darf nie etwas sein. Ich bin einem anderen versprochen.«

»Was ist los?«

»Tu nicht so, als würdest du mich nicht lieben.« Novak presste sich die Hände an die Brust, als sei ihr Herz drauf und dran davonzufliegen.

»Tut mir leid, aber ...« Darkus ließ die Boa fallen und trat zurück. »... d-d-du hast den falschen ...«

»Du herzloses Monster.« Sie sah ihn unverwandt an.

»Deine Augen«, sie streckte die Arme aus, »sie verlangen nach mir.«

»Tatsächlich?« Darkus schob sich rückwärts Richtung Tür. »Das ist keine Absicht.«

»Du darfst mich nicht verlassen.« Novak fiel auf die Knie und begann zu weinen.

»Ähm, bitte nicht weinen.« Darkus sah sich nervös um. »Ich bin sicher, dass du sehr nett bist … aber, äh, ich kenne dich überhaupt nicht.«

»Ich bin Novak Cutter«, schluchzte sie.

»Deinen Namen weiß ich.«

»Du hast meine Karte aufgehoben.«

Darkus nickte und fragte sich, ob jetzt der Moment gekommen war, die Käfer anzusprechen.

»Und du bist hier.« Novaks Augen glitzerten tränenerfüllt. »Warum?«, flüsterte sie.

»Das hört sich vielleicht komisch an …«

»Du brauchst nichts zu erklären«, sagte sie und schob sich näher an ihn heran. »Du bist gekommen, um mich aus diesem Gefängnis zu befreien.«

»Du bist eine Gefangene?« Darkus sah sich alarmiert um. Das Zimmer war dunkel, die Vorhänge zugezogen. Er konnte nicht sehen, ob die Fenster vergittert waren.

»Lass uns zusammen weglaufen, nach Afrika. Wir werden Löwen jagen und unter Sternen schlafen«, sagte Novak verträumt und rückte wieder näher, immer noch auf den Knien.

»Warum erzählst du so verrückte Sachen?«

»Oh, mein Liebster!« Sie schlang ihre Arme um Darkus' Beine. »Du liebst mich auch. Ich weiß es!«

Verlegen versuchte Darkus ihrer Umklammerung zu entkommen, aber er verlor das Gleichgewicht und fiel hin.

»Lass mich los! Was tust du?«

»Sag, dass du mich liebst!«, rief sie aus und krallte sich an seine Knöchel.

»Nein. Das mach ich nicht. Hör sofort auf!«, schrie Darkus ungehalten. »Ich liebe dich *nicht*!« Er versuchte wegzukriechen. »Ich wollte dich um Hilfe bitten, aber du bist offensichtlich durchgeknallt.«

»Es gibt keinen Grund, unhöflich zu werden«, sagte Novak scharf und ließ ihn los. Sie stand auf und klopfte sich ab. »Du hättest wenigstens den Anstand besitzen können, so *zu tun*, als würdest du mich lieben.«

»Aber ich liebe dich *nicht*!«

»Ich habe dich schon verstanden.« Sie wandte sich ab.

Darkus war noch nie so verwirrt gewesen.

»Als ich dich eben auf der anderen Straßenseite gesehen habe, so voller Schmerz und Liebeskummer …«

»Ich *hatte keinen* Liebeskummer …«

»… dachte ich, du wärst gekommen, weil ich dir einen Luftkuss zugeworfen habe. Ich habe extra mein bestes Kleid angezogen.« Sie glättete den Satin ihres Rocks. »Ich habe gesehen, dass du dich in der Hecke versteckt hast, als diese seltsamen Männer kamen. Ich fand das so romantisch. Deshalb habe ich Gerard gebeten dich hereinzulassen.«

»Gerard?«

»Unseren Butler«, sagte Novak. »Ich dachte, du seist gekommen, um mir deine Liebe zu gestehen.« Sie hob ihre Federboa auf.

»Also, deshalb bin ich nicht hier …«

»Das hab ich inzwischen kapiert.«

»Es geht um deine Mum, weißt du, sie will diese Käfer von meinen Nachbarn kaufen und –«

»Sie empfängt keine Kinder – sie mag sie ja nicht mal.« Novak ging zur Tür. »Aber ich lasse Gerard wissen, dass du ihretwegen hier bist.«

»Nein, warte«, rief Darkus. »Ich bin deinetwegen hier.«

Novak seufzte verärgert und wirbelte herum. »Entscheide dich.«

Darkus stand auf. »Ich brauche deine Hilfe.«

»Wirklich?«, fragte Novak sarkastisch.

»Ja.« Darkus machte einen Schritt auf sie zu. »Bitte hör mir zu. Mein Dad ist …«, er wählte seine Worte mit Bedacht, »… verschwunden und ich glaube, das könnte mit diesen Käfern zu tun haben, die bei uns nebenan leben, und deine Mutter will sie kaufen, und –«

»Käfer? Igitt!« Novak zog ihre winzige Nase kraus. »Ekliges, dreckiges Krabbelzeug.«

»Diese Käfer sind was Besonderes, und wenn sie wirklich mit dem Verschwinden meines Vaters zusammenhängen, dann muss ich sie beschützen.« Darkus konnte sehen, wie er ihre Aufmerksamkeit verlor. »Ich hatte gehofft, dass du vielleicht mehr über sie herausfinden könntest. Oder sogar deine Mutter davon überzeugen würdest, die Finger von ihnen zu lassen.«

Novak stieß ein gemeines Lachen aus. »Träum weiter, Junge.«

»Ich habe einen Namen.«

»Und der wäre?«

»Darkus.«

»Nun, Darkus«, Novak stolzierte zum Lichtschalter, »sieh dich um.« Die Wände, die zuvor im Schatten verborgen lagen, waren plötzlich hell erleuchtet.

Darkus wirbelte herum. Er befand sich in einer eichenholzgetäfelten Bibliothek voller ledergebundener Bücher und schwerer Holzmöbel. Ein imposantes Porträt hing über dem Kamin, ein nietenbesetzter Ledersessel stand daneben. Auf dem Kaminsims ruhte ein Bernsteinbrocken, der in seinem Inneren einen Käfer mit Hörnern barg und aussah wie ein Miniaturstier.

Novak folgte seinem Blick. »Das ist ein *Onthophagus taurus*.«

»Ein was?«

»Ein Mistkäfer, der eine Last ziehen kann, die tausend Mal schwerer ist als er selbst«, Novak klang gelangweilt, »was in etwa so wäre, als würdest du sechs Doppeldeckerbusse ziehen. Es ist das stärkste Insekt der Welt.«

»Er ist großartig«, antwortete Darkus. »Wie schade, dass er tot ist.«

»Mater hat ihn auf einer ihrer Käfersafaris in Afrika gefangen. Sie hat ihn in Harz gießen lassen und eine Trophäe daraus gemacht.«

»Wer ist Mater?«

»Gehst du denn nicht zur Schule?«, fragte Novak verächtlich. »Mater ist Latein für Mutter. Lucretia Cutter wird nicht gern als Mutter bezeichnet, außer auf Latein.«

»Du nennst sie nicht Mum?«

»Nein«, antwortete Novak und machte klar, dass diese Unterhaltung beendet war.

Darkus wechselte das Thema. »Sie geht auf Käfersafaris?« Er fragte sich, ob eine Käfersafari so etwas wie Insektenjagd war.

»Einmal im Jahr«, sagte Novak. »Sie kommt immer mit neuen Exemplaren für ihre persönliche Sammlung zurück.«

»Ist das die im Naturhistorischen Museum?«, fragte Darkus.

»Ha! Nein. Die sponsert sie, aber sie gehört ihr nicht. Als Sponsorin kann sie ganz genau kontrollieren, wer sie nutzt und worüber derjenige forscht. Ihre private Sammlung hat sie *hier.*«

»Wer ist das?« Darkus zeigte auf das Porträt.

»Das ist *Sir Charles Darwin* von Gracen und Gracen. Es ist aus den Brustpanzern und Deckflügeln von Blatthornkäfern gemacht.« Novak klang, als hätte sie es auswendig gelernt. »In diesen Schubladen«, sie zeigte auf einen tiefen Schrank, der sich die einzige Wand ohne Bücher entlangzog,

»befindet sich die Carson'sche Coleoptera-Sammlung von 1903, die ostasiatische Käfer enthält.«

Darkus zog eine der schmalen Holzschubladen auf. Drinnen waren Hunderte leuchtend bunter Käfer aufgereiht. Jeder war mit einer Nadel aufgespießt, die durch das rechte Elytron ging, genau wie die Präparate im Museum.

»Der Teppich und die Vorhänge«, Novak ging völlig in ihrer Rolle der Fernsehkommentatorin auf und sprach in übertriebenem Singsang, »bestehen aus der Seide von Seidenraupen und wurden mit dem Blut von Cochenilleschildläusen rot gefärbt – die genau genommen keine Käfer sind, aber von den meisten dafür gehalten werden.«

Darkus sah sich um. Dieses Zimmer mit seinen schweren roten Vorhängen und den braunen Ledersesseln war prachtvoller als der Raum im Museum, dabei war es eigentlich genau dasselbe – ein Raum voller toter Käfer.

»Hier, in der persönlichen Bibliothek von Lucretia Cutter, gehört jedes ledergebundene Buch«, Novak tanzte jetzt, »zu einer seltenen wissenschaftlichen Sammlung, die die Evolutionsgeschichte der Käfer dokumentiert.«

»So viele tote Käfer«, sagte Darkus leise.

»Ja, das ist gruselig«, sagte Novak mit ihrer normalen Stimme. »Aber mir sind sie tot lieber als lebendig.«

»Wie kannst du so was sagen?«, fragte Darkus überrascht. »Käfer sind fantastisch.«

Novak verzog das Gesicht. »Nein. Dieses Kribbelkrabbel ist widerlich.«

»Du siehst sie dir nicht richtig an.«

»Ich sehe jeden Tag genug Käfer, herzlichen Dank auch.«

»Tote?«

»Natürlich tote, Blödmann.« Novak seufzte entnervt.

»Aber ich verstehe das nicht. Warum hast du mich hierhergebracht, wenn du das Ganze nicht magst?«

»Weil die Zimmer oben nicht betreten werden dürfen und unten ist Mater mit ihren Gästen. Dieses war der einzige Raum, der in Frage kam, ohne dass sie es merkt.«

»Sie hat doch alle diese Käfer schon, warum will sie noch mehr?«

»Ich weiß es nicht.« Novak zuckte die Achseln. »Mater ist eine zwanghafte Sammlerin. Sie ist besessen. Ich bekomme jeden Tag Vorlesungen über Insekten. Sie sagt, es sei für meine Zukunft wichtig, dass ich alles über sie weiß. Deshalb kenne ich auch ihre lateinischen Namen.«

»Was wird sie mit meinen Käfern anstellen? Wird sie sie aufspießen und in Schubladen legen?«

»Keine Ahnung. Wahrscheinlich.« Novak nickte kurz. »Es sei denn, es geht um die Arbeit.«

»Sie ist eine Kammerjägerin?«

»Du bist wirklich dämlich«, sagte Novak kichernd.

Darkus lächelte. »Danke.«

»Mater gehört Cutter Couture. Du weißt schon, mit dem Skarabäus-Logo?«

Darkus nickte. »Bertolt hat mir davon erzählt, aber was hat Mode mit Käfern zu tun?«

»Wer ist Bertolt?«

»Mein Freund.«

»Oh.« Novak schniefte. »Cutter Couture ist die größte Modemarke der Welt. Sie steht für Designerkleidung und so. Jedenfalls haben *alle* von Maters Produkten geheime Zusatzstoffe von Insekten. Aber das ist langweilig. Viel aufregender ist, dass sie angefangen hat Geld in Filme zu investieren. Sie ist jetzt auch Produzentin und ich werde bald ein großer Star. Ich habe meinen ersten Film schon gedreht und wurde für einen Preis nominiert.«

»Wirklich?«

»Sehe ich nicht aus wie ein echter Star?« Novak drehte sich um, blickte über ihre Schulter und schenkte ihm ein strahlendes Hollywood-Lächeln. Sie hielt diese einstudierte Pose bestürzend lange.

»Schätze schon.« Darkus kratzte sich am Kopf und sah sich im Raum um. »Aber ich begreife immer noch nicht, was das alles mit meinen Käfern zu tun hat.«

»Wen interessiert das schon. Käfer sind langweilig.« Novak ging zum Fenster hinüber. »Darkus ist ein guter Name für einen Liebhaber. Du bist kein Stallbursche, oder? In Geschichten retten Stallburschen immer die holde Maid und entpuppen sich dann als Prinzen.«

»Nein. Ich gehe zur Schule, wie jeder Junge«, sagte Darkus.

»Bist du sicher, dass du mich nicht küssen willst?«, fragte Novak, versteckte ihr Gesicht hinter einem Vorhang und lugte dann hervor.

»Ja, da bin ich ganz sicher.«

»Nicht mal ein kleines bisschen?«

»Hör mal, du bist wirklich nett und so, aber –«

»Och, du bist so was von lahm!« Novak klopfte enttäuscht mit den Händen auf ihr Kleid. »Warum bist du überhaupt noch hier?«

Darkus blieb beharrlich. »Diese seltsamen Männer, die du gesehen hast – das sind die mit den Käfern im Haus. Sie sind hergekommen, um deiner Mutter die Insekten zu verkaufen.«

»Das muss ein ungewöhnlicher Befall sein«, sagte Novak überrascht. »Mater arbeitet eigentlich nicht in der Schädlingsbekämpfung.«

»Sie hat die Männer ausfindig gemacht«, sagte Darkus. »An dem Tag, als du mich am Fenster gesehen hast ...«

»Ich hatte mich schon gefragt, was wir in dieser schrecklichen Straße machen.«

»... und mir deine Karte zugeworfen hast.«

»Du sagst das so, als wäre *ich* verliebt in *dich*.« Novak empörte sich. »Das bin ich nicht. Ich *übe* nur, verliebt zu sein. Das ist etwas völlig anderes.« Sie ballte die Hände zu Fäusten. »Es ist wichtig für meine Schauspielerei, aber du hast noch nicht mal den Anstand mitzuspielen!« Sie stapfte weg und warf sich in den riesigen Sessel. »Du findest mich ja wohl kein bisschen hübsch, wenn du dauernd nur über eklige Käfer reden willst.«

»Bitte sei nicht beleidigt.« Darkus ging näher heran. »Ich suche nur nach meinem Dad.«

»Tja, ich weiß nicht, wo er ist.«

»Die Sache ist, diese Käfer … Ich glaube, es gibt da eine Verbindung zum Verschwinden meines Dads. Sie sind anders als normale Käfer – sie sind etwas Besonderes – und deshalb will ich sie beschützen. Einer von ihnen, Baxter, ist mein bester Freund.«

»Dein bester Freund ist ein Käfer?«, fragte Novak spöttisch.

»Ja. Möchtest du ihn kennenlernen?« Darkus kniete sich neben ihre Füße, nahm den Rucksack ab und holte Baxters Marmeladenglas heraus.

»Der lebt ja!« Novak verkroch sich in ihrem Sessel. »O nein! Den mag ich nicht. Schaff ihn weg.«

Darkus schraubte den Deckel auf und setzte Baxter auf seine flache Hand. »Er ist harmlos.«

Baxter hob die Deckflügel an und flog direkt zurück ins Glas.

»Er ist geflogen«, sagte Novak erstaunt. »Ich habe noch nie einen Käfer fliegen sehen.« Sie beugte sich vor.

»Eigentlich sitzt er meistens ganz zufrieden auf meiner Hand«, sagte Darkus verwundert.

»Vielleicht mag er mich nicht«, sagte Novak traurig.

»Es liegt bestimmt an diesem Zimmer.« Darkus sah sich um. »Es ist voller toter Käfer. Du wärst ja auch nicht gern in einem Raum voller toter Menschen, oder?«

Novak schüttelte den Kopf.

»Alles in Ordnung, Baxter. Novak ist eine Freundin.« Darkus legte das Glas auf die Seite und seine Hand davor. Baxter rührte sich nicht. »Komm raus und sag Hallo, dann kannst du sofort wieder ins Glas zurück und ich verstaue dich sicher in meinem Rucksack. Versprochen.«

Novak lachte, als Darkus mit dem Käfer sprach, aber sie hielt inne, als Baxter hervorkam und auf seine Hand krabbelte.

»Käfer können Menschen nicht verstehen«, sagte sie völlig verblüfft.

»Das stimmt«, sagte Darkus und hielt seine Hand vor Novak. »Normale Käfer können das nicht, aber wie gesagt – es sind keine normalen Käfer.« Darkus strich mit dem Finger über Baxters schillernde Deckflügel. »Sag Hallo zu Baxter.«

»Sei nicht albern.«

»Stell dir vor, das wäre ein Film und Baxter ein gut aussehender Soldat, der aus der Schlacht zurückkehrt.«

»Aber er ist ein Käfer«, sagte Novak angewidert. »Ein ekliger großer mit Dornen.«

»Und du willst Schauspielerin sein?«

Novak zog einen Flunsch. »Na gut, einen Moment.« Sie ließ sich in den Sessel sinken, schloss die Augen und atmete tief ein. Dann öffnete sie die Augen wieder, setzte sich auf, senkte den Kopf und sagte mit klimpernden Wimpern und amerikanischem Akzent: »Es ist mir eine Freude, Ihre Bekanntschaft zu machen, Colonel Baxter. Mir ist bereits Großes über Ihre Tapferkeit berichtet worden.«

Baxter senkte sein Horn.

»Er hat sich verbeugt!« Novak sah Darkus überrascht an.

»Er erwidert deine Begrüßung«, sagte Darkus und lächelte.

»Meinst du, er würde auch für mich fliegen?«, fragte Novak aufgeregt.

»Bestimmt.« Darkus flüsterte dem Käfer etwas zu und beschrieb mit seinem Zeigefinger ein Muster in der Luft. Baxter breitete die Flügel aus, hob ab und drehte eine laute Runde durchs Zimmer, die Vibration seiner Flügel klang wie das Puckern eines fernen Motors.

Novak lachte glücklich. »Darf ich ihn anfassen?«

»Ich bin mir sicher, dass er nichts dagegen hat.« Darkus grinste, als der Käfer auf seiner Hand landete.

Novak streckte die Hand aus und streichelte sanft Baxters Thorax, bevor sie die Spitze seines Horns berührte. »Autsch! Das ist ja wie eine Nadel!«, rief sie aus und hielt ihre Hand flach vor die von Darkus. »Darf ich ihn mal nehmen?«

Schon krabbelte Baxter auf Novaks Handfläche.

»Ich glaube, er mag dich.«

»Wirklich?« Novak lächelte Darkus an. »Meine Güte, der ist ganz schön schwer.«

Baxter hob seine Elytren, entfaltete seine weichen Flügel und flog los. Er sauste in einer Acht um Darkus und Novak herum und landete wieder auf Novaks ausgestreckter Hand.

»Er mag mich wirklich!«, sagte Novak und strahlte.

Darkus hielt das Glas seitlich gekippt und Baxter krabbelte hinein. »Wie du siehst, ist mein bester Freund wirklich ein Käfer«, sagte er und steckte das Glas in den Rucksack. »Glaubst du mir jetzt, dass ich deine Hilfe brauche?«

»Ja, aber ich kann dir nicht helfen. Ich meine, was soll ich denn tun?«

»Weißt du, ob deine Mutter meinen Dad kennt? Er heißt Bartholomew Cuttle. Und er arbeitet im Naturhistorischen Museum.«

Novak zuckte mit den Achseln. »Natürlich kennt sie Leute im Museum, aber ich weiß nicht genau, wen. Diesen Namen habe ich noch nie gehört und ich würde mich daran erinnern, weil er meinem so ähnlich ist.« Sie sah ihn neugierig an. »Heißt du mit Nachnamen auch Cuttle?«

Darkus nickte. »Cutter. Cuttle.« Er probierte die Namen aus. »Dein Name klingt schärfer.«

»Cutter ist nicht Maters echter Name. Wusstest du das?«

Darkus schüttelte den Kopf. »Wie lautet denn der richtige?«

»Lucy Johnstone. Ist das nicht ein netter Name? Sie hat den Namen Lucretia Cutter vor meiner Geburt angenommen, als sie ihr Geschäft gegründet hat. Ein ›Cutter‹ ist ein Schneider, der Schnittmuster für Kleidung entwirft. Der Name passt gut zu einer Modedesignerin, aber ich finde Lucy Johnstone viel hübscher.«

»Tja, egal ob deine Mutter meinen Vater kennt oder nicht, ich muss immer noch herausfinden, warum sie diese Käfer haben will und was sie damit vorhat.«

»Ist Mater deine Feindin?«, fragte Novak stirnrunzelnd.

Darkus fühlte, wie seine Wangen anfingen zu glühen, als er nach einer Antwort suchte. »Ich weiß es nicht. Wenn du ihr vielleicht erklären könntest, warum sie Käfer nicht töten darf …«

Novak schüttelte den Kopf. »Nichts und niemand kann sie davon abhalten zu bekommen, was sie will. Sieh dir an, wie fantastisch Baxter ist. Wenn sie wüsste, dass er hier ist, würde sie eine Trophäe aus ihm machen, genau wie aus dem armen *Onthophagus taurus*.«

Ein Schauder lief Darkus über den Rücken, als ihm klar wurde, welcher Gefahr er Baxter aussetzte, indem er ihn in dieses Haus gebracht hatte.

»Ich sollte gehen.« Er nahm den Rucksack in die Hand. »Hör mal, ich verstehe, warum du uns nicht helfen kannst, aber ich werde für immer dein Freund sein, wenn du mir und Baxter hier raushilfst, ohne dass uns jemand entdeckt.«

»Ich hatte noch nie einen Freund.« Novak sprach das Wort aus, als wäre es neu für sie.

»Du hast doch sicher Schulfreunde?«

»Ich gehe nicht in die Schule.« Sie schüttelte den Kopf. »Ich habe eine Hauslehrerin, Miss Boyle.«

»Tja, jetzt bin ich dein Freund und Baxter auch«, sagte Darkus, »und wenn du uns hilfst, teilen wir ein Geheimnis, was uns zu noch besseren Freunden macht.«

»Ein Geheimnis? O ja, das gefällt mir.« Novak sprang auf. »Freunde sein ist noch besser als Liebende.«

»Viel besser.«

»Wenn Mater davon wüsste, würde sie es sofort verbieten.« Novaks Augen strahlten.

»Warum?«

»Sie sagt, ich brauche keine Freunde, weil sowieso jeder mit mir befreundet sein will, wenn ich erst einmal berühmt bin.«

»Aber das hat doch nichts mit Freundschaft zu tun.«

»Findest du Berühmtsein albern?«

»Man sollte dafür berühmt sein, dass man etwas richtig Gutes oder Schwieriges gemacht hat, wie den Mount Everest besteigen oder auf dem Mars landen«, antwortete Darkus. »Wenn du eine berühmte Entdeckerin wärst, dann fände ich dich umwerfend.«

»Wie wär's mit einer Spionin?«, fragte Novak schelmisch.

»Eine Spionin?«

»Du willst herausfinden, was Mater und deine Nachbarn planen?«

Darkus nickte.

»Dann kann dir wohl nur eine weltberühmte Spionin helfen.« Sie warf ihm einen geheimnisvollen Blick zu, ging zum Bücherregal und zog ein großes rotes Buch heraus. Der Regalabschnitt an dieser Stelle glitt nach hinten.

»Ihr habt Geheimgänge im Haus?« Darkus fiel die Kinnlade herunter.

»Sie sind nicht besonders geheim, wenn man davon weiß«, sagte Novak und trat in die Lücke zwischen den Regalen.

13. Kapitel
DER WEISSE SALON

»Die Gänge sind für unser Hauspersonal«, erklärte Novak, als die Bücherregale lautlos wieder in ihre ursprüngliche Position glitten. »Towering Heights hat acht Stockwerke, alle mit verborgenen Türen und Gängen. Mein Zimmer ist im fünften Stock und hat einen Geheimgang, der hinten aus meinem Kleiderschrank herausführt.«

Darkus verspürte einen gewissen Nervenkitzel, als er Novak durch den engen Gang folgte. Die Dienstbotengänge waren grau und funktional, von Bodenleuchten erhellt und standen in starkem Kontrast zum Rest des Hauses.

Sie kamen zu einer Messinggittertür mit Griff. Sie gehörte zu einem altmodischen Fahrstuhl, wie ihn Darkus schon einmal in Filmen gesehen hatte.

»Steig ein.«

Er gehorchte und Novak fasste an ihm vorbei und schloss die Tür. Der Fahrstuhl surrte und schlingerte abwärts.

»Wo gehen wir hin?«, fragte Darkus.

»In den weißen Salon. Das ist Maters Arbeitszimmer und Empfangsraum. Da werden deine Freunde sein.«

»Das sind nicht meine Freunde«, sagte Darkus. »Das sind meine Feinde.«

»Du hast so ein Glück, echte Feinde zu haben«, sagte Novak seufzend. »Ich muss mir meine ausdenken.«

»Sie dürfen mich auf keinen Fall sehen.«

»Keine Sorge.« Novak klimperte mit den Wimpern. »Niemand wird uns sehen.«

»Gut«, sagte Darkus unbehaglich.

Ein zartes Glöckchen klingelte und zeigte die Ankunft im ersten Stock an. Er trat aus dem Fahrstuhl und folgte Novak, die auf den Zehenspitzen lautlos den Korridor entlanglief. Sie bog links und rechts ab, bis sie plötzlich anhielt und ihre Hand an eine Wand drückte, woraufhin ein verborgener Türgriff hervorsprang.

Sie legte einen Finger an die Lippen und flüsterte: »Wir müssen ganz leise sein. Wenn Mater uns hört, bekommen wir echte Probleme.«

Darkus nickte und dann betraten sie einen Raum von der Größe eines Badezimmers, in dem sich nichts außer einer Bank mit einem Schaffellüberwurf befand. Novak bedeutete Darkus Platz zu nehmen. Gegenüber der Bank war ein Fenster zum Nebenzimmer.

»Es ist ein Einwegspiegel«, flüsterte Novak und setzte sich neben ihn. »Wir können sie sehen, aber sie uns nicht. Mater benutzt ihn, um Models oder Kunden zu beobachten, wenn sie zur Anprobe kommen. Guck mal«, sie deutete auf die Lautsprecher in den Zimmerecken, »wir können sie auch hören.«

Lucretia Cutter, an ihrem Laborkittel und den Gehstöcken sofort wiederzuerkennen, stand mit dem Rücken zum Spiegel direkt vor ihnen.

Darkus schluckte die Mischung aus Angst und Wut hinunter, als er sie sah. Er betrachtete den Raum jenseits des Spiegels und prägte sich jedes Detail ein, um Virginia und Bertolt davon zu berichten. Es gab kaum Möbel und alles war entweder weiß oder transparent. Rechterhand befand sich ein Labortisch, ähnlich denen in der Schule, nur viel cooler. Die Oberfläche war aus demselben glänzenden weißen Stein wie der Fußboden, ein silberner Gashahn ragte wie ein Schwanenhals daraus hervor und daneben stand ein hochmodernes Mikroskop. Unter dem Tisch befand sich eine Reihe von Kühlschränken mit durchsichtigen Türen. Darkus konnte Petrischalenstapel und Reagenzglasständer darin erkennen.

Ein transparentes Plexiglasbord zog sich die gegenüberliegende Wand entlang und Darkus registrierte die drei weißen Skulpturen darauf: eine menschliche Figur, einen Käfer und die DNS-Doppelhelix.

Lucretia Cutter stand hinter einem glatten Glasschreibtisch, der bis auf ein weißes Telefon und ein gerahmtes Foto leer war. Davor saßen ihnen zugewandt Pickering und Humphrey in ihren gelben und lila Anzügen, die in dem makellosen Raum auf lächerliche Weise fehl am Platz wirkten. Bei ihrem Anblick konnte sich Darkus ein Grinsen nicht verkneifen.

Pickering zeigte auf Humphrey. »Seine widerlichen Gewohnheiten sind schuld an dem Befall. Er ist abstoßend. Ich dagegen wasche mich drei bis vier Mal am Tag.«

»Halt die Schnauze oder ich mache dich platt.« Humphrey hob seine gewaltige Faust über Pickerings Kopf.

»Ruhe.« Lucretia Cutters Stimme schnitt durch das Gezänk der Cousins. »Sie werden mir Ihr Anwesen für achtundvierzig Stunden überlassen, damit auch der allerletzte Käfer entfernt werden kann.«

Pickering und Humphrey nickten wie willige Welpen. »Was immer Sie wünschen«, stotterte Humphrey und sprühte dabei Spucke über den gläsernen Schreibtisch.

»Uärgh!«, kreischte Pickering.

»Ich werde Sie für die Käfer und Ihre Unannehmlichkeiten großzügig entlohnen, deshalb erwarte ich, dass Sie tun, was ich sage.«

»Unannehmlichkeiten?« Pickering verschränkte die Hände. »Das sind doch keine Unannehmlichkeiten. Es ist uns eine Freude.«

»Sie werden für die Dauer der Aktion aus dem Gebäude ausziehen«, fuhr sie fort.

»Was?«, riefen die Cousins wie aus einem Mund.

»Wo sollen wir denn hin?«, fragte Humphrey.

»Wir können Ihnen doch helfen«, sagte Pickering.

»Ich werde nicht selbst tätig werden, Mr Risk. Ich werde meine beiden Männer, Dankish und Craven, entsenden, damit sie sich um Ihren Käferhügel kümmern. Sie sagten doch, es sei ein Hügel?«

Die Cousins nickten.

»Eine sechsstellige Summe wird am Tag Ihrer Abreise auf Ihre Bankkonten überwiesen und Sie erhalten Zugriff darauf, sobald die Käfer entfernt und gezählt wurden. Anschließend steht es Ihnen frei zurückzukehren. In der Zwischenzeit werde ich Ihnen meine persönliche Suite im Empress Hotel zur Verfügung stellen. Es ist Ihnen nicht gestattet, mit irgendjemandem über diese Vereinbarung zu reden. Haben Sie das verstanden? Sollten Sie es dennoch tun, verwirken Sie Ihren Anspruch auf das Honorar.«

Pickering und Humphrey nickten wieder.

Lucretia Cutter ging um den Schreibtisch herum und streckte ihre perfekt gepflegte Hand aus, wobei ihre Miene hinter der riesigen Sonnenbrille undurchdringlich war. »Haben wir einen Deal?«

Humphrey sprang auf. »Wir haben einen Deal«, sagte er, verbeugte sich und küsste ihre Hand.

Lucretia Cutters goldene Lippen verzogen sich voller Abscheu.

»W-w-warten Sie!« Pickering stand auf. »Was ist mit dem

Amt? Dort weiß man von dem Befall – sie wollen, dass wir den Hof räumen. Sie haben gesagt –«

»Das Amt wird Sie nicht mehr behelligen, Mr Risk. Dafür werde ich sorgen.« Lucretia Cutter entzog Humphrey ihre Hand. »Was glauben Sie denn, wie ich überhaupt von den Käfern erfahren habe?« Sie stieß ein tiefes, kehliges Lachen aus. »Ich habe überall meine Leute.«

»Richtig. Ja. Ich verstehe«, sagte Pickering und verstand ganz offensichtlich gar nichts.

Sie drückte eine Taste auf dem weißen Telefon vor ihr. »Gerard.«

Der Butler betrat das Zimmer mit einem Tablett, auf dem sich zwei Dokumente und zwei goldene Kugelschreiber befanden.

»Unterzeichnen Sie auf der letzten Seite und vergessen Sie das Datum nicht.« Lucretia Cutter streckte ihre Hand aus, so dass Gerard sie mit einem dampfenden heißen Handtuch säubern konnte, das er aus einem Zylinder in seiner Tasche gezogen hatte.

Darkus schlich näher an den Spiegel heran. So nah am Glas fühlte er sich verletzlich und musste sich selbst sagen, dass niemand im Salon ihn sehen konnte. Aber nun hatte er freie Sicht auf das gerahmte Foto auf ihrem Schreibtisch.

Das Bild zeigte neun lächelnde Menschen in Laborkitteln, in zwei Reihen hintereinander. In einem weißen Kästchen unten auf dem Bild stand *Fabre-Projekt*.

»Was ist los?«, flüsterte Novak alarmiert. »Ist dir schlecht? Du siehst aus, als müsstest du dich übergeben.«

»Dieses Bild …« Darkus zeigte darauf.

Novak stellte sich neben Darkus. »Oh, das. Das ist aus ihrer Zeit an der Universität. Man erkennt sie kaum wieder. Sie sieht jetzt so anders aus. Guck mal, ihr Haar ist ganz ungepflegt und streng zurückgebunden, sie trägt eine Brille und sie lächelt.« Sie seufzte. »Sie sieht nett aus, oder?«

Darkus' Herz hämmerte gegen seine Rippen.

»Was ist daran so interessant?«

»Das«, Darkus räusperte sich, als er merkte, dass er die Worte nicht herausbekam, »ist mein Dad.«

Novak lehnte sich vor. »Welcher?«

»Der mit dem Bart neben deiner Mum.«

Novak starrte Darkus an. »Er sieht dir überhaupt nicht ähnlich.«

»Novak.« Darkus sah ihr in die Augen. Als er plötzlich seine Stimme wiederfand, brach es laut aus ihm heraus: »Jemand hat meinen Vater entführt und ich weiß nicht, warum!«

»Entführt?« Novak wirkte verängstigt.

Ein Schatten fiel über den Spiegel und sie blickten beide auf.

Lucretia Cutter bewunderte ihr Spiegelbild. Als sie ihren Kopf von links nach rechts wandte, wirkte es, als könnte sie durch den Spiegel direkt in den Raum sehen.

Darkus erstarrte. Wäre zwischen ihnen kein Glas gewesen, hätte Lucretia Cutter seinen Atem auf ihrer Wange spüren können.

»Sie kann uns nicht sehen«, flüsterte Novak, als müsste sie sich dessen genauso versichern wie Darkus. »Und sie kann uns nicht hören.«

Im Salon hatte Humphrey den Vertrag unterzeichnet und hielt Gerard das Papier hin. Pickering las demonstrativ jedes einzelne Wort und verlieh seinem Gesicht dann einen nachdenklichen Ausdruck. »Vielleicht können wir das beim Essen besprechen?«

»Es gibt nichts zu besprechen.« Lucretia Cutter wandte sich vom Spiegel ab. »Entweder Sie wollen mir die Käfer verkaufen oder Sie wollen es nicht.«

Darkus entfuhr ein großer Seufzer, als ihm mit einem Mal bewusst wurde, dass er die Luft angehalten hatte.

»Komm schon, unterschreib endlich, Pickers. Es ist 'ne halbe Million«, sagte Humphrey. »Das macht 'ne Viertelmillion für jeden.«

»Ich kann rechnen, Humphrey, vielen Dank.« Pickering sah Lucretia Cutter an. »Käfer zu töten muss Ihnen wirklich gefallen, wenn Sie eine so große Summe für etwas zahlen, für das *wir* normalerweise bezahlen müssten.«

Lucretia Cutter beugte sich drohend über ihren Schreibtisch.

»Ich bin Sammlerin, Mr Risk«, zischte sie. »Eine sehr vermögende Sammlerin. Ich habe schon mehr für eine Handtasche bezahlt, als ich Ihnen für diese Käfer anbiete. Es liegt ganz bei Ihnen, ob Sie das Geld wollen oder nicht.« Sie stützte sich wieder auf ihre Gehstöcke und steuerte zur Tür. »Dieses Gespräch ist beendet.« Sie blickte zurück zum Spiegel. »Es gibt da etwas, um das ich mich kümmern muss.«

»Kriech unter die Bank!« Novak atmete scharf ein und zog an Darkus. »Sie weiß, dass wir hier sind.«

»Was? Ich dachte, du hättest gesagt …«

»Mach schon! *Sie kommt!*« Novak trat Darkus in die Kniekehlen und er sank zusammen. *»Schnell!«*

Als er sich auf dem Boden wiederfand, fing Darkus an zu protestieren, aber dann hörte er das Klicken der Türklinke und das Herz blieb ihm stehen. Er rollte sich unter die Bank und presste sich gegen die Wand. Es gab ein gedämpftes Klirren, als Baxters Marmeladenglas in seinem Rucksack zerbrach.

Novak zog das Schaffell tiefer hinunter, um ihn zu verbergen, und entfernte sich dann mit einem Satz von der Bank. »Mater!«

Darkus sah die Enden von Lucretia Cutters Gehstöcken und den Saum ihres langen schwarzen Samtrockes, als sie in den Raum wirbelte.

»Was zum Teufel machst du hier?«

Darkus hörte ein Krächzen und dann hoben sich Novaks Füße vom Boden und baumelten in der Luft.

»Es tut mir leid, ich …«, stieß Novak erstickt hervor.

Darkus hüpfte vor Angst fast das Herz aus der Brust. Lucretia Cutter war schockierend stark.

»Ich hab dir verboten irgendeinen meiner Räume auf dieser Etage zu betreten.«

»Ich wollte die beiden Clowns sehen!«, krächzte Novak.

Lucretia Cutter ließ ihre Tochter los und Novak fiel zu Boden. Sie hustete und spuckte und rang nach Luft.

»Du kennst die Strafe, wenn du die Regeln brichst.«

Novak nickte und blickte zu Boden. »Die Zellen.« Sie biss sich angsterfüllt auf die Lippe und flüsterte: »Aber bitte nicht die mit den Käfern. Ich wollte doch nur die Clowns sehen.«

Lucretia Cutter wandte sich zum Spiegel um. »Sieh dir diese beiden Idioten an«, knurrte sie. »Sie sind abstoßend.«

»Sie sind extrem hässlich«, pflichtete Novak ihr bei.

»Ihre Spezies sollte eigentlich längst ausgelöscht sein.«

»Wirst du ihnen wirklich all dieses Geld für ein paar Käfer geben?«, fragte Novak.

»Mach dich nicht lächerlich, Kind.«

»Aber du hast gesagt ...« Novaks Stimme verlor sich und sie runzelte die Stirn. »Du hast sie doch Verträge unterzeichnen lassen?«

»Ich schätze, das Testament eines Menschen kann dem ungeübten Auge wie ein Vertrag vorkommen.« Lucretia Cutter lachte leise.

»Warum sollten sie ein Testament unterzeichnen?«

»Das geht dich nichts an!«

Novak verstummte und blickte zu Boden.

»Das sind *meine* Käfer. Ich habe sie geschaffen und ich

will sie wiederhaben.« Lucretia Cutter stieß ein Zischen aus. »Ich weiß nicht, wie sie aus meinem Labor entkommen konnten, aber sobald diese beiden Deppen begriffen haben, wozu diese Käfer fähig sind, können sie alles ruinieren. Das werde ich nicht zulassen. Dazu bin ich noch nicht bereit.« Sie schlug ihre Stöcke frustriert auf den Boden. »Ich werde NICHT zulassen, dass mich irgendjemand aufhält. Nicht *sie*, nicht *er*, *niemand*!«

»Er?«, fragte Novak und spürte Darkus' Blick unter der Bank. »Wen meinst du?«

Lucretia Cutter wirbelte herum und zog ihrer Tochter mit dem Silbergriff ihres Gehstocks eins über den Schädel. Darkus musste sich zwingen nicht aufzuschreien, als Novak wie eine Puppe nach hinten geworfen wurde und zusammenbrach.

»Wie kannst du es wagen, mich zu hinterfragen, du ungehöriges Ding?«, stieß Lucretia Cutter aus. Starr vor Angst starrte Darkus auf das Mädchen, das ausgestreckt auf dem Boden lag. »Wegen deines Ungehorsams wirst du zwei Nächte in den Zellen verbringen – *mit* den Käfern.«

Sie wandte sich ab, um aus dem Raum zu stolzieren. Dabei wirbelte ihr Rock hoch und dort, wo ein Knöchel und ein Schuh hätten sein sollen, entdeckte Darkus eine riesige schwarze Kralle. Entsetzt fuhr er zurück und stieß sich den Kopf an der Wand.

Lucretia Cutter blieb in der Tür stehen.

Darkus schloss die Augen und hielt die Luft an.

Sekundenlang herrschte Stille, dann trat sie aus dem Raum und die Tür glitt zu.

Darkus wartete, bis er es nicht mehr aushalten konnte, und schlängelte sich dann auf dem Bauch unter die Bank. Novaks Augen waren geschlossen, sie bewegte sich nicht.

»Novak?«, flüsterte er. Er berührte ihren Arm, aber sie reagierte nicht. Darkus gefror das Blut in den Adern. »Bitte, Novak, wach auf.« Er strich ihr übers Haar. »Bitte.«

Sie stöhnte und ihre Augenlider öffneten sich flatternd.

Darkus entfuhr ein Seufzer der Erleichterung. »Bist du in Ordnung?«

Sie blinzelte, als sie zu ihm aufsah. »Sieh mich nicht an.« Sie bedeckte ihr Gesicht mit den Händen. Ein furchtbarer blauer Fleck erblühte unter ihrem Auge.

»Du brauchst einen Arzt.«

»Ich bin hässlich«, schluchzte Novak.

»Du warst wirklich tapfer.« Darkus kniete neben ihr nieder. »Und sie war so wütend.«

»Sie wäre noch wütender geworden, wenn sie dich gefunden hätte«, flüsterte Novak.

Er schüttelte den Kopf. »Ich hätte nicht herkommen sollen«, sagte er und das Bild von der schwarzen Kralle blitzte vor seinem geistigen Auge auf und ein Schauer lief ihm über den Rücken.

Novak legte ihre Hand auf seine und lächelte schwach. »Ich bin so froh, dass du gekommen bist.«

»Wir müssen weg«, sagte Darkus. »Kannst du aufstehen?«

Sie nickte kaum merklich.

»Leg deinen Arm um meine Schultern.«

Novak schlang die Arme um Darkus' Hals und er half ihr auf die Füße zu kommen. Sie wandten sich zur Tür und hörten das schreckliche Klicken, als sie aufglitt.

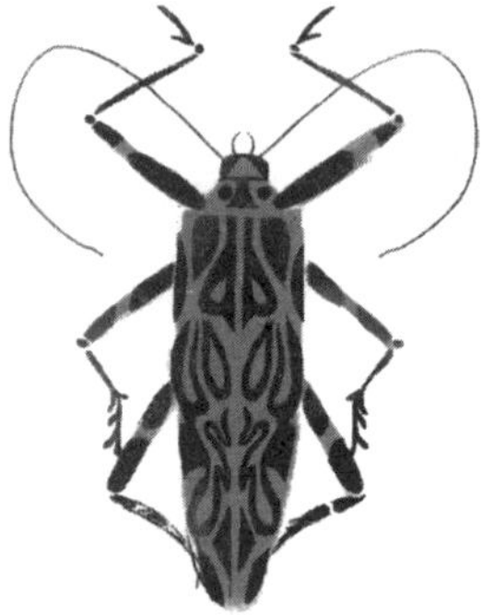

14. Kapitel

DER SCHREI EINES SEEVOGELS

Lucretia Cutter stand reglos in der Tür, wie der Todesengel.

Novak schrie auf und klammerte sich an Darkus. »Ich kann alles erklären«, brabbelte sie. »Ich habe versucht ihn verliebt zu machen, für meine Schauspielerei. Er wollte das Haus sehen. Ich dachte, der Spiegel würde ihn beeindrucken, ich wusste nicht, dass du arbeitest …«

Lucretia Cutter hörte ihrer Tochter nicht zu. Sie starrte Darkus an.

»Ich bringe ihn zur Tür, in Ordnung?« Novaks Stimme wurde schriller und lauter.

Lucretia Cutter sagte endlich etwas: »Ich glaube nicht.«

Novak kreischte panisch auf.

Darkus fühlte sich wie ein Kaninchen, gebannt durch den Blick eines hungrigen Habichts. Er starrte zu Boden.

»Ich habe dich schon mal gesehen, Junge. Nicht wahr?«

Darkus schüttelte den Kopf und sah nicht auf.

»Wie heißt du?«

»Daniel Dowie«, murmelte er.

Novak blickte ihn an und sah dann weg.

Lucretia Cutter bewegte ihren Kopf, drehte erst ein Ohr zur Decke und dann das andere. »Wie ich sehe, hast du mir ein Geschenk mitgebracht, Daniel. Wie nett.«

Darkus blickte verwirrt auf und sie lächelte ihn an, wobei sich ihr Mund schrecklich weit auseinanderzog. Sein Herz sprang in seiner Brust so heftig auf und nieder, dass er sicher war, sie konnte es sehen.

»Geschenk? Nein, ich …«

»Ach, aber du irrst dich. Sieh doch.« Sie hob das Ende eines ihrer Stöcke und zeigte nach vorn. »Du hast mir einen *Chalcosoma caucasus* für meine Sammlung mitgebracht.«

Darkus drehte den Kopf und entdeckte dabei Baxter, der stolz auf seiner Schulter saß. Er musste aus seinem zerbrochenen Glas und dem Rucksack gekrabbelt sein. Der Käfer fixierte Lucretia Cutter.

Darkus ballte die Fäuste. Er würde diese Frau niemals in Baxters Nähe lassen.

Mit einem Mal stürzte sich Novak auf ihre Mutter, die damit nicht gerechnet hatte, und schubste sie rückwärts durch die Tür. »LAUF! LAUF! LAUF!«, schrie sie, als sie ihre Arme um den Rock ihrer Mutter schlang und beide in einem rangelnden Knäuel zu Boden stürzten.

Darkus rannte aus der Tür und Baxter sprang in die Luft und flog neben seiner Schulter her. Aus dem Augenwinkel konnte Darkus zwei schwarze Krallen aus Lucretia Cutters Rock strampeln sehen.

Er rannte durch den Korridor zum Fahrstuhl, betend, dass er noch da sein möge.

Ein schockierendes Zischen explodierte in dem Raum hinter ihm. Es klang wie das Geräusch, das Baxter gemacht hatte, um Robby und die Klone zu vertreiben, nur hundert Mal lauter.

Der Fahrstuhl war da. Novak hatte die Gittertür offen gelassen. Darkus stürzte vor, polterte in den Fahrstuhl und schlug die Hand auf sämtliche Knöpfe.

Nichts passierte.

Die Tür. Er musste sie erst schließen.

Sie kam näher.

Lucretia Cutter war unglaublich groß. Ihr Kopf streifte die Decke, als sie mit erschreckender Geschwindigkeit auf ihn zuraste, die Arme gespreizt und einen Ebenholzstock auf ihn gerichtet. Darkus erstarrte vor Angst.

Es gab ein ohrenbetäubendes Krachen. Holzsplitter der Fahrstuhlrückwand hackten sich in seinen Nacken. Darkus stolperte schockiert vor. Sie hatte auf ihn geschossen!

Baxter drehte wütend ab und flog aus dem Fahrstuhl direkt auf sie zu.

Lucretia Cutter schlug mit einem Stock nach dem Käfer, während er ihren Kopf umkreiste.

»Aaaaah!«, kreischte sie voller Wut, als Baxter alle sechs seiner scharfen Klauen über ihren Nacken zog. Ihre Stöcke fielen zu Boden, als sie eine Hand hob, um die blutenden Kratzer zu bedecken, und mit der anderen versuchte den Nashornkäfer zu packen. »Ich zerquetsch dich wie ein rohes Ei«, heulte sie und schlug um sich.

Baxter wich ihr aus, sauste aber wieder und wieder mit gesenktem Horn vor ihr Gesicht und zischte dabei laut.

Darkus packte die Messinggittertür und warf sie zu.

»BAXTER!«, schrie er.

Die innere Fahrstuhltür begann sich zu schließen.

»BAXTER!«, schrie er noch einmal.

Der Käfer sauste hoch und flog zurück zum Fahrstuhl, genau in dem Moment, als die Tür sich schloss, die Kabine ruckte und in die Tiefe sank.

Als der Fahrstuhl hielt und sich die Tür wieder öffnete, zog Darkus die Gittertür auf und fiel auf die Knie. Er hörte nur noch seinen Atem und sein Herz. Ihm war schlecht.

Was war mit Novak passiert?

Er dachte an das Zischen, das einem das Blut in den Adern gefrieren ließ. Baxter war immer noch da oben, mit diesem Monster von einer Frau. Er erschauderte – was immer sie war, sie war jedenfalls kein Mensch.

Der Fahrstuhl war ganz nach unten gefahren, was bedeutete, dass der Ausgang zwei oder drei Stockwerke darüber sein musste. Immer noch auf Händen und Knien schob Darkus sich aus dem Fahrstuhl in den Korridor. Dieser war funktional und grau, ein dunkler Boden und etwas hellere Wände. Neonröhren zogen sich die Decke entlang.

Er musste vorankommen.

Sie hatte mit ihrem Stock auf ihn geschossen! Wie hatte sie das gemacht?

Darkus zitterte. Er dachte an Onkel Max. »Mut und Entschlossenheit«, flüsterte er.

Er hörte ein entferntes Rattern und sein Puls schoss in die Höhe, pochte im Hals und an den Schläfen, als er auszumachen versuchte, wo es herkam. Es klapperte über ihm, und als er aufsah, entdeckte er Baxter, der durch die Lücke zwischen der Fahrstuhloberseite und dem Türrahmen kraxelte.

»Baxter!« Warme Erleichterung flutete seinen Körper und seine Beine fanden wieder die Kraft zu stehen. Er streckte die Hand nach oben und der Käfer ließ sich darauf nieder. Er zog Baxter an seine Brust, schob die Schultern schützend vor und sprach flüsternd mit ihm. Baxter stellte sich auf und reckte die Vorderbeine, um sie gegen Darkus' Pulli zu legen: Er erwiderte die Umarmung.

»Wir müssen hier raus«, flüsterte er und setzte Baxter auf seine Schulter, wo er hingehörte. Darkus ließ die Gittertür offen, so dass Lucretia Cutter den Fahrstuhl nicht benutzen konnte, und machte sich auf den Weg den Korridor entlang. Auf beiden Seiten befanden sich in gewissem Abstand nummerierte graue Türen mit kleinen quadratischen Klappen. Er wollte ein paar öffnen, aber alle waren verschlossen. Das mussten die Zellen sein, die Novak erwähnt hatte.

Er suchte nach einer Treppe, die ins Erdgeschoss führte. Vielleicht konnte er dort aus einem Fenster klettern.

Nachdem er um eine Ecke gebogen war, setzte sich der Korridor fort. Rechts befand sich eine weiße Tür. Darkus drückte die Klinke und sie ging auf. Als er vorsichtig hineinspähte, sah er eine Wand, die in gedämpftem grünem Licht lag und in Rechtecke unterteilt war. Er suchte nach einem Lichtschalter und Neonröhren flackerten auf. Der Raum war voller Becken und Terrarien und in jedem wimmelte es von einer anderen Käferart.

»Baxter, sieh nur!« Darkus machte einen Schritt hinein und erkannte sofort Dunkelkäfer und Darwinkäfer, jene seltenen kastanienbraunen Hirschkäfer mit Mundwerkzeugen, die so lang waren wie ihre Beine, so dass sie aussahen wie Spinnen in Rüstung … und in der Mitte der Wand ein Becken voll mit gelben Marienkäfern, in etwa so groß wie Zwei-Pence-Münzen.

Also hatte der Käfer im Museum wirklich Lucretia Cutter gehört.

Das plötzliche Licht schreckte die Käfer auf und sie wirbelten aufgeregt durcheinander. Als wollten sie sehen, wer für die Störung verantwortlich war, rannten sie an die Glaswände ihrer Becken und kratzten daran. Die Darwinkäfer schlugen wie zum Angriff ihre Geweihe ans Glas und ein ganzes Becken voll gefährlich aussehender riesiger Sandlaufkäfer krächzte und knirschte bedrohlich mit den Mundwerkzeugen.

Darkus war schockiert über die brüllende Kakofonie von Zischen und Zwitschern, die aus den Terrarien aufstieg, als sich die aggressiven Käfer gegen die Mauern ihrer Gefängnisse warfen und übereinanderkletterten, in dem rasenden Verlangen, ihn zu fassen zu kriegen. Diese Käfer waren völlig anders als die im Berg. Seine Käfer an der Nelson Parade waren friedlich und ruhig.

Darkus trat noch einen Schritt vor, um die Käfer zu beruhigen, aber Baxter erhob sich von seiner Schulter, zupfte mit den Beinen an Darkus' Pulli.

Das Becken mit den Darwinkäfern rutschte ein paar Zentimeter vor und dann noch ein paar, als die riesigen Käfer gemeinsam an das Glas hämmerten. Wenn das Becken vom Regal fiele, würde das Glas zerbrechen und die Käfer würden entkommen.

Plötzlich begriff Darkus, dass Baxter nicht einfach zurückzischte oder sich zum Angriff bereitmachte – er versuchte ihm zu sagen, dass er wegrennen sollte.

Das Becken mit den Darwinkäfern machte noch einen Satz nach vorne.

Darkus wirbelte herum und rannte durch die Tür zurück in den Korridor.

Ein gespenstisches Klagen, wie der ferne Ruf eines Seevogels, hallte durch den Flur. Darkus stellten sich die Nackenhaare auf und er zitterte. Aber er konnte nicht zurück, also nahm er einen tiefen Atemzug und bewegte sich weiter vor, auf den Laut zu. Er hoffte inständig, dass er eine

Treppe finden würde, bevor er auf die Ursache dieses Lautes stieß.

Aber je näher er kam, desto mehr begann das traurige Klagen wie eine Harfensaite in seiner Brust zu schwingen. Tränen schossen ihm in die Augen und er fing an zu rennen. Das Geräusch war das Weinen eines Mannes und Darkus erkannte es mit jeder Faser seines Körpers wieder.

»Dad!«, schrie er.

Das Weinen brach ab.

»Dad?«

»Darkus?«, kam die überraschte Antwort von irgendwoher vor ihm.

Danach hatte Darkus sich sechs quälende Wochen lang gesehnt. Er hatte davon geträumt. Und nun hörte er ihn wirklich und der Klang dieses einen Wortes entflammte seine Seele.

»Dad!«, rief Darkus aus und rannte schneller.

Plötzlich öffnete sich eine Tür zu seiner Linken und zwei Arme langten heraus und packten ihn. Mit einer Hand wurde ihm der Mund zugehalten, während sich der andere Arm um seine Taille schlang und ihn hochhob. Er versuchte zu schreien und zu treten, aber er war nicht stark genug. Rückwärts wurde er in einen Weinkeller geschleift.

»Hör auf dich zu wehren, Junge. Ich muss dich hier rausschaffen, bevor du dich noch umbringst.«

Darkus sackte zusammen. Er erkannte den französischen Akzent. Es war der Butler.

Gerard ließ los und Darkus entzog sich ihm. »Nein! Ich gehe nicht weg. Mein Dad ist hier. Ich …«

Darkus spürte, wie ihn etwas hart am Hinterkopf traf. Sein Nacken schmerzte und alles drehte sich.

»Verzeih mir«, hörte er den Butler noch sagen, als die Welt langsam verblasste. »Madame ist auf dem Weg und sie darf dich nicht finden.«

Etwas Kaltes spritzte in Darkus' Gesicht. Mit flatternden Lidern öffnete er die Augen. Sein Schädel brummte.

»Hör mir zu, Junge«, sagte die Stimme des Butlers. »Du musst aufstehen. Du befindest dich neben dem Dienstboteneingang von Towering Heights, an der Seite des Hauses.«

Darkus stützte sich verwirrt auf die Ellbogen.

»Du musst jetzt wegrennen. Verstehst du mich? Ich kann dir kein zweites Mal helfen.«

Bevor Darkus antworten konnte, hatte der Butler die Tür geschlossen und Darkus hörte, wie er den Schlüssel im Schloss drehte.

»Nein!« Darkus kniete sich hin und schlug mit den Fäusten gegen die Tür. »Nein! Dad!« Er sackte zusammen und hielt sich den schmerzenden Kopf. »Dad!«, schluchzte er.

Er fühlte ein Kitzeln im Nacken. Baxter hatte sich hinten in seinem Pulli versteckt und krabbelte heraus. Darkus nahm den Käfer und hielt ihn sich vors Gesicht.

»Dad ist da drinnen, Baxter, und ich weiß nicht, was ich machen soll.«

Baxter stellte sich auf die Hinterbeine und stupste Darkus' Wange mit der Seite seines Horns.

»Pssst!«

Darkus erstarrte.

»Pssst, hier drüben«, flüsterte es etwas lauter.

Darkus drehte sich um und entdeckte Virginia, die sich hinter einer Reihe Blumenkübel versteckte, in denen die gleichen roten Lilien blühten wie vor der Haustür.

»Ich bin's!«, formte sie mit den Lippen und wirkte besorgt. »Bist du in Ordnung?«

Er nickte stumm und spürte, wie ihn Wärme durchflutete. Er war noch nie so glücklich gewesen, eine Freundin zu sehen.

»Ich weiß, du wolltest nicht, dass wir kommen, aber wir haben es trotzdem gemacht und dann habe ich gesehen, wie dieser Butler dich draußen auf dem Boden abgelegt hat, als wärst du tot, und dann hat sich das Tor für einen Lieferwagen geöffnet und ich musste sichergehen, dass du –«

»Ich lebe«, sagte Darkus und rieb sich die empfindliche Beule am Hinterkopf. »So gerade eben.«

Virginia huschte zu ihm herüber. »Super, lass uns schnellstens verschwinden. Kannst du laufen?«

»Sie hat ihn.« Darkus versagte die Stimme.

»Was?«

»Dad. Sie hat Dad.« Seine Schultern begannen zu beben und er konnte nicht länger verhindern, dass ihm heiße Tränen aus den Augen schossen und die Wangen hinunterrannen. »Sie hat meinen Dad.«

»Darkus.« Virginia schüttelte ihn. »Reiß dich zusammen. Hör mir zu. Du musst jetzt stark sein für deinen Dad. Du musst jetzt stark sein für *mich*. Komm schon. Bitte. Du wirst ihn nicht retten können, wenn du dich schnappen lässt.« Sie hievte ihn auf die Füße. »Los, mir nach.«

Sie kamen an die Ecke des Gebäudes. Das Tor stand immer noch offen und war weniger als zwanzig Meter entfernt. Virginia spähte um die Ecke, um sicherzugehen, dass die Luft rein war.

»Okay, bei drei rennen wir los«, flüsterte sie. »Eins, zwei –« Plötzlich schob sie Darkus rückwärts gegen die Wand.

»RAUS HIER!«, kreischte Lucretia Cutter, als Pickering und Humphrey rückwärts aus Towering Heights herausstolperten.

»Wir haben keinen Käfer mitgebracht!«, beharrte Pickering.

»Wir kennen keine Jungs!«, platzte Humphrey heraus.

Lucretia Cutter stieß einen ihrer Gehstöcke in Humphreys schwammige Brust. »Ich komme morgen früh, um meine Käfer zu holen.«

»Morgen?« Pickering blinzelte. »Aber ich dachte …«

»MORGEN!«

Die Tür wurde ins Schloss geworfen.

Die verwirrten Cousins starrten einander an und schwankten dann streitend den Weg hinunter und durch das Tor hinaus.

»DREI!« Virginia sprintete zu dem sich schließenden Tor und Darkus rannte ihr nach. Sie flitzten hindurch, kurz bevor es scheppernd ins Schloss fiel.

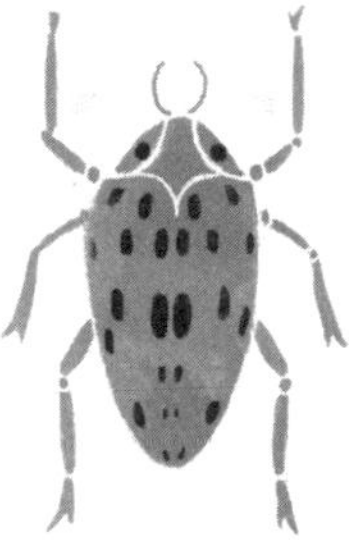

15. Kapitel

DIE KANALISATIONSLÖSUNG

Darkus' Füße trommelten auf das Pflaster. Baxter flog neben ihm her.

Virginias lange Beine konnten mit Darkus' Schritten mühelos mithalten, aber schließlich rief sie: »Langsamer!«

»Wir müssen die Polizei informieren«, keuchte Darkus. »Sie hat meinen Dad.«

»Darkus, stopp!«, befahl Virginia und blieb stehen.

Er rannte noch ein paar Schritte weiter und hockte sich dann hin, um Luft zu holen.

»Du kannst Bertolt nicht zurücklassen«, sagte Virginia.

»Was?«

»Er hat sich hinter dem blauen Lieferwagen versteckt. Guck doch, er versucht uns einzuholen.«

»Wir haben keine Zeit, wir müssen …«

»Was wir tun müssen, ist die Sache zu Ende denken, bevor wir was Verrücktes machen. Woher wissen wir denn, ob die Polizei uns helfen wird? Bislang hat sie das noch nicht getan.«

»Sie hält ihn in einer Zelle fest!«, sagte Darkus wütend. »Wir müssen ihn da rausholen!«

»Du blutest«, Virginia beugte sich über ihn, um sich die Wunde anzusehen. »Es läuft dir den ganzen Nacken hinunter.«

»Macht nichts.« Darkus vergewisserte sich, dass Baxter immer noch bei ihm war. »Mir geht's gut. Wir müssen Dad retten.«

»Darkus, dir steckt ein Riesensplitter im Nacken!« Virginia legte ihm eine Hand auf die Schulter und zog das Holzstück blitzschnell heraus.

»Aah!«, rief er aus und das Blut rann ihm den Rücken runter.

»Du bist verletzt!«, schnaufte Bertolt, der sie endlich eingeholt hatte und sich neben Darkus auf den Boden sinken ließ.

»Das muss ein Splitter aus dem Fahrstuhl sein.« Darkus tastete nach der Wunde. »Lucretia Cutter hat mich mit irgendwas beschossen. Sie hat mich verfehlt, aber es ist in das Holz hinter mir eingeschlagen.«

»Sie hat auf dich geschossen?«, fragte Bertolt entsetzt, während Newton aus seinem Haar aufstieg und wütend funkelte.

»Sie hatte keine Waffe.« Darkus dachte darüber nach, was in Towering Heights passiert war. »Sie hat mit einem ihrer Gehstöcke auf mich gezielt.«

»Ist das dein Ernst?«, fragte Virginia.

Darkus betrachtete das Blut an seiner Hand. »Sie ist ein Monster und sie hat Dad in einer Kellerzelle eingesperrt.«

Er erzählte ihnen von der Bibliothek und von Novak, davon, wie sie ihn durch die geheimen Gänge zum Einwegspiegel gebracht hatte, vom Foto seines Vaters auf Lucretia Cutters Schreibtisch, davon, wie tapfer Novak gewesen war, als sie erwischt wurden, und wie sie ihm geholfen hatte, zurück zum Fahrstuhl zu kommen, davon, wie er den Raum mit den wütenden Insekten und den gelben Marienkäfern gefunden und wie er dann die Stimme seines Vaters gehört hatte.

»Du hast deinen Dad gesehen?« Bertolt war sichtlich bestürzt über das, was er hörte.

»Ich habe ihn nicht gesehen«, sagte Darkus leise. »Ich habe ihn gehört. Ich habe gerufen und er hat mich gehört.« Er schluckte. »Er hat meinen Namen gerufen und dann hat mich dieser miese Butler rückwärts durch eine Tür gezerrt und mir eins übergebraten.«

»Dieser miese Butler hat dir möglicherweise das Leben gerettet«, wandte Virginia ein.

»Was ist mit den Käfern?«, fragte Bertolt. »Warum will Lucretia Cutter sie unbedingt haben?«

»Das weiß ich immer noch nicht«, gab Darkus zu. »Sie sagte, dass sie ihr gehören und sie sie zurückhaben wolle.

Aber sie will das geheim halten. Sie hat gesagt, sie *sei noch nicht bereit*. Aber ich weiß nicht, was das bedeutet, und dann hat sie noch gesagt, sie würde sich von niemandem aufhalten lassen …« Darkus hielt inne. »Ich weiß nicht, was da vor sich geht, aber ich glaube, Dad hat möglicherweise versucht Lucretia Cutter von dem abzuhalten, was sie vorhat – was immer es ist.«

»Wir *wissen* allerdings, dass sie morgen früh die Käfer holen will«, fügte Virginia hinzu.

»Morgen?«, quiekte Bertolt. »Da bleibt nicht viel Zeit!«

Virginia nickte. »Ich weiß.«

»Das ist übel.« Er blinzelte. »Das ist richtig übel.«

»Da ist noch etwas.« Ein grauenvolles Bild blitzte vor Darkus' geistigem Auge auf, das Bild eines wirbelnden Rockes und einer riesigen gezackten Kralle. Er zitterte.

»Lucretia Cutter …« Er hielt inne und wusste nicht, wie er in Worte fassen sollte, was er gesehen hatte. »Nachdem sie Novak verletzt hat, hat sie sich weggedreht und dabei ist ihr Rock ein bisschen hochgeweht und es sah so aus, als wenn … Ich meine, ich glaube, ich habe eine … eine Kralle gesehen.«

»Eine Kralle?« Bertolt wirkte verwirrt.

»Als Teil ihres Kleides?«, fragte Virginia.

»Nein, was ich meine, ist, dass sie eine große schwarze Kralle hatte, so eine wie Baxter. Da, wo ein Fuß hätte sein sollen. Ich meine, sie hat darauf gestanden, als wäre es ihr Bein. Als hätte sie Beine wie ein Käfer, aber in Menschengröße.« Darkus hörte sich selbst reden und wusste, wie verrückt das klang.

»Bist du sicher?«, fragte Virginia.

»Ja, bin ich.«

»Vielleicht hat dir dein Hirn einen Streich gespielt, weil du Angst hattest?«

»Vielleicht war es ein Stiefel«, schlug Bertolt vor. »Ein Designer-Stiefel?«

Darkus schüttelte den Kopf. »Ich weiß, was ich gesehen habe.« Er blickte zurück auf Towering Heights. »Sie ist ein Monster«, sagte er wieder.

Bertolt sah zu Virginia. »Was sollen wir bloß machen?«

»Darkus, wir müssen die Käfer noch heute Abend wegschaffen«, sagte Virginia, »sonst erwartet sie morgen früh der Tod.«

»Ich ... ich ...« Darkus klang noch in den Ohren, wie sein Vater nach ihm gerufen hatte. »Ich muss Dad da rausholen.«

»Die Käfer wegzuschaffen bedeutet die Tassen wegzuschaffen«, sagte Bertolt. »All ihre Babys, die Eier und Larven, sind da drin. Ohne sie werden die Käfer nicht mitkommen.« Seine Miene verriet, wie aussichtslos ihm das Unterfangen schien. »Selbst wenn wir den Käferberg an einem Abend wegbringen könnten, wo würden wir ihn hinschaffen?«

Darkus spürte, wie alle Energie aus seinem Körper wich. Sein T-Shirt klebte verschwitzt und blutig an seinem Rücken. Er fühlte sich schwach und seine Hände zitterten.

»Ich weiß nicht, was ich machen soll«, gab er zu und verbarg sein Gesicht in den Händen.

Baxter kam herunter, landete auf Darkus' Fingerspitzen und schmiegte sein Horn an Darkus' Stirn.

Bertolt tätschelte ihm die Schulter. »Es ist in Ordnung. Unsere Chancen stehen besser als heute Morgen.«

»Wieso?«

»Nun, heute Morgen wusstest du nicht, wo dein Dad steckt, und wir hatten keine Ahnung, wann es den Käfern an den Kragen gehen würde.«

»Er hat Recht«, sagte Virginia nickend. »Jetzt wissen wir wenigstens, dass wir so richtig am Arsch sind.«

Bertolt funkelte Virginia finster an. »Das Wichtigste ist, dass dein Dad am Leben ist.« Mimisch bedeutete er Virginia, etwas Nettes zu sagen.

Virginia antwortete auf die gleiche Weise, dass sie nicht wusste, was sie sagen sollte.

»Wir brauchen einen Plan.« Darkus rieb sich die Schläfen.

»Dein Onkel wird wissen, was wegen deines Dads zu tun ist. Wir sollten ihn einweihen«, sagte Virginia. »Aber die Käfer sind unsere Sache. Die müssen wir retten. Das haben wir uns geschworen.«

Darkus sah hinunter auf Baxter, der jetzt auf seiner Handfläche saß.

»Wenn Lucretia Cutter behauptet, sie gehörten ihr«, sagte Bertolt und dachte laut nach, »dann hat sie sie vielleicht von einem speziellen Insektenhändler gekauft.«

»Aber dann wären sie doch längst tot, aufgespießt von einer Nadel«, sagte Virginia. »Die eigentliche Frage ist doch: Warum will sie das geheim halten?«

»Glaubst du, sie weiß von ihren, ähm, besonderen Fähigkeiten?« Bertolt sah Darkus an.

Darkus nickte. »Ich glaube, genau deshalb will sie sie haben, und ihre Fähigkeiten sind das, was geheim bleiben soll.«

»Weil sie noch nicht bereit ist ...« Virginia strich sich übers Kinn. »Das hört sich vielleicht verrückt an, aber wenn die Käfer ihr gehören ... ist es vielleicht möglich, dass sie Käfer mit Superkräften *erschafft*? Du hast gesagt, sie hätte da drinnen einen Raum voll wütender Käfer und ein Labor.«

»Wie zum Teufel *erschafft* man einen Superkäfer?«, fragte Bertolt unwirsch.

Darkus blinzelte zu Baxter hinunter und dachte über die Skulpturen eines Menschen, eines Käfers und der Doppelhelix nach, die sich in Lucretia Cutters weißem Salon befanden. Ihm fiel etwas ein, das Onkel Max gesagt hatte. »Sie experimentiert mit DNS!«

»DNS?« Virginia runzelte die Stirn.

»Das ist der genetische Code, der jedes Lebewesen ausmacht«, erklärte Bertolt.

»Ich weiß, was DNS ist!«, schoss Virginia zurück.

»Onkel Max hat erzählt, dass Lucretia in der Zeit, als sie mit Dad befreundet war, Genetikerin war.«

Bertolt streckte seine Hand aus, damit Newton landen konnte. Er umschloss seinen glühenden Körper, um eine Laterne zu bilden. »Glaubst du, unsere Käfer sind so schlau, dass sie aus ihrem Labor abgehauen sind?«

»Keine Ahnung«, sagte Darkus achselzuckend. »Vielleicht. Aber warum sollte Lucretia Cutter Superkäfer erschaffen?«

Bertolt schüttelte den Kopf, ihm wollte keine Antwort einfallen.

»Wen kümmert's? Sie hat deinen Dad, und falls er versucht hat sie von was auch immer abzuhalten, ist es auf jeden Fall gut, wenn wir ihr Steine in den Weg legen können«, argumentierte Virginia. »Lasst uns jeden ihrer Schritte bekämpfen.«

»Das ist es!« Darkus sah auf, seine Augen leuchteten.

»Ja?« Bertolt lächelte hoffnungsvoll.

»Morgen, wenn Lucretia Cutter ihre Käfer einsammeln will«, er hob die Hand mit Baxter, »werde ich Dad aus Towering Heights befreien …«

»Du willst die Käfer *opfern*?« Virginia sah schockiert aus.

»Nein! Natürlich nicht!« Darkus stand auf und machte die Schultern gerade. »Wir fangen doch erst an zu begreifen, wozu die Käfer in der Lage sind.« Er dachte an die wütenden Käfer in Towering Heights und hielt Baxter vor sich. »Ich glaube, wir sollten die Käfer im Berg davon überzeugen, sich zu behaupten, zu kämpfen. Was meinst du, Baxter?«

Der Käfer senkte das Horn und Darkus fühlte einen Hauch Kampfeslust in seiner Brust.

»Gut. Wenn ich Recht habe, wird bei Lucretia Cutters Ankunft eine Käferarmee auf sie warten – und das wird das Letzte sein, was sie erwartet.« Er setzte Baxter auf seine Schulter. »Wir werden ihr zeigen, dass sie sich nicht einfach nehmen kann, was sie will.«

Virginia legte den Kopf schief. »Okay, das klingt langsam richtig gut.«

»Ich bin froh, dass du das so siehst, denn du wirst die Käferarmee anführen müssen.«

»Ich?« Virginia wirkte hocherfreut. »Auf in den Kampf!«

Wieder bei Onkel Max mussten Virginia und Bertolt kurz auf der Straße warten, während Darkus hochging, um mit seinem Onkel zu reden. Doch kurz darauf kam er kopfschüttelnd zurück. »Das ist komisch. Es ist niemand zu Hause … Das Radio läuft und das Küchenfenster steht offen, aber Onkel Max ist nicht da.«

»Vielleicht ist er schnell was einkaufen gegangen?«, schlug Bertolt vor.

»Wir sollten ins Basislager gehen«, sagte Virginia. »Wir müssen einen Plan machen, aber wir können das Teleskop verwenden, damit wir mitbekommen, wenn dein Onkel wiederkommt.«

Darkus nickte, und weil die Luft rein war und sie wussten, dass Pickering und Humphrey unterwegs waren, gingen sie durch die Ladentür des Emporiums. Als sie den Flur durchquerten, blieb Virginia mit einem Mal abrupt stehen, so dass Bertolt und Darkus gegen ihren Rücken prallten.

»Ich bin ein Genie!«, sagte sie, mit vor Aufregung großen Augen. »Ich hab eine brillante Idee. Mir nach.«

Kurz darauf fanden sie sich vor der Toilette wieder und sahen auf die Schachtabdeckung, die Virginia bei der ersten Erkundung des Ladens aufgefallen war.

»Was, wenn wir die Käfer unter die Stadt bringen würden, in die Kanalisation?«, fragte sie. »Niemand würde je erfahren, dass sie dort sind.«

»Lass uns mal versuchen das anzuheben.« Darkus beugte sich hinunter und packte einen der Griffe.

Die drei hievten das schwere Metallrund zur Seite. Der schwache Geruch nach Abwässern waberte aus dem klaffenden schwarzen Loch, so dass sich Bertolts Nase kräuselte.

Virginia zog eine kleine Taschenlampe aus der Hosentasche. »Seht mal, da ist eine Leiter an der Wand.« Sie nahm die Taschenlampe zwischen die Zähne und stieg auf die in die Wand eingelassenen Eisensprossen. »Ich geh runter.«

Darkus ließ die Beine über den Rand baumeln, bis für ihn Platz auf der Leiter war. Das Licht, das von oben in den Schacht fiel, ließ ihn die undeutlichen Umrisse einer höhlenartigen Kammer aus Backsteinen erkennen. Die Luft war feucht und erfüllt vom unappetitlichen Geruch nach Ammoniak und Gülle.

Ein stetes Tropfgeräusch begleitete seinen Abstieg, und als er den Boden erreichte, sah er überall flache Pfützen.

»Was meinst du, Baxter?«, fragte Darkus, als er von der letzten Sprosse stieg.

Baxter flog los, um sich umzusehen.

Virginia untersuchte schon einen mannshohen gewölbten Durchgang auf der anderen Seite des Raums. Darkus stapfte über den Boden zu ihr.

»Wartet auf mich!«, rief Bertolt ängstlich von ganz oben. Newton erhob sich aus seinem Haar und beleuchtete die Sprossen für ihn. »Danke, Newton«, sagte Bertolt, ließ seine zitternden Hände zur Ruhe kommen und lächelte dem Glühwürmchen zu.

Hinter dem Durchgang befand sich ein riesiger Tunnel, der so hoch war wie fünf Männer, die Ziegelwände bedeckt mit Flechten und Kalkablagerungen.

In der Mitte des Tunnels rieselte ein erbsengrünes Rinnsal. In der Ferne konnte Darkus das donnernde Rauschen von herunterstürzendem Wasser hören.

»Das ist ein cooler Ort«, sagte er.

»Er ist perfekt«, sagte Virginia stolz. »Ich frage mich, ob es unter jedem Geschäft so einen Raum gibt?« Sie spähte quer durch den Tunnel auf einen ähnlichen Durchgang gegenüber.

»Baxter scheint es auch zu gefallen.« Darkus zeigte auf den Käfer, der seinen Hochsitz auf der Schulter verlassen hatte und die Tunnelwand hinaufkletterte.

»Käfer haben kein Problem mit Abwasser, oder?« Virginia leuchtete mit der Taschenlampe zurück in die Kammer unter der Leiter. Bertolt suchte sich behutsam seinen Weg über den Boden.

»Einige Käfer lieben Abwasser.« Darkus grinste, als er an die Mistkäfer dachte. »Aber das in der Kammer ist kein Abwasser, das sind nur Wasserpfützen. Das ist perfekt. Niemand wird vermuten, dass sich der Käferberg hier befindet, das wissen nur wir.«

»Es ist widerlich«, jammerte Bertolt, als Newton Schleifen über seinem Kopf flog und glücklich glühte. »Es stinkt!«

»Also müssen wir jetzt nur noch überlegen, wie wir den Käferberg hier herunterbekommen«, sagte Virginia.

»Überlass das den Käfern«, antwortete Darkus, der daran dachte, wie Baxter den Becher in seinem Becken rumgeschoben hatte. »Sie sind vielleicht klein, aber sie sind stark und sie sind viele.«

»Jeder, der den Käferberg gesehen hat, wird wissen, dass er nicht einfach so verschwinden kann«, gab Virginia zu bedenken. »Was machen wir, wenn Humphrey und Pickering sich auf die Suche danach machen?«

»Das ist eine gute Frage.« Darkus kratzte sich am Kopf. »Lucretia Cutter bietet ihnen jede Menge Geld. Sie werden nicht gerade glücklich sein, wenn die Käfer plötzlich verschwunden sind.«

»Zufällig«, Bertolt hüstelte, »habe ich vielleicht die Lösung.« Virginia und Darkus sahen ihn an. »Neulich habe ich gelesen, dass es Käfer gibt, die Möbel in Sägemehl verwandeln können …«

»Du hast deine Hausaufgaben gemacht!«, zog ihn Virginia auf.

»… oder riesige Bäume zerstören oder ganze Ernten über Nacht vernichten«, fuhr Bertolt fort.

»Und?«, fragte Darkus.

»Nun, ich dachte mir, wir könnten dieses Talent dafür einsetzen, dieses Gebäude ein bisschen … äh … unsicher zu machen.« Er blinzelte.

»Wie unsicher?«, fragte Darkus.

»Auf jeden Fall so unsicher, dass Humphrey und Pickering nicht mehr dort leben können.«

Virginia stieß einen Pfiff aus. »Erzähl weiter.«

»Wenn ein Stück von Humphreys Schlafzimmerboden einfach, sagen wir mal … ähm … einstürzen würde, dann würden alle davon ausgehen, dass die Tassen in tausend Stücke zersprungen sind und sich die Käfer in alle Richtungen davongemacht haben.«

Darkus lachte. »Tja, das klingt wie der Anfang eines guten Plans.«

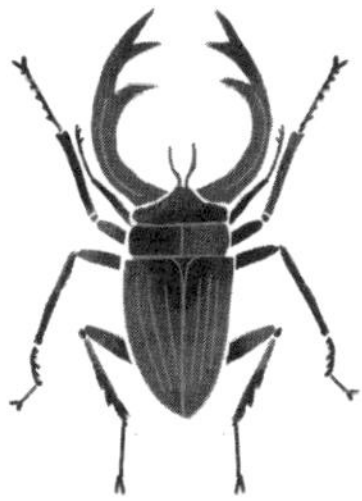

16. Kapitel
DIE RATTENFALLE

Nachdem sie aus der Kanalisation gekraxelt waren, legten sie die Schachtabdeckung wieder an ihren Platz und schlichen sich hinten aus dem Emporium. Gerade als sie ins Basislager kamen, hörte Darkus einen Kronkorken klimpern.

»Das ist die Rattenfalle!«, sagte Bertolt, während Newton an die Decke flog, um sich zu seinen Cousins zu gesellen.

Virginia fuhr mit dem Finger über die Karte am Kleiderschrank. »Die an der Mauer?«

Bertolt nickte. »Was sollen wir machen?«

»Wenn es Humphrey oder Pickering sind, sollten wir sie einfach drin vermodern lassen«, sagte Virginia. »Das macht es viel leichter, den Berg wegzuschaffen.«

»Wahrscheinlich ist es ein Fuchs«, sagte Darkus, als er Bertolts verängstigte Miene sah.

»Es gibt nur einen Weg, das herauszufinden«, sagte Virginia, rannte wieder raus und ließ sich auf die Knie fallen.

Als sie zur Rattenfalle krochen, flüsterte Bertolt: »Humphrey käme doch bestimmt nicht in den Möbelwald. Er ist zu groß. Es muss Pickering sein.«

»Dann sollten wir ihn fesseln und knebeln«, sagte Darkus und erinnerte sich, wie er an einen Stuhl gefesselt worden war. Plötzlich erhob sich Baxter von seiner Schulter und sauste vorwärts.

»Schhhh.« Virginia legte den Finger an die Lippen. Sie konnten einen Mann zappeln und fluchen hören.

Baxter landete, krabbelte oben auf der Rattenfalle entlang und ließ seine Elytren flattern.

Virginia kletterte leise auf eine Kommode und spähte in die Falle. »Uups!« Sie schlug sich die Hand vor den Mund.

»Wer ist es?«, flüsterte Bertolt.

»Hallo? Ist da jemand?«

»Es ist Onkel Max!«, rief Darkus, der zu Virginia kletterte.

»Darkus?« Onkel Max schielte zu ihnen hoch. »Bist du das? Hol mich hier raus.«

»Oje, Professor Cuttle. Das tut mir so leid!«, rief Bertolt.

»Wie bist du da reingekommen?«, fragte Darkus.

»Ich habe nach dir gesucht. *Autsch!* Ich muss mit dir reden, über … *Aaah!*« Er sog die Luft ein. »Die verfluchten Viecher beißen mich!«

»Wir holen Sie da sofort raus, Professor Cuttle«, sagte Virginia. »Aber bitte hören Sie auf zu zappeln.«

»Aufhören zu zappeln?! Hier drin herrscht eine Rattenplage!« Onkel Max sah Darkus an. »Ich habe gesehen, wie ihr drei neulich über die Mauer geklettert seid, und da hab ich mir gedacht, dass ihr hier vielleicht eine Höhle habt, also wollte ich hier nach dir suchen, was rückblickend eine bescheuerte Idee war. Ich sitze hier schon mindestens eine Stunde fest!«

Darkus sprang hinunter und half Bertolt eine verspiegelte Platte wegzuschieben und das Tor aufzuschließen, das ins Schloss gefallen war und Onkel Max eingesperrt hatte.

»Das sind zahme Ratten«, erklärte Bertolt. »Aus einem Zoogeschäft. Sie haben ihnen bestimmt Angst eingejagt.«

»*Ich* hab ihnen Angst eingejagt?« Onkel Max zeigte auf ein paar tote Ratten, die an Schnüren um sein Gesicht hingen. »Was ist mit diesen armen Kerlen?«

»Die habe ich im Keller von unserem Wohnblock gefunden.« Bertolt lächelte entschuldigend. »Sie waren schon tot, durch Gift. Ich habe sie da nur reingetan, um Eindringlingen Angst einzujagen.«

»Nun, das hat definitiv funktioniert«, schnaubte Onkel Max, als er aus dem Käfig kroch. »Sie stinken fürchterlich!«

»Bitte entschuldigen Sie, Professor Cuttle«, stammelte Bertolt. »Das war nicht für Sie gedacht.«

»Dem Himmel sei Dank!« Onkel Max kniete sich hin und lächelte den besorgten Bertolt an. »Verflixt gute Falle jedenfalls – nicht ganz das Niveau ägyptischer Grabstätten, aber nichtsdestoweniger ziemlich beeindruckend.« Er betrachtete die schuldbewussten Mienen der Kinder. »Also, erklärt mir mal jemand, was hier vor sich geht, oder muss ich raten?«

Virginia stupste Darkus an, der zu Boden starrte.

»Dein Nacken blutet ja!« Onkel Max nahm Darkus bei den Schultern.

»Das geht schon. Ich hatte einen Splitter«, antwortete Darkus und bedeckte die Wunde mit seiner Hand.

»Ääh, würden Sie gern auf eine Tasse Tee mit in unser Lager kommen, Professor Cuttle?«, fragte Bertolt höflich. »Es würde Ihre Nerven beruhigen und wir könnten Ihnen alles erklären.«

»Ein Lager, hm?« Onkel Max richtete seinen Tropenhut. »Von mir aus gern.«

Sie machten sich auf Händen und Knien auf den Weg durch die Tunnel. Baxter flog voraus und wies ihnen den Weg. »Das ist hier ja ein wahrer Kaninchenbau!«, rief Onkel Max aus, als sie sich voranschoben. »Zum Glück sind Archäologen enge Räume gewöhnt.«

»Bitte entschuldigen Sie, Professor Cuttle, aber wir müssen leise sein«, flüsterte Virginia. »Wir wissen nicht, wann Pickering und Humphrey zurückkommen.«

»Verzeihung!«, flüsterte Onkel Max zurück. »Verstanden.«

Als sie alle hintereinander durch die Tür des Basislagers traten, pfiff Onkel Max vor Überraschung über das pulsierende Funkeln der Glühwürmchen, das vom Kristallleuchter an der Decke zurückgeworfen wurde.

»Das habt ihr euch ja bemerkenswert hergerichtet«, sagte

er, während Bertolt einen tragbaren Wasserkocher an die Autobatterie anschloss.

»Das meiste von dem Zeug war schon hier«, sagte Darkus.

»Bis auf den Wasserkocher«, fügte Virginia hinzu. »Der gehört Bertolt.«

Onkel Max blickte staunend an die Decke. »Woher kommen all diese Käfer?«

Darkus sah Virginia an, antwortete aber nicht. Baxter setzte sich auf seine Schulter.

Onkel Max entdeckte die Karte auf der Rückseite des Kleiderschranks, ging hinüber und studierte die gesammelten Bilder um die Worte LUCRETIA CUTTER. Er berührte den Rand von Novaks Visitenkarte.

»Nehmen Sie Milch oder Zucker?«, fragte Bertolt.

»Schwarz, sechs Stück Zucker, danke, Bertolt.« Onkel Max wandte sich zu Darkus, seine Stimme war plötzlich sehr ernst. »Ich glaube, du erzählst mir jetzt besser ganz genau, was hier vor sich geht, Junge. Meinst du nicht?«

Darkus, Virginia und Bertolt sahen sich an.

»Und keinen Blödsinn, bitte.« Onkel Max nahm seine Tasse Tee entgegen und setzte sich aufs Sofa. »Ich will die Wahrheit.«

Einen Moment herrschte unbehagliche Stille und Onkel Max nahm einen Schluck Tee.

»Ich habe Dad gefunden«, sagte Darkus.

Onkel Max spuckte Tee über den ganzen Tisch. »WAS?«, prustete er.

»Lucretia Cutter hat ihn in eine Zelle gesperrt, im Keller ihres Hauses«, sagte Darkus schnell.

»Woher willst du das wissen?« Onkel Max war aufgesprungen. »Beim Jupiter, bitte sag nicht, dass du da warst?« Sein Gesicht lief rot an und seine Augen quollen aus den Höhlen.

Darkus sah Virginia und Bertolt schuldbewusst an, dann nickte er.

»HAT SIE DICH *GESEHEN*?«

Darkus nickte wieder und fragte sich, ob Onkel Max einen Herzinfarkt bekam. »Sie hat auf mich geschossen, aber sie hat mich verfehlt«, sagte er. »Deshalb habe ich einen Splitter abbekommen.«

»Sie hat auf dich geschossen?« Onkel Max verstummte, ließ sich dann zurück aufs Sofa fallen und nahm seinen Tee. »Nun, das ist gut zu wissen.«

»Was?«, stieß Bertolt hervor. »Wieso ist das gut?«

»Weil es bedeutet, dass sie nicht weiß, wer Darkus ist«, erklärte Onkel Max. »Wenn Lucretia Cutter ihn erkannt hätte, hätte sie niemals auf ihn geschossen – sie hätte ihn gekidnappt und gegen Barty verwendet.« Onkel Max schüttelte den Kopf. »Ich kann nicht glauben, dass du so dämlich bist in das Haus dieser Gorgonin zu gehen! Du hättest umgebracht werden können und dein Vater auch.«

»Was ist eine Gorgonin?«, flüsterte Virginia Bertolt zu.

»Eine Monster-Frau, die Männer durch ihren Blick in Stein verwandelt«, antwortete er wispernd.

Darkus fühlte sich, als hätte man ihn geohrfeigt. Als er nach Towering Heights ging, hatte er weder sich noch seinen Vater in Gefahr bringen wollen. Wie auch, wo er doch gar nicht gewusst hatte, dass sein Dad dort war? Dann kam ihm ein anderer Gedanke.

»Du wusstest die ganze Zeit, dass sie ihn hat!«, keuchte er.

»Nein! Jedenfalls nicht, bevor wir im Museum waren – und selbst dann hatte ich keinen richtigen Beweis.« Onkel Max schüttelte den Kopf. »Ihr Name über der Tür, der gelbe Marienkäfer und ihr plötzliches Eintreffen – das ist alles nicht genug, um jemanden der Entführung zu beschuldigen.« Er seufzte. »Ich habe versucht herauszufinden, wo sie ihn festhält. Ich dachte, er könnte in ihrer Kosmetikfabrik in Wapping sein.« Er blinzelte. »Ich habe es in ihren Büroräumen probiert und in ihren Lagerhäusern an der Themse, aber ich hatte kein Glück.«

»Wie?«, fragte Darkus. »Wann?«

»Ich war nicht bei der Arbeit«, gab Onkel Max zu, »und du wirst es vielleicht nicht glauben, aber ich kann ziemlich überzeugend einen verwirrten Boten spielen.« Er lächelte. »Ich trage einen Blaumann, ein Namensschildchen und einen Karton. Ich gehe in ein Gebäude, wirke hilflos und fange an Fragen zu stellen. Die Leute können verblüffend auskunftsfreudig sein, wisst ihr.« Er zog an seinem Ohrläppchen. »Ich muss zugeben, ich bin nicht darauf gekommen, dass sie ihn in ihrem Haus verstecken könnte. Die hat Nerven! Sie muss sich schon sehr sicher sein, dass sie nicht erwischt wird.«

»Aber warum hast du mir das nicht erzählt?«, fragte Darkus wütend.

»Darkus, ich hatte keinen Beweis, dass Lucretia Cutter Barty in ihrer Gewalt hat, nur eine Ahnung. Ich habe nach Beweisen gesucht.«

Darkus starrte seinen Onkel böse an.

»Aber heute wollte ich eine andere Ermittlungsmethode ausprobieren. Statt herauszufinden, *wo* Lucretia Cutter Barty festhält, habe ich beschlossen herauszufinden, *warum* sie ihn hat, und deshalb habe ich nach dir gesucht. Ich will mit dir über deinen Freund reden.« Er zeigte auf Baxter. »Ich muss mehr über deine Käfer wissen.« Er hob die Hände und deutete auf die Glühwürmchen.

Darkus hörte nicht zu. Er war so wütend, dass sein gesamter Körper zitterte. »Du hast Geheimnisse vor mir gehabt!«

»Nein, Darkus, habe ich nicht«, sagte Onkel Max sanft. »Ich wollte nur die Fakten sammeln, bevor ich dir irgendetwas erzähle, das dir Hoffnungen macht. Barty ist in großer Gefahr.« Er sah ihn an, während Darkus noch mit sich rang. »Ich bin doch hier, oder?«

Darkus nickte, mit zusammengebissenen Zähnen.

»Was ist mit dir?« Onkel Max zog eine Augenbraue hoch. »Hast du nicht auch ein paar Geheimnisse vor mir gehabt?«

Darkus blickte zu Boden. »Ich habe dir nicht die ganze Wahrheit erzählt, wie ich Baxter gefunden habe«, gab er zu.

»Ich dachte, du würdest darauf bestehen, dass ich ihn zurückgebe.«

»Nun, warum erzählst du mir nicht jetzt davon?«

Bertolt setzte wieder Teewasser auf, während Darkus seinem Onkel davon erzählte, wie Baxter aus Humphreys Hosenbein gefallen war, wie er den Käferberg entdeckt hatte, wie er von den Nachbarn gekidnappt und dann von den Käfern gerettet worden war. Virginia berichtete, wie Darkus sie zum Käferberg gebracht hatte und dass sie einen Eid darauf geschworen hatten, ihm zu helfen, seinen Vater zu retten und besondere Insekten zu schützen.

Onkel Max saß da und hörte aufmerksam zu.

»Wenn ich es nicht mit eigenen Augen gesehen hätte, würde ich es niemals glauben«, murmelte er, während er zur Decke blickte und den Kopf schüttelte. »Aber nichts davon erklärt, warum du Lucretia Cutters Haus aufgesucht hast.«

»Lucretia Cutter hat Humphrey und Pickering letzte Woche besucht«, erklärte Virginia. »An dem Abend, als sie Darkus gekidnappt hatten.«

»Novak Cutter hat mich am Fenster gesehen und diese Karte fallen lassen«, sagte Darkus und zeigte darauf.

»Lucretia Cutter war *hier*?« Onkel Max fuhr zusammen.

Darkus nickte. »Sie will die Käfer kaufen.«

»Nur über meine Leiche«, knurrte Onkel Max.

Virginia sah ihn überrascht an.

»Deshalb bin ich zu ihrem Haus gefahren – um herauszufinden, warum sie sie haben will – aber auch«, Darkus machte eine Pause, »um herauszufinden, was es mit ihr und Dad auf sich hat, wovon du mir nichts erzählen willst.«

Onkel Max' Augenbrauen schossen in die Höhe. »Verstehe.«

»Jetzt bist du dran, die Wahrheit zu sagen«, meinte Darkus und dachte an das Foto auf Lucretia Cutters Schreibtisch. »Was ist das Fabre-Projekt?«

Onkel Max nahm seinen Tropenhut ab, strich sich das Haar glatt und setzte den Hut wieder auf, dabei musterte er Darkus, als würde er in gewisser Weise Maß nehmen. »Ich habe deinem Vater bei deiner Geburt feierlich versprochen, dass ich mit dir niemals über das Fabre-Projekt sprechen werde – und auch mit niemandem sonst.« Er kratzte sich am Kinn. »Aber da konnten wir ja nicht ahnen, dass wir uns jemals in so einer Situation wiederfinden würden.«

Darkus starrte seinen Onkel an. »Ich dachte, *du* wärst derjenige, der etwas vor mir verbirgt – der mir nicht vertraut.« Er wandte sich ab. »Dabei war es die ganze Zeit Dad, der Geheimnisse hatte.«

»Dein Dad vertraut dir, Junge«, sagte Onkel Max. »Es ist nur ... nun, es gibt da ein paar Dinge, mit denen man junge Menschen nicht belasten sollte.«

»Als Dad verschwunden ist, haben die Leute schlimme Dinge über ihn gesagt.« Darkus' Stimme war tonlos und frei von Gefühlen. »Aber ich habe immer sein Gesicht hier oben gesehen.« Er tippte sich mit dem Finger zwischen die Augen. »Jedes Mal, wenn jemand gesagt hat, dass er abgehauen wäre – oder sich umgebracht hätte –, wusste ich hier drinnen, dass sie falschlagen«, er klopfte sich mit der Faust aufs Herz, »weil *mein Dad* so etwas nie machen würde. *Mein Dad* ist nicht so.« Er sah mit Tränen in den Augen zu seinem Onkel. »Aber ich weiß gar nicht, wie mein Dad wirklich ist, oder? Ich kenne ihn überhaupt nicht.«

»Unsinn. Sieh mich an, Junge.« Onkel Max nahm Darkus' Hand. »Du kennst deinen Vater besser als irgendjemand sonst. Aber bevor er dein Vater wurde, war er ein ehrgeiziger junger Mann, ohne die Verantwortung für eine Familie. Dieser junge Mann war dir in vielerlei Hinsicht sehr ähnlich und er war ein großer Abenteurer. Das ist etwas, das dich stolz machen sollte.«

»Ein Abenteurer? So wie du?«

»Nein, nein. Ich spüre Geheimnissen nach, grabe nach der Wahrheit, und wenn ich Glück habe, stoße ich auf eine interessante Geschichte oder ein wertvolles Objekt.« Onkel Max seufzte. »Die Abenteuer deines Vaters waren viel großartiger als meine und viel gefährlicher. Seine Abenteuer waren Gedankenexperimente. Er erforschte die eigentliche Beschaffenheit der Natur, experimentierte, ohne sich einzuschränken, er dachte das Unmögliche. So etwas kann man nur tun, wenn man einen brillanten Geist besitzt, und den hat er. Im Vergleich dazu ist meiner ziemlich durchschnittlich. Dein Vater, Darkus, ist die Sorte Mensch, die den Lauf der Geschichte verändert.«

»Das klingt nicht nach Dad.« Darkus runzelte die Stirn.

Sein Vater war sanft und guckte gern aus dem Fenster, er hätte ihn nie als Abenteurer beschrieben.

»Das liegt daran, dass er mit seinen Abenteuern aufgehört hat, als du auf die Welt kamst.«

»Aber warum?«

»Abenteuer sind gefährlich, Darkus, und Schurken sind real.« Onkel Max schien beim Sprechen zu altern. »Ideen sind mächtig und es gibt Menschen, die noch die wohltätigste Idee für Macht oder Geld missbrauchen würden. Die Gierigen machen vor nichts Halt, wenn es darum geht, ihren Hunger zu stillen, sie scheren sich nicht um das, was sie zerstören und verwüsten.« Er klang wütend. »Das ist nicht die Welt, in der dein Vater eine Familie gründen und Kinder großziehen wollte.«

»Dad hat das aufgegeben, um mich zu bekommen?«

»Sozusagen.« Onkel Max stützte das Kinn auf die Hände. »Barty war ein Entomologe, ein Genie in Sachen Gliederfüßer. Er hatte sich auf Coleoptera spezialisiert, Käfer waren seine Leidenschaft. Und weil seine Beobachtungsgabe und sein Verständnis von Insekten so außerordentlich waren, lud ihn Professor Appleyard dazu ein, einer der hochgeschätzten Wissenschaftler zu werden, die am Fabre-Projekt arbeiteten.«

»Ein Entomologe?«

Onkel Max nickte. »Das Fabre-Projekt hatte einen kühnen Auftrag: herauszufinden, ob sich der Schaden, den der Mensch dem Planeten zugefügt hat, rückgängig machen lässt, indem man sich die Kraft der Insekten zunutze macht.«

»Die Kraft der Insekten«, flüsterte Bertolt voller Ehrfurcht. »Ist das möglich?«

»Es ist traurige Tatsache, dass die Zahl der Insekten rückläufig ist. Indem wir ihren Lebensraum zerstören, zerstören wir auch die Spezies, dabei brauchen wir sie dringend. Wenn sämtliche Säugetiere des Planeten aussterben würden, würde der Planet aufblühen – wenn aber alle Insekten verschwänden, wäre bald alles tot.

Unter der Leitung von Professor Appleyard erforschte das Fabre-Projektteam, ob es möglich wäre, auf der ganzen Welt Insektenfarmen einzurichten. Dort sollten bestimmte Insektenarten gezüchtet werden, die die Bestäubung ankurbeln und damit auf natürliche Weise den Schädlingsbefall eindämmen. Das würde den Einsatz von Pestiziden reduzieren. Sie würden die Versorgung der Menschen mit Nahrung sichern und menschliche und tierische Abfälle entsorgen.«

»Die Mist-Abteilung«, kicherte Virginia.

»Esme gehörte auch zu diesem Team. So hat dein Vater sie kennengelernt.«

»Mum war Wissenschaftlerin?«, fragte Darkus fassungslos.

»Sie war eine verdammt gute Ökologin«, sagte Onkel Max. Er schüttelte traurig lächelnd den Kopf. »Dein Vater arbeitete mit einer Genetikerin zusammen, um herauszufinden, was sich erreichen ließ, wenn man in die genetische Struktur von Insekten eingriff.«

»Lucretia Cutter«, spuckte Darkus aus.

»Damals war sie noch schlicht und einfach Dr. Lucy Johnstone. Ein merkwürdiges Mädchen, wenn ich ehrlich sein soll, aber sehr schlau und sie brannte vor Ehrgeiz. Ihr und Barty gelang ein entscheidender Durchbruch mit ihren transgenen Experimenten an bestimmten Käferarten.«

»Transgen?« Virginia runzelte die Stirn. »Was bedeutet denn das?«

»Es bedeutet, dass man die genetische Struktur eines Organismus verändert, indem man Gene eines anderen Organismus hinzufügt. Sie haben Gene von Mäusen genommen und sie den Genen eines Käfers erfolgreich hinzugefügt.«

»Eine Käfer-Maus?« Virginia lachte. »Ich kapier's nicht, was ist so toll an einer Käfer-Maus?«

»Bei den ersten Experimenten wurden Gene von Mäusen verwendet«, Onkel Max schwieg unangenehm lange, »aber das Ziel – das *wahre* Ziel – war es, einen Prozess zu ermöglichen, der erfolgreich menschliche Gene auf Käfer übertragen würde, so dass eine neue Käferspezies entstünde. Die wäre dann in der Lage zu denken, mit Menschen zusammenzuarbeiten und die Umwelt zu schützen.«

»Käfer mit einem menschlichen Gen!« Darkus blickte zu Baxter, der auf seiner Schulter hockte.

»Haben sie es geschafft?« Virginia setzte sich auf und starrte zu Newton, der über Bertolts Kopf tanzte. »Haben sie diesen Trans-Dingsbums-Prozess hinbekommen?«

Onkel Max seufzte und sah zu Baxter. »Ich habe schon

einmal einen Käfer gesehen, der sich wie Baxter verhielt, als dein Vater noch am Fabre-Projekt arbeitete, und der verfügte über seine Gene.«

»Unsere Käfer sind transgen!« Bertolt blickte zu Newton hoch und lächelte staunend.

Darkus studierte Baxter. »War Dads Käfer auch ein Nashornkäfer?«

»Es war ein Goliathkäfer, ein stattliches Tier.«

Darkus dachte an den Käfer mit Zebrastreifen, dem er am Käferberg begegnet war. »Was ist mit ihm passiert?«

»Barty hat ihn einfrieren lassen und dem Naturhistorischen Museum für zukünftige Forschung gespendet.«

Darkus blinzelte. Er war sich sicher, dass Dads Käfer nicht mehr da wäre, wenn sie nachsehen würden.

»Was ist mit dem Fabre-Projekt passiert?«, fragte Virginia.

»Als sich die ersten Erfolge abzeichneten, versuchte Lucy Barty zu überreden, das Projekt mit ihr zu verlassen und gemeinsam ein eigenes Labor zu gründen. Sie glaubte, ihre Arbeit würde sie reich machen.«

»Sie wollte dem Planeten nicht helfen?«, fragte Bertolt bestürzt.

»Aber sie hat doch jede Menge Geld«, sagte Virginia.

»Ja, jetzt schon«, stimmte Onkel Max zu.

»Dad hat abgelehnt«, sagte Darkus entschieden.

Onkel Max nickte. »Als ihm klar wurde, was sie wirklich vorhatte, zerstörte Barty ihre gesamten Forschungsergebnisse, kündigte bei Professor Appleyard und berichtete ihm von

Lucys Plänen. Empört und wütend verschwand Lucy Johnstone und tauchte ein paar Jahre später unter einem neuen Namen wieder auf – als Lucretia Cutter. Ohne einen Spezialisten für Genetik ging es mit dem Fabre-Projekt nicht voran und es wurde eingestellt.«

»Darkus' Dad hat seine Forschungsergebnisse zerstört!«, rief Bertolt.

»Nicht wirklich – oder, Onkel Max?« Darkus starrte seinen Onkel an. »Sie sind oben, in deiner Wohnung.« Ihm war wieder eingefallen, wo er den Begriff *Fabre-Projekt* gesehen hatte. »Der Karton, der aufgerissen war – mit Nofretetes Zähnen darin –, der war voll mit Mappen, auf denen *Fabre-Projekt* stand.«

Onkel Max war ganz grau im Gesicht geworden. »Ich wollte sie nicht haben. Ich bin kein Fan davon, in der Natur herumzupfuschen. Ich bin ein Mann der alten Welt und ich habe nicht gutgeheißen, was dein Vater da tat. Es kam mir vor, als würde er die Büchse der Pandora öffnen. Tatsächlich haben wir uns darüber fast zerstritten. Barty versprach deiner Mutter, dass er seine Forschungsergebnisse verbrennen würde, aber er konnte sich nicht überwinden diesen Teil seines Lebens zu zerstören, also habe ich mich überreden lassen sie aufzuheben – unter der Bedingung, dass er sich nie wieder damit beschäftigt. Sie ruht schon seit Jahren in meinem Archiv. Ich hatte sie ganz vergessen, bis du gekommen bist.«

»Lucretia Cutter hat behauptet, die Käfer würden ihr gehören«, sagte Virginia.

Onkel Max runzelte die Stirn. »Es war nur eine Frage der Zeit, bis sie einen Weg finden würde, den transgenen Prozess von Mensch zu Käfer zu vollziehen.«

»Die Sache ist ernst, oder?«, fragte Darkus.

»Sehr ernst«, antwortete Onkel Max mit schwerer Stimme. »Käfer sind die mit Abstand erfolgreichste Spezies auf diesem Planeten. Sie können sich fast jeder Umgebung anpassen. Die Frage, auf die dein Vater eine Antwort suchte, war: Was passiert, wenn man das anpassungsfähigste Lebewesen auf dem Planeten genetisch ergänzt? Mir schien das die gefährlichste Frage zu sein, die ich je gehört hatte.«

»Aber Lucretia Cutter hat auch gesagt, dass sie noch nicht bereit sei«, sagte Darkus, der sich an ihre Worte erinnerte, »und dass sie nicht zulassen würde, dass sie irgendjemand aufhält – *nicht sie, nicht er, niemand* … Ich glaube, Dad hat versucht sie aufzuhalten.«

»Ich wollte herausfinden, was sie vorhat, aber jeder Weg, den ich einschlage, erweist sich als Sackgasse. Es ist unmöglich, gegen sie zu ermitteln. Niemand will sich äußern. Alle sind wie gelähmt vor Angst.« Onkel Max schüttelte den Kopf. »Über eine Sache bin ich mir allerdings im Klaren. Was immer sie vorhat, wir müssen alles in unserer Macht Stehende tun, um sie aufzuhalten.«

»Wir müssen die Polizei informieren«, sagte Bertolt.

»Die Polizei zeigt überraschend wenig Interesse, irgendwelchen der Spuren nachzugehen. Obwohl ich ihnen jede Menge Hinweise geliefert habe.«

»Aber warum?«, fragte Bertolt.

»Weil jemand seinen Einfluss geltend macht und sicherstellt, dass Bartys Verschwinden nicht untersucht wird.«

»Lucretia Cutter«, stieß Virginia verächtlich hervor.

»Und wenn sie der Ansicht wäre, wir wüssten, wo Barty ist, würde sie ihn augenblicklich verlegen und wir würden ihn *niemals* finden«, sagte Onkel Max. »Deshalb müssen wir genau überlegen, was wir tun. Wir können niemandem trauen außer uns selbst.«

Darkus sah Virginia und Bertolt an. »Wir haben schon einen Plan, wie wir Dad retten können.«

»Wirklich?« Onkel Max lächelte. »Das hatte ich gehofft. Würdet ihr mich einweihen?«

Baxter erhob sich von seinem Hochsitz auf Darkus' Schulter und schwebte neben dem Gesicht des Jungen, die Deckflügel gelüftet, die weichen Flügel vibrierend wie bei einem Kolibri.

»Na klar«, sagte Darkus.

»Aber erst muss ich nach Hause und zwei Flaschen Champagner holen«, sagte Bertolt und stand auf.

Darkus lächelte über die überraschte Miene seines Onkels. »Das gehört alles zum Plan.«

17. Kapitel

BUND DER KÄFERKUMPEL

Darkus spähte durch den Spalt in der Küchentür.

Pickering deckte den Tisch fürs Abendessen.

»Morgen bin ich *reich*!«, sagte Pickering und umarmte sich selbst. Er fing an zu summen, was dann in Gesang überging: »Nimm ein Goldstück, wirf es hin und her, am nächsten Tag, bumm, bist du Millionär …«

»Singst du wieder von mir?« Humphrey wirbelte herum, in der einen Hand eine weiße Plastiktüte. Unter dem anderen Arm klemmte Bertolts Karton.

Darkus fühlte, wie sein Puls sich beschleunigte. Geräuschlos schickte er die Käfer durch den Türspalt. Das hier musste funktionieren oder ihr ganzer Plan war für die Tonne.

»Guck mal, was ich auf der Eingangsstufe gefunden habe.« Humphrey riss den Karton auf und nahm zwei Flaschen

Champagner heraus. »Hier steht, dass sie von Lucretia Cutter sind.«

Er schob Pickering eine Flasche zu. Nachdem er seine eigene geschüttelt hatte, ließ er den Korken springen, den Kopf in den Nacken sinken und goss sich eine Champagnerfontäne ins Gesicht. »Teufel, ich liebe diese Frau!«

Pickering füllte vorsichtig einen gelben Becher mit der sprudelnden Flüssigkeit. »Einen Toast!« Er hob seinen Becher. »Auf Lucretia Cutter.«

Humphrey stieß mit seiner Flasche an den Becher. »Eine verdammt feine Frau.«

Während er die Aluschalen mit dem Essen aus der Tüte zog, schnippte er die Deckel ab, griff sich dann den Eimer mit Cranberry-Soße vom Küchentresen und setzte sich zum Essen hin. Er schnappte sich eine Enten-Teigtasche, tunkte sie in die Cranberry-Soße und stopfte sie sich in den Mund.

Darkus konnte sehen, dass Baxter bereit war, in Position an der Decke. Unter dem Tisch befand sich eine Einheit aus glänzend schwarzen, dickschwänzigen Blasenkäfern und den struppigen Teuflischen Eisenpanzerkäfern, die aussahen wie Rostflecken.

»*Musst* du mit offenem Mund essen?«, fragte Pickering, der sich Humphrey gegenüber hinsetzte.

Humphrey rülpste. »Uups, Bläschen!«

»Du bist ein Schwein«, schimpfte Pickering. »Isst mit den Händen. Trinkst aus der Flasche.«

»Das ist aus dem China-Imbiss. Man soll es so essen«,

spottete Humphrey. »Und überhaupt, auf meine Art gibt es weniger Abwasch.«

Pickering und Humphrey starrten sich über den Tisch hinweg böse an.

Darkus gab den wartenden smaragdgrünen Sandlaufkäfern, die sich unter dem Tischrand drängten, das Signal. Sie rannten sofort auf die Tischplatte und flitzten über Pickerings und Humphreys Essen. Sie bewegten sich so schnell, dass Darkus sie nicht sehen konnte, aber ihm entging definitiv nicht, wie sie langsamer wurden, zur Kante krabbelten und dann stehen blieben. »Irgendwas stimmt nicht«, zischte Darkus den vier Mistkäfern zu, die zu seinen Füßen warteten.

»Abwasch? Du wäschst *nie* irgendwas ab«, giftete Pickering und löffelte weiter Nudeln in sich hinein.

»Das liegt daran, dass ich nie irgendeine Sauerei mache.«

»Was!« Pickering lief rot an. »Was ist dieses widerliche Ding in deinem Zimmer, wenn nicht ein gigantischer Haufen Abwasch?«

Darkus sah, dass Baxter sich von der Decke fallen ließ und über dem Tisch schwebte. Mit den Sandlaufkäfern stimmte wirklich etwas nicht.

»Wie kannst du nur behaupten, dass du keine Sauerei veranstaltest?«, fragte Pickering empört.

»Weil es wahr ist!«, sagte Humphrey und vertilgte zwei Frühlingsrollen auf einmal.

Pickering nahm wütend seinen Becher und schüttete

Humphrey den Champagner ins Gesicht, wobei er den schwebenden Nashornkäfer traf und ihn auf Humphreys Nase schleuderte.

Schockiert zuckte Humphrey zurück und stieß Baxter dabei in seine Nudeln. Sein Stuhl wankte und krachte dann zu Boden.

Pickering war aufgesprungen und kreischte vor Lachen. »Sieh dich nur an!«, gackerte er.

Humphrey wedelte wild mit Armen und Beinen, als er versuchte aufzustehen.

»Du – du siehst aus wie – ein gigantischer *Käfer*!«, brüllte Pickering und schlug sich vor Vergnügen auf die Knie.

»Geht da rein und holt sie alle raus«, zischte Darkus. Die Mistkäfer bäumten sich auf, wackelten mit den Beinen, hoben dann ab und sausten in die Küche. Sie landeten auf dem Tisch und luden sich schnell die Sandlaufkäfer auf den Rücken. Die Blasenkäfer und die Eisenpanzerkäfer rannten die Tischbeine hinauf, um Baxter zu helfen.

Darkus hielt die Luft an, während er zusah. Baxter hatte sich in den Nudeln verfangen und konnte sich nicht befreien.

Pickering wandte sich wieder seinem Essen zu. »Humphrey«, sagte er und kratzte sich am Kopf. »Der Tisch ist voll mit Käfern. Ich glaube, sie wollen unser Essen fressen …«

»Was?!« Humphrey griff an die Tischplatte und hievte sich auf die Knie, so dass sich seine Nase auf Tischhöhe befand.

Die Blasenkäfer zogen Baxter aus der Schale mit den Nudeln. Der Nashornkäfer schwankte, als er versuchte zu fliegen. Beim dritten Versuch war er endlich in der Luft.

Pickering schnappte sich eine Pfanne, und indem er sie wie einen Tennisschläger verwendete, schleuderte er Baxter zu Boden.

»Verdammte Käfer!«, brüllte Humphrey. »Nehmt dies!« Er fuhr mit seinem Vorschlaghammer von einer Faust auf die Teuflischen Eisenpanzerkäfer nieder. »Erwischt!« Er hob die Hand und sah nach.

Die Teuflischen Eisenpanzerkäfer rannten vor, um einen Verteidigungsring zu bilden, Rücken an Rücken mit den Blasenkäfern.

Humphrey war überrascht, dass sie sich noch bewegten. »Die müssten tot sein. Ich habe ihnen ordentlich eine verpasst.«

»Ich wette, wenn wir sie durch deinen Fleischwolf drehen, sind sie tot«, sagte Pickering und nahm Baxter an seinem Horn hoch.

Darkus war aufgesprungen, er wusste nicht, was er tun sollte. Er konnte nicht zulassen, dass sie Hackfleisch aus Baxter machten.

Humphrey klatschte freudig in die Hände und rannte zum Schrank neben der Spüle, aus dem er einen rot-weißen Fleischwolf mit einer Kurbel holte.

Pickering ließ Baxter auf seine Handfläche fallen, hielt die Hand unter den Tisch und wischte alle anderen Käfer hinein, dann legte er die andere Hand darüber und formte einen Käfig.

»Autsch!« Pickerings Finger sprangen auf. Die Haut auf seiner Handfläche bildete langsam Blasen. »Aaah! Das brennt!«

Die Käfer krabbelten schnell auf den Thorax des Nashornkäfers und Baxter flog auf und Richtung Tür, mit einem Teuflischen Eisenpanzerkäfer, der an seinem Horn baumelte.

»Aaah!« Pickering rannte zur Spüle, drehte das kalte Wasser auf und hielt seine Hand darunter. »Das brennt! Das brennt!«

»*Deshalb* heißen sie Blasenkäfer«, flüsterte Darkus und schob die Tür ein winziges Stück auf, damit Baxter und die anderen Käfer in Sicherheit waren, bevor er lautlos davonschlich.

Darkus schlich sich zurück in Humphreys Zimmer, Baxter in seinen Händen. Seine Schultern waren übersät mit schlafenden Sandlaufkäfern und erschöpften Mistkäfern. Eine kunterbunte Truppe aus Blasen- und Teuflischen Eisenpanzerkäfern krallte sich an den Ärmeln seines grünen Pullis fest.

»Der erste Teil der Mission ist erfüllt«, flüsterte er triumphierend. »Jetzt müssen wir abwarten, ob die Schlaftabletten von Bertolts Mum wirken.«

»Die wirken bestimmt«, sagte Bertolt. »In der Kombination mit Alkohol hauen die sogar einen Elefanten um.«

»Helft mir mal den Sessel gegen die Tür zu schieben«,

sagte Darkus und lieferte seine Käferfracht vorsichtig am Fuß des Berges ab.

»Was ist mit den Sandlaufkäfern passiert?«, fragte Virginia beim Schieben.

»Ich glaube, das Schlafpulver muss in ihre Atemlöcher gelangt sein und das hat sie lahmgelegt«, antwortete Darkus. »Sie haben es prima über dem Essen verstreut, aber dann war es so, als wären sie langsam runtergedimmt worden. Die Mistkäfer mussten sie ausfliegen. Ich glaube, Baxter könnte auch etwas abbekommen haben – er wurde auf eine Schale mit Essen geschleudert und jetzt wirkt er ziemlich benommen.«

Auf Baxters Kommando versammelten sich alle Käfer aus dem Gebäude auf dem Käferberg. Die Oberfläche brodelte und schimmerte vor leuchtend bunten Insekten. Darkus versuchte sie alle in sich aufzunehmen, aber es waren so viele verschiedene Käferarten, so viele Formen und Farben, dass sein Verstand sie nicht zu fassen bekam: Mistkäfer, Eichenprachtkäfer, Giraffenhalskäfer, Goliathkäfer, Hirschkäfer, Bombardierkäfer, Glühwürmchen, Rosmarinkäfer, Marienkäfer, Atlaskäfer, Herkuleskäfer und Riesenbockkäfer, Sandlaufkäfer, Nashornkäfer, Teppichkäfer, Totenuhren und Schwarzkäfer oder Toktokkies, die mit Köpfen und Hinterleibern mit aller Kraft gegen die Tassen klopften. Er spürte einen Kloß im Hals, als er zum ersten Mal die wahre Kraft dieser Käfer erkannte. Plötzlich verstand er, warum sein Vater glaubte, sie könnten den Planeten retten. Aber im Augenblick mussten sie von ihm gerettet werden und er würde sie nicht hängenlassen.

Onkel Max saß draußen im Ahorn, die Arme über einen Ast gehängt, und starrte mit großen Augen und offenem Mund durchs Fenster.

»Alles in Ordnung?«, fragte Darkus mit Gesten.

Onkel Max salutierte wortlos.

Die Käfer wurden ruhig, als Darkus sich vor sie stellte, zwischen Virginia und Bertolt. Eine Million Facettenaugen sahen ihn an und warteten auf seine Ansprache.

»Lucretia Cutter kommt«, sagte er.

Die Käfer zischten.

»Und wir können sie nicht aufhalten.« Er machte eine Pause. »Aber wir können sie *bekämpfen*!«

Die Käfer stampften mit den Füßen auf.

»Und wir *WERDEN* sie bekämpfen.« Er holte tief Luft. »Eure Feindin ist auch meine Feindin. Lucretia Cutter hat meinen Vater entführt und hält ihn in ihrem Haus gefangen. Morgen, wenn sie hier ist, werde ich ihn retten.«

Der Raum brummte und klickte.

»Aber«, er erhob seine Stimme über den Lärm, »das schaffe ich nur mit eurer Hilfe.«

Es blieb still und Baxter flog in die Luft, wedelte mit den Vorderbeinen und schlug rhythmisch seine weichen Flügel.

»Werdet ihr mir helfen? Ich brauche eine kleine taktische

Käfereinheit, damit ich in Towering Heights reinkomme und Dad befreien kann.«

Ein sanftes Trommeln von Hörnern, Kiefern und Beinen auf Porzellan antwortete ihm und eine Truppe von Bombardierkäfern kam nach vorn gehuscht. Sie würden nützlich sein, das wusste Darkus, weil sie Säure aus ihren Hinterleibern verspritzten. Zu ihnen gesellten sich die flinken und fiesen Sandlaufkäfer, Mistkäfer, Leuchtkäfer – praktisch als Lichtquelle – und ein Bataillon aus Herkules- und Riesenbockkäfern, die für ihre Stärke bekannt waren.

Darkus kniete sich hin.

»Ich danke euch, Freunde.« Er drehte sich um und zeigte nach draußen. »Das ist mein Onkel Max, dort im Baum.« Onkel Max winkte. »Folgt ihm nach unten zum Auto.«

»Hier entlang«, rief Onkel Max, als er ungeschickt den Baum hinunterkletterte.

Darkus stand auf, sah der Käfertruppe nach, die aus dem Fenster krabbelte, und wandte sich dann wieder dem Berg zu. »Lucretia Cutter hat eine Tochter namens Novak«, sagte er, »und sie steht auf unserer Seite.« Er erinnerte sich an Novak, wie sie ausgestreckt und bewusstlos dalag. »Sie braucht einen Freund und wir brauchen einen Spion in diesem Haus, damit wir erfahren, was Lucretia Cutter vorhat. Gibt es einen tapferen Käfer, der sich freiwillig meldet?«

»Sie bekommt einen Käfer?«, fragte Virginia eifersüchtig.

Eine Gruppe auf einer Seite des Berges teilte sich und ein Eichenprachtkäfer, so groß wie ein Golfball und geformt wie eine Kaffeebohne, flog auf Darkus' ausgestreckte Hand. Der weibliche Käfer hatte einen niedlichen Stecknadelkopf mit zarten Fühlern, einen perfekt gerundeten Thorax und Elytren, die in Regenbogenfarben schillerten.

»Du meine Güte, ist die hübsch!«, staunte Bertolt. »Novak wird sie lieben.«

Dem Käferweibchen schien die Aufmerksamkeit zu gefallen und es entfaltete seine Elytren, um die leuchtenden Farben zu zeigen.

Virginia starrte den Käfer finster an. »Na toll!«, murmelte sie. »Jetzt haben alle einen Käfer außer mir!«

Darkus zog Virginia nach vorn neben sich. »Ich kann nicht hier sein, wenn Lucretia Cutter kommt, aber Virginia wird an eurer Seite kämpfen. Sie wird verstehen, was die Menschen vorhaben, und dabei helfen, eure Truppen zu kommandieren. Hört auf sie.«

Virginia lächelte und winkte verlegen.

»Heute Abend verfrachten wir den Käferberg nach unten. Die Kanalisation wird euer neues Zuhause. Dahin kann euch Lucretia Cutter nicht folgen.«

»Ich helfe mit«, platzte Bertolt stolz heraus und ein aufgeregter Newton stieg hell leuchtend aus seinem Haar auf.

»Zusammen«, sagte Darkus, »werden wir Lucretia Cutter zeigen, dass sie nicht über unser Leben bestimmen kann.«

Ein hohes Summen stieg vom Berg auf und erfüllte die Luft wie ein lang anhaltender Geigenton. Ein zweiter dazu passender Ton gesellte sich hinzu und dann ein dritter, als ein Schwarm winziger gelbgrün schimmernder Käfer über der Bergoberfläche schwebte und ihre Flügel im Einklang vibrierten. Bataillon um Bataillon schwarzer Hirschkäfer marschierte über den Gipfel, kam zum Stehen und schlug mit den Kiefern auf das Geschirr. Das Trommeln war melodisch, wie bei der Miniaturversion einer karibischen Steelband. Das Summen und Trommeln wurde eindringlich und schwoll an, als die Käfer militärische Formationen einnahmen. Immer lauter und rasender wurde die seltsame und wunderbare Musik, während die Käfer marschierten und der Berg vom kriegerischen Rhythmus widerhallte.

Darkus musterte die Reihen von Käfersoldaten, die sich vor ihm erstreckten, und hoffte, dass Lucretia Cutter nicht auf das vorbereitet war, was sie hier erwartete. Das Überraschungsmoment war ihre stärkste Waffe. »In dieser Schlacht«, sagte er, »bedeutet siegen überleben.« Er reckte eine Faust. »Und wir *werden* siegen.«

Der Raum erbebte. Käfer flogen in die Luft, sausten in Schleifenformation in tanzende Schwärme hinein und wieder heraus, Licht wurde von ihren ausgebreiteten Deckflügeln zurückgeworfen und ließ ihre schimmernde Färbung strahlen.

Darkus lächelte Virginia und Bertolt an. Er würde sich endlich wehren und das war ein fantastisches Gefühl. Feuer brannte in seinem Bauch, Mut erfüllte seine Seele und er verspürte keinerlei Furcht. Heute Nacht würde er seinen Vater wiederbekommen.

18. Kapitel
MARVIN

Unten versuchte Pickering derweil Humphrey finster anzustarren, aber ihm fielen immer die Augen zu.

»Ich glaube, es ist Schlafenszeit«, sagte er und schob seinen Stuhl nach hinten.

»Gute Idee.« Humphrey gähnte. »Großer Tag morgen.«

»Ja, ein herrlicher Tag …« Pickering kippte vornüber.

»Pickers, du bist mit dem Gesicht in den Nudeln eingeschlafen.«

»Nein, bin ich nicht.« Pickering setzte sich auf, mit einer Nudel an der Stirn.

Humphrey stand auf und Pickering versuchte es ebenfalls. »Uff, der Raum dreht sich! Der Champagner ist mir in den Kopf geschossen.«

Die Cousins stolperten aus der Küche und die Treppe hoch.

»Es ist ein bisschen wie einen Baum fällen«, sagte Bertolt zu Darkus und schob seine Brille die Nase hoch, »bloß komplizierter, weil wir wollen, dass nur ein Teil runterfällt und der andere oben bleibt.«

Darkus und er knieten auf dem Boden und brüteten über den Bauplänen des Gebäudes, die Onkel Max ihnen gegeben hatte. Newton wippte über Bertolts Kopf, während Baxter still auf Darkus' Schulter saß und sich ausruhte. Sie waren umgeben von Käfern, die sich um sie herum auf dem Boden und an den Wänden versammelt hatten.

»Dieses Stück Boden zuerst.« Bertolt bewegte den Finger zur Decke von Pickerings Zimmer. »Dann dieses Stück und so weiter.«

Darkus sah zu den Zuckerkäfern und den Asiatischen Laubholzbockkäfern. »Ist euch klar, was ihr zu tun habt?«

Die Käfer summten und klickten, als Zeichen, dass sie verstanden hatten.

»Gut, ihr müsst zuerst eure Larven nach oben an die Querbalken im Dachboden bringen und dann anfangen zu fressen.«

Er sah zu, wie die Nagekäfer, Totenuhren und Splintholzkäfer den Zuckerkäfern hinterhereilten.

»Für diejenigen von euch, die Eisen und Metall zerfressen«, sagte Bertolt, »oder Beton und Backstein zerlegen, ist die Aufgabe schwieriger. Deshalb habe ich etwas entwickelt, um euch zu unterstützen.«

Blasenkäfer, Borkenkäfer und Bombardierkäfer flatterten

vor, als Bertolt einen Pappkarton aus seiner Tasche nahm und den Deckel öffnete. Drinnen waren vier blaue Röhren mit langen Zündschnüren.

»Wo hast du gelernt Bomben zu bauen?«, fragte Virginia, die über seine Schulter spähte.

»Das sind keine Bomben, sondern Sprengladungen«, verbesserte Bertolt sie.

»Was ist der Unterschied?«, fragte Darkus.

»Sprengladungen erzeugen kontrollierte chemische Reaktionen auf begrenztem Raum. Die Käfer werden ein Loch bohren und ich werde eine davon hineinstecken. Es gibt eine für jede Etage. Ich werde sie aus sicherer Entfernung zünden.«

»Du bist voll der Pyromane!«, sagte Virginia und klang beeindruckt.

»Wirst du klarkommen – du weißt schon, mit all den Käfern?«, fragte Darkus.

»Ich werde bestens klarkommen.« Bertolt lächelte. »Newton hat mir gezeigt, wie albern ich war. Ich habe keine Angst mehr.«

Darkus tätschelte seinen Arm und erstarrte, denn der Türknauf drehte sich.

»Die Tür ist zu!« Humphrey warf sich halbherzig dagegen. »Wir haben sie doch neulich erst aufgemacht! Pickers, ich komme nicht in mein Zimmer!«

»Mir egal«, brummte Pickering, der sich darauf konzentrierte, einen Fuß vor den anderen zu setzen, während er sich die Treppe hinauf zu seinem Zimmer in der Etage darüber schleppte.

»Wo soll ich dann hin?« Humphrey stolperte hinter seinem Cousin her. »Ich schlafe bestimmt nicht noch einmal auf dem Boden.«

Mit einem gewaltigen Satz warf Pickering sich in sein Zimmer und brach auf dem Bett zusammen, augenblicklich bewusstlos.

»Was ist mit mir?« Humphrey polterte hinterher und ließ sich krachend aufs Fußende von Pickerings Bett plumpsen, was das Kopfende fast einen Meter in die Höhe katapultierte. Pickering bewegte sich nicht und Humphrey schlief mit seitlich an die Wand gelehntem Kopf ein, ohne zu merken, dass er auf Pickerings Beinen saß.

Sobald sie Humphrey schnarchen hörten, verrückten Darkus und Virginia den Sessel und schlichen sich in den dritten Stock, um nach den Cousins zu sehen. »Guck dir das an«, flüsterte Darkus, der in der Tür zu Pickerings Zimmer stand.

Virginia hielt sich im Hintergrund. »Sie könnten aufwachen!«, formte sie lautlos mit den Lippen.

Darkus schüttelte den Kopf und winkte sie zu sich. »Nein. Sieh doch.«

Virginia kam heran und spähte über seine Schulter. »Autsch! Das wird morgen früh unangenehm«, sagte sie, als sie Pickerings Schienbeine unter Humphreys Rücken sah.

»Ich weiß.« Darkus grinste. »Schade, dass ich nicht hier sein werde. Das würde ich zu gerne miterleben.« Er dachte daran, was er vorhatte, und spürte einen Energieschub durch seine Brust rauschen.

Er würde nach Towering Heights zurückkehren, um seinen Vater nach Hause zu holen.

Er holte tief Luft und atmete langsam wieder aus. »Okay. Phase zwei. Lasst uns den Käferberg versetzen.«

Bertolt steckte den Kopf aus Humphreys Zimmer, als Darkus nach unten geeilt kam. »Hat es funktioniert?«, fragte er.

»Die sind bewusstlos. Total ausgeknockt«, flüsterte Darkus über seine Schulter hinweg und rannte weiter nach unten, durch die Küche ins Emporium und zum Kanalschacht. Er hob das Brett an, mit dem sie ihn verdeckt hatten.

In den Boden neben dem offenen Loch waren Schienen geschraubt, auf denen die schwere Eisenabdeckung ruhte. Unterhalb davon befand sich eine Reihe von Zahnrädern und Hebeln, die mit Spulen dicken Drahtes verbunden waren, der sich um die Metallscheibe wand. Bertolt hatte einen Mechanismus ausgetüftelt, der es Virginia erlauben würde, die Schachtabdeckung zu schließen oder zu öffnen, indem sie zwei Griffe benutzte und dabei auf der Leiter stand.

»Wenn ihr morgen nicht in die Schlacht zieht«, wandte sich Darkus an einen scheinbar leeren Laden, »dann solltet ihr unter die Erde und bei den Vorbereitungen für den neuen Käferberg helfen.«

Eine Flut von Käfern stieg aus den Dielen hoch, schwoll

an und sprudelte wie eine Cola-Welle, als sie auf ihn zukam. Als sie den Rand des Schachtes erreichte, wurde aus der Flut ein hinabstürzender Wasserfall.

Mit Baxter auf seiner Schulter, der von den Nachwirkungen des Schlafpulvers immer noch benommen war, sprang Darkus über den Käferstrom und rannte wieder nach oben, immer zwei Stufen auf einmal nehmend.

In Humphreys Zimmer stand Virginia am Fuß des Käferbergs, spielte mit dem Rattenschwänzchen über ihrem rechten Ohr und fragte sich, ob sie den Schmetterlingsflieder mitnehmen sollte. Es schienen eine Menge Käfer darauf zu sein und sie wusste, dass sich viele Käfer von Nektar ernährten.

»Ich bin mir nicht sicher, ob ihr mich verstehen könnt«, sagte sie zum Berg und fühlte sich etwas dämlich dabei, »aber wenn ihr euch unter die Wurzeln dieses Busches grabt und sie freilegt, könnte ich ihn nach unten in euer neues Zuhause bringen.«

»Sie können dich verstehen«, versicherte Bertolt.

Und er hatte Recht. Die Käfer verschwanden unter dem Geschirr und nach und nach neigte sich der Busch. Als Virginia nach oben fasste, um ihn zu fangen, rieselte, fiel und flog ein Schauer aus Käfern aus den Zweigen. Ein kantiger roter Käfer mit einem bommelartigen Kopf und riesigen Hinterbeinen plumpste auf ihre Stirn und krallte sich fest.

»Hey!« Sie schielte, als sie versuchte ihn anzusehen. »Wie soll ich denn diesen Busch absetzen, wenn mir so ein Froschkäfer vom Gesicht hängt?«

Der Froschkäfer rührte sich nicht.

Virginia ging in die Knie und setzte den Schmetterlingsflieder vorsichtig auf dem Boden ab. Sie hielt eine Hand an ihren Nasenrücken. »Soll ich dich mit runternehmen?«

Der Käfer krabbelte auf ihre Hand. Er war etwa fünf Zentimeter lang – ein bisschen kleiner als Newton – und sein kirschrotes Außenskelett schillerte metallisch, als er sich bewegte.

»Du bist ein gut aussehender Kerl und das sind gewaltige Hinterbeine. Ich wette, du kannst springen.«

Der rote Käfer schüttelte den Kopf und krabbelte über die Kante von Virginias Handfläche. Er ließ sich kopfüber von ihrem Handrücken hängen, wobei alle sechs Füße wie Saugnäpfe an ihrer Haut klebten.

»Oh, verstehe, du hältst dich für Spider-Man«, sagte Virginia kichernd. »Oder Spider-Käfer, besser gesagt, obwohl du eigentlich eher aussiehst wie ein giftiger Laubfrosch.« Sie drehte ihre Hand um, so dass der Käfer richtig herum stand. »Menschen können auch auf dem Kopf stehen, weißt du.« Sie setzte den Käfer vorsichtig in den Schmetterlingsflieder, lehnte sich zurück, reckte die Arme über den Kopf und machte aus dem Stand eine Brücke. Dann ließ sie die Beine in die Luft schnellen und machte einen Handstand. »Siehst du?«

»Sehr beeindruckend.« Bertolt applaudierte.

Darkus kam herein. »Der Weg runter zur Kanalisation ist frei«, sagte er und sah zu, wie Virginia sich aufrichtete.

Virginia fühlte etwas kitzeln. Der metallisch-rote Käfer war auf ihr gelandet und krabbelte ihren Arm herauf.

»Wer bist du denn?«, fragte Darkus.

Virginia hob den Ellbogen. »Das ist ein Froschkäfer mit Spinnen-Talent. Ich glaube, er lebt im Schmetterlingsflieder.«

»Der ist cool!« Darkus besah sich die starken Hinterbeine des Käfers. »Er sieht aus, als wäre er aus Metall. Wie willst du ihn nennen?«, fragte er, als der Käfer Virginias Nacken hochkletterte.

»Ihn nennen?«

Darkus nickte. »Kapierst du es nicht? Er hat beschlossen, dass du sein Mensch bist.«

»Wirklich? Meinst du?« Virginia verdrehte die Augen, als sie versuchte den Froschkäfer auf ihrem Hals zu sehen. »Vielleicht hat ihm mein Handstand gefallen?« Sie dachte einen Augenblick nach. »Wenn er bei mir bleibt, werde ich ihn Marvin nennen, nach Marvin Gaye, dem größten Musiker aller Zeiten.«

»Ich glaube, Marvin ist einverstanden«, sagte Darkus und lachte.

19. Kapitel
EINEN BERG VERSETZEN

Darkus stand am Fuß des Käferbergs.

»Es ist Zeit«, sagte er zu den Tausenden wartender Insekten. »Jeder Käfer, der schieben, ziehen oder tragen kann, muss eine Tasse nehmen, sie hier rausbringen und dann die Treppe runter. Diejenigen von euch, die sehr gut fliegen können: Ihr wartet unten im Emporium und helft beim Befördern der Tassen in die Kanalisation.«

Unten am Berg konnte Darkus Mistkäfer sehen, die ihre Tassen bereits halb rollend, halb schiebend Richtung Tür bugsierten, drei oder vier Käfer pro Tasse. »Lasst die Tassen lieber vorsichtig von Stufe zu Stufe fallen«, schlug er vor, »das ist besser als tragen. Wenn ihr in der Kanalisation seid, müsst ihr damit anfangen, die Munition für die Schlacht morgen herzustellen.«

»Ich bringe den Busch runter«, sagte Virginia und hob den Schmetterlingsflieder hoch.

»Wie läuft es bei dir?«, fragte Darkus Bertolt.

»Es ist schwer einzuschätzen, durch wie viel Holz sich die Käfer in einer Nacht fressen können«, gab Bertolt zu. »Aber ich denke, es läuft gut.« Er sah Virginia an. »Der Boden von Humphreys und Pickerings Küche wird nicht angefasst. Genauso wenig wie die tragende Wand zwischen Laden und Küchenecke. Das sollte verhindern, dass irgendwas in den Schacht fällt. Wir wollen ja nicht, dass du da unten eingeschlossen wirst.«

»Entspann dich, wir haben eine ganze Käferarmee auf unserer Seite«, sagte Virginia, als sie aus der Tür ging. »Was soll da schon schiefgehen?«

Bertolt blickte angespannt zu Darkus.

Darkus drückte Bertolt beruhigend die Schulter und nickte zur Käferkolonne, die Tassen aus dem Zimmer und die Treppe hinuntertrugen, -zerrten und -schoben. »Das wird in null Komma nichts erledigt sein.«

Im Verlauf der Nacht verwandelte sich die ursprüngliche Aufregung darüber, den Käfern zu helfen und Lucretia Cutter einen Schlag zu versetzen, in geschäftiges Schweigen, das mit ernsten Blicken und Kopfnicken durchsetzt war. Kurz vor dem Morgengrauen sahen Darkus, Bertolt und Virginia schließlich die letzte Tasse aus der Tür verschwinden, auf den Rücken von vier orange-schwarzen Harlekinböcken. Bis auf den fleckigen rosa Sessel war Humphreys Zimmer leer.

Darkus blinzelte vor Erschöpfung. »Wir sind fertig!«

Draußen ging flackernd die Straßenlaterne aus, als sie auf Zehenspitzen in die Küche hinunterschlichen. Darkus blieb stehen, um einem Kreis von winzigen rostroten Käfern, die er auf einer Arbeitsfläche versammelt hatte, etwas zuzuflüstern.

»Was sind das für Kerlchen?«, fragte Virginia.

»Das sind Splintholzkäfer, Holzfresser. Sie arbeiten an der Treppe«, antwortete Darkus.

Bertolt überreichte Virginia eine Stoppuhr. »Die ist für dich.«

»Oh, ja, danke.« Virginia hängte sie sich um den Hals. »Uhrenvergleich. Es ist fünf Uhr zweiunddreißig.«

»Sollen wir kurz nach dem Berg sehen?«, fragte Darkus.

Sie gingen runter in den Laden und spähten durch den Schacht auf den neuen Käferberg.

»Er sieht aus, als wäre er schon immer da gewesen«, sagte Bertolt. »Seht mal, sie haben sogar schon den Schmetterlingsflieder wieder eingepflanzt!«

»Ist die Form nicht ein kleines bisschen anders?« Virginia legte den Kopf auf eine Seite.

»Schwer zu sagen, aber die Käfer sehen glücklich aus«, antwortete Darkus.

»Ja, wirklich, oder?«, sagte Virginia erfreut.

Sie konnten sehen, wie Käfer über die Oberfläche des Berges huschten, Tassen sicherten und Löcher mit Moos und Flusen stopften.

»Wer hat nur behauptet, es sei unmöglich, Berge zu versetzen?«, sagte Darkus lächelnd.

»Also«, Virginia setzte sich auf, »ich glaube, es ist an der Zeit, dass wir uns trennen.«

Sie sahen einander an und wurden sich bewusst, was sie gleich tun würden.

»Onkel Max wartet auf mich«, sagte Darkus. »Welche Ausrede habt ihr euren Eltern aufgetischt?«

»Ich übernachte bei ihm.« Virginia zeigte auf Bertolt.

»Ich übernachte bei Virginia.« Bertolt zwinkerte.

»Kommt ihr hier alleine klar?«, fragte Darkus.

»Natürlich.« Virginia klopfte ihm auf den Arm. »Du holst jetzt deinen Dad. Wir machen das. Du bist hier nicht der einzige Held mit einem Superkäfer, weißt du!«

Darkus lächelte. Marvin hing kopfüber an einem von Virginias Rattenschwänzchen und Newton saß auf Bertolts linker Ohrspitze.

»Los jetzt, raus hier.« Virginia schubste ihn sanft.

Darkus stieß einen leisen Ruf aus und eine Wolke aus Blasenkäfern kam aus dem Schacht geflogen, gefolgt von dem wunderschönen Eichenprachtkäferweibchen, das Novaks Freundin sein wollte. Sie schillerte in allen Farben des Regenbogens, als sie auf Darkus' anderer Schulter landete, gegenüber von Baxter. Darkus winkte Virginia und Bertolt ein letztes Mal, dann joggte er durch den Laden und öffnete die Tür zur Straße.

»Ich habe dir was für die Schlacht mitgebracht«, sagte Bertolt zu Virginia, als sie Darkus hinterhersahen. Er wühlte in seiner Tasche und nahm eine lange Schachtel heraus. »Etwas, das noch richtig wehtun wird.« Er reichte ihr ein Feuerzeug dazu.

Virginia öffnete die Schachtel und spähte hinein. »Todsicher!«, sagte sie und steckte das Feuerzeug ein. »Danke!«

Bertolt schlang Virginia die Arme um den Hals. »Viel Glück«, sagte er, ließ los und tätschelte sie dann verlegen.

»Dir auch.« Virginia stand auf und winkte Bertolt, als er im Möbelwald verschwand. »Okay«, sagte sie zu Marvin. »wir suchen uns jetzt einen bequemen Platz, solange wir auf Lucretia Cutter warten.«

Darkus sah sich um, aber das einzige Lebenszeichen war das Licht in Mr Patels Zeitungsladen. Der mintgrüne Renault 4 wartete bei laufendem Motor mitten auf der Straße. Onkel Max saß auf dem Fahrersitz und studierte einen Stadtplan. Die Innenbeleuchtung war an und Darkus konnte sehen, dass das cremefarbene Leder der Rückbank mit riesigen Herkules- und Riesenbockkäfern bedeckt war. Die Bombardierkäfer klammerten sich an die Decke des Wagens und eine Handvoll der größeren Sandlaufkäferarten hatte sich entschieden auf Onkel Max' Tropenhut zu thronen.

Onkel Max winkte. Ihm schien zwischen seinen Käferkumpanen ein bisschen unbehaglich zu sein.

Darkus und seine Wolke aus Blasenkäfern drängten sich ins Auto.

Ein Bus mit schläfrigen Pendlern, die aus dem Fenster starrten, ohne etwas zu sehen, schnurrte vorbei.

»Pickering und Humphrey schlafen tief und fest«, sagte Darkus, während er sich anschnallte und die Blasenkäfer auf dem Armaturenbrett Platz nahmen. »Phase zwei ist abgeschlossen. Es ist Zeit für Phase drei.«

»Na, dann«, sagte Onkel Max, »bringen wir Barty nach Hause.«

Er drückte das Gaspedal durch, löste die Handbremse und das Auto sprang röhrend los.

20. Kapitel
HEPBURN

Lucretia Cutters Schlafzimmer war ein gruftartiges Gemach mit Ebenholzparkett und einer hohen Gewölbedecke mit schwarzen gotischen Bögen. Die Bögen waren goldverziert und reichten ein ganzes Stockwerk in die Höhe. Von der Decke hingen zwei Kronleuchter aus Obsidian, vulkanischem Gesteinsglas. Die Wände waren mattschwarz gestrichen und Türen, Spiegel und Bücherregale wurden von goldenen Bögen umrahmt. In der Mitte des Raums befand sich ein hohes Himmelbett, das aus Grenadill-Holz gedrechselt und mit handgewebten Vorhängen aus goldener Spitze versehen war, die sich glitzernd hinunterschlangen und einen Blick auf schwarze Seidenbettwäsche erhaschen ließen.

Es klopfte an der Tür. Lucretia Cutter richtete sich im Bett auf, setzte die Sonnenbrille auf und zog sich einen Morgenmantel über die Schultern. »Herein«, rief sie.

Gerard kam mit einem Silbertablett auf den Fingern seiner linken Hand ins Zimmer. Auf dem Tablett befand sich eine flache Glasschüssel mit einer übel riechenden, klebrigen braunen Flüssigkeit.

»Ihr Frühstück, Madame«, sagte Gerard, dessen Nasenflügel sich bei dem Geruch kräuselten.

»Stellen Sie es auf meinen Frisiertisch«, sagte Lucretia Cutter. Sie drehte sich im Bett herum, um aufzustehen. An diesem Morgen würde sie endlich die Käfer in die Finger bekommen. Dann würde sie Gewissheit haben, ob ihre Experimente mit menschlicher DNS funktioniert hatten.

Es war dumm von Bartholomew gewesen, sich in ihre Angelegenheiten einzumischen, aber wenn er sehen konnte, was sie geleistet hatte – was sie noch tun würde –, würde er begreifen, dass ihr Weg der einzige war, auf dem sich die menschliche Rasse weiterentwickeln und sich selbst überleben konnte.

Gerard stellte das Tablett ab und trat einen Schritt zurück.

»Madame.« Er räusperte sich. »Darf ich mit Ihnen über Mademoiselle Novak sprechen?«

»Was gibt es, Gerard?«

»Das Mädchen ist in einem Alter, in dem es, so scheint mir, vom Besuch einer Schule profitieren könnte.« Er hielt inne. »Sie wird neugierig auf die Welt und beginnt Fragen zu stellen.«

Lucretia Cutter betrachtete den Butler. Sie war fasziniert, dass er über die Angelegenheit überhaupt nachgedacht hatte. Das Mädchen musste ihm am Herzen liegen.

»Die Dotreskolen-Akademie für Mädchen in Kopenhagen soll sehr gut sein«, sagte er.

Sie nickte kurz. »Kümmern Sie sich darum. Und sagen Sie Ling Ling, dass sie um sieben Uhr dreißig mit dem Wagen vorfahren soll.«

»Ja, Madame.« Gerard verbeugte sich und ging aus dem Zimmer.

Lucretia Cutter stand auf und setzte sich vor ihren Spiegel. Es ärgerte sie, dass Gerard sie »Madame« nannte und Novak »Mademoiselle«. »Alter ist relativ«, rief sie ihrem Spiegelbild in Erinnerung, als sie das Frühstückstablett zu sich zog, »aber ich bin neu gemacht.«

Sie legte die Hände an die Kieferknochen, platzierte die Fingerspitzen unterhalb der Ohren, und indem sie ihren Mund ungeheuer weit öffnete, hakte sie mit einem widerlichen Klicken ihren Unterkiefer aus und ließ ihn in der Hängematte aus Kinnhaut hängen. Sie senkte ihren Kopf zum Rand der Glasschüssel und ein langes Paar pinkfarbener, fleischiger Palpi reckte sich hungrig vor und schöpfte den fauligen braunen Pflanzenbrei in den Mund.

»Ist das nicht der hübscheste Käfer, den du je gesehen hast, Baxter?«, fragte Novak, als sie auf das regenbogenfarbene Insekt hinuntersah, das über ihre blassrosa Tagesdecke krabbelte. Seine Deckflügel schienen von Grellpink zu Smaragdgrün und wieder zurück zu flackern. Sie streckte die Hand aus, der Eichenprachtkäfer kletterte darauf und ließ eine Mini-Schriftrolle fallen.

»Ist das eine Botschaft? Die ist ja winzig!«

Novak setzte den Käfer ab und rollte vorsichtig das Papier auseinander.

N. Ich brauche Deine Hilfe. Ich bin draußen. Kannst Du mich durch den Dienstboteneingang hineinlassen, wenn Deine Mutter das Haus verlässt? Baxter wird mir Deine Antwort bringen. Der Eichenprachtkäfer ist ein Geschenk für Dich. D.

»Er hätte noch einen Kuss hinzufügen können«, maulte Novak, aber ein Lächeln legte sich auf ihr Gesicht. »Baxter, los, sag ihm, ich komme.«

Der Käfer verbeugte sich und flog aus dem Fenster, zurück zu Darkus und Onkel Max, die etwas weiter die Straße hinunter parkten.

Novak stand auf, zog einen schwarzen Seidenkimono über ihren Pyjama und überprüfte ihre Haare im Spiegel. Das Eichenprachtkäferweibchen hatte sich auch im Spiegel entdeckt, stolzierte auf dem Bett hin und her und bewunderte sich selbst.

Novak nahm den Käfer hoch und platzierte ihn auf dem Frisiertisch. »Bist du wie Baxter? Kannst du verstehen, was ich sage?«

Der Eichenprachtkäfer zuckte anmutig mit den Fühlern.

»Ich werte das mal als Ja.«

Der Käfer krabbelte den Spiegel hoch und kletterte auf eine Postkarte von Audrey Hepburn, die Novak in die Ecke geklemmt hatte.

»Das ist Audrey Hepburn. Ist sie nicht wunderschön? Sie ist ein Filmstar.«

Das Käferweibchen öffnete seine Deckflügel und streckte die weichen Flügel aus.

Novak kicherte.

»Natürlich, *du* bist viel hübscher.«

Der Käfer hüpfte in die Luft, flog anmutig eine Schleife, landete dann auf dem Frisiertisch und begann sich mit den Mundwerkzeugen die Fühler zu putzen.

»So werde ich dich nennen.« Novak streichelte sanft die Elytren des Käfers. »Hepburn.«

Sie öffnete die Schublade des Frisiertisches und wühlte darin herum, bis sie einen kleinen Goldkegel mit einer Klammer an der Rückseite fand. »Dieser Ort ist gefährlich für Käfer, vor allem für so hübsche wie dich«, sagte sie zu ihrer neuen Freundin, nahm eine aufblühende weiße Rose aus der Vase neben dem Spiegel und schnitt den Stiel mit einer Nagelschere ab. »Wir müssen dir ein Versteck bauen.« Sie zog die Blume auf und pflückte die noch fest gefügten inneren Blütenblätter heraus. Die äußeren Blütenblätter behielten ihre Form und schmiegten sich übereinander, was das hohle Herz der Rose verbarg. Novak steckte den kurzen Stiel in den Goldkegel und klemmte sich das Ganze an ihren Morgenmantel. »Voilà! Ein Ansteckstäußchen mit Versteck. Meinst du, du passt hinein?«

Hepburn flog auf, hängte sich an die unteren Blütenblätter, um die Rose zu öffnen, und krabbelte hinein.

»Lass mal den Kopf rausgucken.«

Hepburn steckte ihr glänzendes pinkes Gesicht durch die Blütenblätter.

»Oh! Du verstehst mich wirklich! Das ist wunderbar, aber du musst dich bedeckt halten, wenn wir jemandem begegnen.«

Hepburn verschwand wieder im Inneren der Blume.

Novak überprüfte sich im Spiegel des Frisiertisches. Die Rose passte zu ihr und außerdem lenkte der böse blaue Fleck in ihrem Gesicht die Aufmerksamkeit von der Blume ab.

Das vertraute Geräusch von Autoreifen auf Kies lockte sie ans Fenster. Ling Ling öffnete eine Wagentür und dann kam Mater in einem bodenlangen schwarzen Kleid und ihren Markenzeichen, Laborkittel und Sonnenbrille. Sie stieg hinten ein.

Novak sah etwas abseits des Fensters zu, so dass man sie nicht bemerkte. »Lass uns runtergehen und herausfinden, was Darkus vorhat«, flüsterte sie Hepburn zu.

Lucretia Cutters Wagen rollte durch das Tor von Towering Heights und fuhr an dem leeren Renault 4 vorbei. Ein weißer Ford-Transit-Lieferwagen, gefahren von den beiden schwarz gekleideten Männern, die sie zu Humphrey und Pickering begleitet hatten, folgte dichtauf.

Darkus und Onkel Max kauerten hinter dem Renault 4, bis die Fahrzeuge an ihnen vorbeigefahren waren. Dann huschten sie durch das geöffnete Tor von Towering Heights und drückten sich in die Buchenhecke, wo ihre Käfer-Elitetruppe auf sie wartete. Hinter ihnen schlossen sich die Torflügel.

»Sieh mal, da ist Baxter.« Darkus zeigte nach oben.

Der Nashornkäfer flog von Novaks Fenster herunter wie ein Mini-Hubschrauber und landete auf Darkus' ausgestreckter Hand.

»Hast du Novak gefunden?«, fragte Darkus. »Hat sie die Nachricht bekommen?«

Der Käfer verneigte sich.

Darkus sah zu Onkel Max auf und holte tief Luft. »Tja, wenn du bereit bist, bin ich es auch.«

»Mut und Entschlossenheit, Junge, das ist alles, was wir brauchen.«

Onkel Max zwinkerte ihm zu und Darkus fühlte sich sofort besser.

Er setzte Baxter auf seine Schulter und stellte sich dann breitbeinig und mit ausgestreckten Armen hin. Zunächst kletterten die großen schwarzen Herkuleskäfer hinauf und machten erst Halt, als sie auf Kopf, Schultern und Rücken thronten, dann kraxelten die grünen Sandlaufkäfer und die Mistkäfer an ihm hoch. Es folgten die Bombardierkäfer und die Leuchtkäfer, die seine Beine hinaufschwärmten, und dann hefteten sich die Blasenkäfer an die Ärmel seines grünen Pullis.

»Dein Vater wird seinen Augen nicht trauen.« Onkel Max schüttelte den Kopf und lächelte.

Darkus nickte. »Los geht's.«

Onkel Max spazierte ganz entspannt zur Haustür von Towering Heights. Darkus folgte in seinem Schatten, Kopf, Schultern und Rumpf mit Käfern bedeckt.

Onkel Max lehnte sich vor, betätigte den großen silbernen Türklopfer und im selben Moment flitzte Darkus um die Ecke zum Dienstboteneingang.

Gerard öffnete die Tür.

»Guten Morgen, junger Mann«, sagte Onkel Max jovial und schob einen Fuß in die Tür.

Darkus hörte Onkel Max herumtönen. Der Butler musste die Haustür geöffnet haben.

Er klopfte leise an die Tür des Dienstboteneingangs. Sie öffnete sich und Novak stand da, schüchtern lächelnd, bis ihr beim Anblick von Darkus' Mantel aus schimmernden Käfern die Kinnlade herunterfiel.

»Hallo«, sagte Darkus. »Dürfen wir reinkommen?«

»Was machst du hier? Und was machst du mit all diesen Käfern?«

»Du musst mich runter zum Weinkeller bringen«, sagte er und sah sich verstohlen um. »Dahin, wo die Zellen sind.«

»Was? Warum?« Novak machte einen Schritt zurück. »Ich kann nicht ... ich ...«

Darkus konnte sehen, dass sie Angst hatte.

»Ich würde dich nicht bitten, wenn es nicht wichtig wäre.« Er sah ihr in die Augen. »Novak, mein Dad ist da unten und ich muss ihn retten. Wenn ich es tun könnte, ohne dich da mit reinzuziehen, würde ich es tun.«

Novak bekam große Augen.

»Dein Dad? Bist du sicher?«

Darkus nickte. »Ich bin gekommen, um ihn zu befreien.«

»Aber wie …?« Novak strich sich das Haar aus dem Gesicht. »Ich meine …«

»Ich brauche deine Hilfe«, sagte Darkus sanft.

»Darkus, ich …«

»Bitte, Novak.«

Sie fasste sich an den lilafarbenen Bluterguss unter dem Auge, dachte einen Moment lang nach, dann nickte sie.

»Ich habe ein paar Freunde mitgebracht, die uns helfen werden.«

Novak kicherte. »Das sehe ich. Du siehst zum Piepen aus.«

»Sie sind echt schwer.« Er grinste. »Hat dir der Eichenprachtkäfer meine Nachricht gebracht?«

»Oh, ja, Hepburn.« Novak tippte an die Rose, die an ihrem Morgenmantel steckte. »Sie ist einfach wunderschön.«

Hepburn steckte den Kopf heraus und winkte Darkus mit ihren Fühlern zu.

»Hallo«, sagte er zu ihr. »Schön, dass du es dir gemütlich gemacht hast.«

»Komm«, sagte Novak. »Wir beeilen uns besser ein bisschen, ich weiß nicht, wie lange Mater weg sein wird.«

Novak führte Darkus durch die Küche zu einer Wendeltreppe, die nach unten führte. Am Fuß befand sich eine Tür und dahinter ein dunkler, moderig riechender Raum.

»Das ist der Weinkeller. Auf der anderen Seite ist eine Tür, die zu den Zellen führt«, flüsterte sie.

»Werden sie bewacht?«, fragte Darkus, als sie sich durch den dunklen Raum schlichen, in dem staubige Flaschen gestapelt waren.

»Dankish, Craven und Mawling haben abwechselnd Dienst. Am Ende des Korridors gibt es ein Büro, in dem die Bilder der Überwachungskameras zu sehen sind, aber sie achten nie darauf. Keiner würde es wagen, hier einzubrechen.«

»Zwei Männer sind deiner Mutter in einem weißen Lieferwagen gefolgt.«

»Das müssen Dankish und Craven sein. Mawling ist nicht der Hellste. Mater vertraut ihm nie irgendetwas Wichtiges an. Aber wir sollten ihm trotzdem nicht in die Quere kommen. Er ist riesig, quadratisch wie ein Haus und hat eine platte Nase aus seiner Zeit als Schwergewichtsboxer.«

Sie erreichten die Tür und schlüpften hindurch. Darkus fand sich an genau der Stelle wieder, an der ihn der Butler gepackt hatte, nur dass es auf dem Korridor dieses Mal still war. Er blickte über die Schulter zu der weißen Tür, hinter der sich die wütenden Käfer verbargen, und hoffte, dass keine im Haus umherstreiften. Er konnte die Tür sehen, von der die Stimme seines Vaters gekommen war. Sie trug die Nummer neun.

»Okay«, flüsterte Darkus den Käfern zu, die sich an seinen Pulli krallten, »Zeit für euren Einsatz.«

Die Käfer purzelten, flatterten und krabbelten zu Boden und huschten dann zu der Tür Nummer neun. Nur Baxter blieb auf Darkus' Schulter sitzen, mit aufrechten und wachsamen Fühlern.

»Wie willst du die Tür ohne Schlüssel aufbekommen?«, flüsterte Novak.

»Überlass das den Käfern.« Darkus schob die Klappe in der Zellentür auf, aber drinnen war es stockdunkel. »Dad?«, rief er.

Keine Antwort.

Eine Reihe von Bombardierkäfern kletterte an der Tür hoch und ins Schlüsselloch. Es gab ein sanftes Zischen, als sie ihre Wehrsekrete in das Schloss sprühten und sich das Metall auflöste. Mit einem dumpfen Knacken fiel das Schloss aus der Tür und stürzte zu Boden, wo es von einem Pulk Mistkäfer geräuschlos aufgefangen wurde.

Darkus drückte die Tür auf und hörte dabei einige seltsame Geräusche – leises Zischen, Klicken und Piepsen.

Er machte einen Schritt hinein und wartete darauf, dass sich seine Augen an die Dunkelheit gewöhnten. Es gab keine Fenster und kein elektrisches Licht.

Die Leuchtkäfer huschten hinein, ihre leuchtenden Stellen glühten intensiv wie Hunderte Nadelstiche voll Licht.

Sie umringten eine dunkle Gestalt, die ausgestreckt auf dem Boden lag.

»Dad?«, flüsterte Darkus und näherte sich vorsichtig. »Bist du das?«

Die Gestalt schien auf dem Bauch zu schlafen.

»Dad?« Darkus ließ sich auf die Knie fallen und drehte seinen Vater auf den Rücken, zog seine Schultern auf die Knie hoch und wiegte seinen Kopf. »Daddy, ich bin's. Darkus.«

»Nein«, schluchzte sein Vater leise, seine Stimme wie Asche, »sie hat meinen Jungen.« Er hatte einen struppigen Bart und wildes, mattes Haar.

»Nein, Dad, hat sie nicht. Ich bin hier.«

»Ich habe so gehofft, dass es nur ein Traum ist.« Seine Stimme war nur noch ein Flüstern. »Aber es ist eins ihrer perfiden Spielchen. Alles ist verloren.«

Als sich seine Augen an die Dunkelheit gewöhnt hatten, sah er winzige schwarze Wesen auf dem Körper seines Vaters und drum herum. Ein paar wischte er mit dem Handrücken weg. Er konnte nicht genau erkennen, was sie waren, aber sie wirkten wie große Ameisen. Bevor er etwas sagen konnte, rasten die Sandlaufkäfer blitzschnell herein, schnappten sich die Kreaturen mit ihren scharfen Mundwerkzeugen, schlitzten sie entzwei und warfen sie in die Schatten. Mit den Käfern konfrontiert, zogen sich die Insekten, oder was immer sie waren, in die dunklen Ecken der Zelle zurück. Darkus konnte spüren, wie sie ihn beobachteten und warteten.

»Dad, hör mir zu. Wir sind hier, um dich zu retten.«

Sein Dad packte sein Handgelenk. »Junge, du musst hier raus. Rette dich, solange es noch geht.«

»Wir gehen nirgendwo hin ohne dich, Dad.«

»Darkus, ich bin an die Wand gekettet.« Er bewegte seine Füße und Darkus konnte das Rasseln von Fußfesseln hören.

»Bombardierkäfer, ich brauche euch«, rief Darkus leise.

Bartholomew Cuttle sah sich verwirrt um.

»Mit wem sprichst du?«

»Mach dir keine Sorgen, Dad, wir holen dich hier raus.«

»Ich weiß nicht, wo ich bin.«

»Du bist in Towering Heights, dem Haus von Lucretia Cutter«, sagte Darkus. »Erinnerst du dich, wie du hierhergekommen bist?«

»Ich war in den Kellergewölben. Er war weg. Ich hätte wissen müssen, dass es eine Falle war …« Bartholomew Cuttle schüttelte den Kopf. »Ich hatte einen Brief bekommen, mit einem toten Exemplar. Der Käfer hatte sich seltsam verhalten. Ich bin hingegangen, um nachzusehen, und … und …«

»Was ist passiert?«

»Statt meines Goliathkäfers befand sich im Tresor eine Meute Dunkelkäfer, alle in Kampfposition … Hinterleiber in der Luft. Sie bliesen mir Gas ins Gesicht, nicht Benzochinone … aber das bringe ich bestimmt durcheinander. Dann fing der Raum an sich zu drehen und Präparat-Schubladen öffneten sich von alleine, Hunderte Darwinkäfer wimmelten heraus … aber das kann nicht stimmen, sie sind eine bedrohte Tierart …«

Darkus dachte an die Becken, die sich etwas weiter den Korridor entlang befanden, und wusste, dass sein Vater sich die Darwinkäfer nicht eingebildet hatte.

»Ich muss halluziniert haben und dann war da die Decke und dann nichts. Als ich wieder zu mir kam, war ich in dieser Zelle und *sie* war da.« Er erschauderte. »Sie lachte mir ins Gesicht. Sie ist eine Wahnsinnige, Darkus.« Er sah auf. »Vor fünfzehn Jahren war sie nicht so. Sie ist gefährlich. Sie hat schreckliche Dinge erzählt über …« Er schüttelte den Kopf. »Du *musst* hier raus. JETZT!«

»Dad, hör mir zu. Du wurdest von Lucretia Cutters Käfern entführt. Sie macht irgendwelche gentechnischen Experimente mit ihnen. Ich weiß nicht, warum, aber die Käfer, die Gas versprüht haben – die arbeiten für sie.«

»Darkus, Käfer können nicht für irgendjemanden *arbeiten*. Das haben wir vor vielen Jahren mal versucht und alles, was uns gelungen ist, war Käfer mit Persönlichkeit zu schaffen.«

»Nein, Dad, hör zu. Ich habe ihre Käfer gesehen. Sie sind wütend wie hungrige Wölfe und sie waren es ganz sicher. Sie haben dich entführt. Es war in allen Zeitungen. Du hast den Keller nie durch die Tür verlassen – Eddie stand die ganze Zeit davor. Du bist einfach verschwunden.«

»Verschwunden? Aber …«

»Diese Darwinkäfer haben dich weggetragen, durch den Schacht der Klimaanlage.«

»Aber das ist unmöglich … Ich hätte …«

»Da hat Baxter deine Brille gefunden.«

»Baxter?«

»Er ist ein Nashornkäfer. Einer der guten Käfer, die mir dabei helfen, dich zu retten, und zwar jetzt. Du musst mir zuhören und tun, was ich sage. Wir haben nicht viel Zeit.«

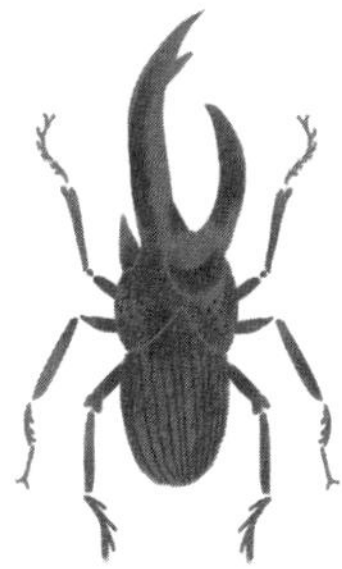

21. Kapitel
HINTERHALT

Pickering öffnete die Augen und setzte sich auf. Sein Kopf kollidierte mit Humphreys Schulter.

»Wach auf.« Er kniff Humphrey in den Arm. »WACH AUF! Du sitzt auf meinen Beinen!«

Humphrey öffnete die Augen, als Pickering ihn ohrfeigte. Er wandte sich um und verpasste Pickering einen Faustschlag.

Pickerings Kopf prallte von der Matratze zurück und versetzte Humphreys Schulter einen Stoß. *»Geh runter von mir!«*

»Wo bin ich?«, stöhnte Humphrey. »Mein Kopf tut weh.«

»Du bist auf *meinem* Bett, in *meinem* Zimmer und sitzt auf *meinen* Beinen.«

»Reg dich nicht auf«, sagte Humphrey. Indem er sich vorbeugte und den Türrahmen packte, hievte er sich hoch und das Kopfende des Bettes, das eben noch in der Luft hing, polterte auf den Boden.

Pickering heulte. Er konnte seine Füße sehen, aber er konnte sie nicht fühlen. *»Du hast mir die Füße gebrochen!«*

»Sie sehen wirklich seltsam aus«, räumte Humphrey ein und kratzte sich am Kopf. Pickerings Fersen waren vorne und die Zehen nach hinten gedreht.

Pickering wollte aufstehen, aber er fiel um und zappelte am Boden herum wie ein Fisch ohne Wasser. »Ich hasse dich. Ich hasse dich. Ich hasse dich!«

Humphrey prustete amüsiert. »Das ist nicht das Ende der Welt, Pickers. Es sind nur Füße. Die kann man richten.«

»Ist es schon acht?«, plapperte Pickering. »Lucretia Cutter kommt gleich ...«

»O ja.« Humphrey lächelte.

»... und die Käfer verschwinden ...«

»O ja.«

Motorengeräusche veranlassten sie die Köpfe zu heben. Humphrey sah aus dem Fenster.

»Da ist sie und einen Lieferwagen hat sie auch gleich mitgebracht. Sie parken gegenüber.«

»O nein! Bist du sicher, dass sie es ist?«

»Mhmm.« Humphrey nickte.

»Aber ich kann nicht laufen!«, heulte Pickering.

»Tut mir leid«, sagte Humphrey, dem gar nichts leidtat.

Es klopfte an der Haustür. Humphrey steuerte aus dem Zimmer.

»Nein!« Pickering wedelte mit den Armen. »Wo gehst du hin?«

»Die Tür aufmachen.«

»Nicht ohne mich, verdammt!«

Humphrey grinste gemein.

»*Du* hast mir die Knöchel gebrochen, also wirst *du* mich auch die Treppe runtertragen müssen.«

Humphrey gab vor, einen Augenblick darüber nachzudenken, und schüttelte dann den Kopf. »Nein.«

Pickering fing an zu kreischen. »Humphrey Winston Gamble, wenn du mich nicht hochhebst und diese Treppen hinunterträgst, dann erzähle ich Lucretia Cutter, dass du mir absichtlich die Knöchel gebrochen hast und dass man dir nicht trauen kann und dass du vorhast mit ihrem Geld abzuhauen … *WIR HATTEN EINEN DEAL! DU WIDERLICHER DUMMKOPF!*«

Humphrey grunzte, als er Pickering ruppig hochhob. »Hauptsache, du hältst die Klappe«, knurrte er und brüllte dann die Treppe hinunter: »Ich komme.«

Es war die zweite Stufe, die unter Humphreys Füßen nachgab. Er stolperte vorwärts und ließ Pickering fallen. Er zog den linken Fuß heraus, nur um mit dem rechten sofort durch ein anderes Brett zu brechen, das von winzigen Löchern durchsiebt war.

»Was stimmt nicht mit diesem Haus? Es fällt auseinander!«

»Wohl eher, was stimmt nicht mit *dir*?« Pickering rieb

sich die Beule, die sich schon auf seiner Stirn bildete. »Du musst dringend abnehmen!«

»Halt die Klappe oder ich schmeiße dich bis ganz nach unten.« Humphrey packte Pickering wieder und warf ihn wütend über die Schulter. Pickering fand seinen Kopf plötzlich auf Humphreys enormen Pobacken wieder.

Skeptisch ging Humphrey nun langsamer die Treppe hinunter und testete jede Stufe, bevor er drauftrat.

»Bin gleich da«, brüllte er und stieg vorsichtig über jede durchlöcherte Stufe hinweg. Auf seinem Weg zur Haustür bemerkte er, dass seine Zimmertür angelehnt war. Er musste letzte Nacht durcheinander gewesen sein, als er geglaubt hatte sie nicht öffnen zu können. Dieser Junge, der ihnen auf so rätselhafte Weise entkommen war, verfolgte ihn. Er hatte angefangen ihn überall zu sehen, auf der Straße, in Pickerings Müll im Hof, er meinte sogar ihn gestern vor Towering Heights gesehen zu haben. Er schüttelte den Kopf und nahm sich vor keine Kinder mehr zu entführen.

»Eine Sekunde noch«, rief er und konnte die Geldscheine schon fast schmecken, die auf der anderen Seite der Tür auf ihn warteten.

Er öffnete die Tür und entdeckte zwei Männer in schwarzen Anzügen.

»Wer sind Sie?«, fragte Humphrey.

»Dankish«, sagte der Mann, der so aussah, als würde er zum Spaß Welpen quälen.

»Und ich bin Craven«, sagte der größere, schlankere

Mann mit einem fiesen Lächeln. »Wir sind wegen der Käfer hier.«

»Ist sie da?«, fragte Pickering Humphrey. »Außer deinem riesigen Hintern kann ich nichts sehen.«

Ohne die beiden Männer weiter zu beachten, stiefelte Humphrey über die Straße zu Lucretia Cutters Wagen, Pickering noch immer über der Schulter. Dass ihn die Leute beobachteten, merkte er nicht mal. Die geschwärzte Scheibe senkte sich und enthüllte goldene Lippen und eine dunkle Brille.

»Hallo«, sagte Humphrey kichernd. »Danke für den Champagner.«

»Ich habe keine Ahnung, wovon Sie sprechen.« Lucretia Cutters Augenbrauen schossen über ihren Brillengläsern in die Höhe. »Haben Sie getrunken?«

»Dreh dich um. Dreh dich um!« Pickering schlug auf Humphreys Rücken ein.

Humphrey schwenkte ihn herum.

»Hallo, meine liebe Lucretia, was für ein Zufall, Sie hier zu sehen«, sagte Pickering und bemühte sich, nicht kopfüber auszusehen.

»Behindern Sie die Arbeiten nicht«, sagte sie und das schwarze Fenster schloss sich, womit die Unterhaltung beendet war.

Humphrey lud Pickering vor dem Waschsalon auf dem Gehweg ab. »Du hast sie verscheucht«, beschwerte er sich. »Ich wollte noch mit ihr sprechen.«

»Das sind unsere Käfer.« Pickering funkelte Craven und Dankish finster an, die sich hinter ihrem geöffneten Lieferwagen Schutzanzüge anzogen. »Warum dürfen die beiden den ganzen Spaß haben? Wir sollten auch ein bisschen beim Käfer-Killen mitmachen. Ich will mal eine von diesen Giftgas-Pistolen ausprobieren.« Er beäugte neidisch die Reihe von gelben Kanistern, die mit einem schwarzen Totenschädel und Knochen markiert waren.

»Würde uns das Giftgas nicht umbringen?«, fragte Humphrey.

Pickering packte Humphrey am Knöchel und zeigte zum Wagen. Auf dem Boden des Lieferwagens lag ein Stapel Ersatz-Gasmasken.

»Nicht, wenn wir so eine tragen.«

»Es geht los«, sagte Virginia zu Marvin, als sie durch eine Ritze zwischen den Brettern, die das Schaufenster des Emporiums bedeckten, hinausspähte. »Da ist Lucretia Cutters Wagen und ihre Lakaien.« Sie sah zu dem Froschkäfer auf ihrer Handfläche. »Wir müssen los und die Truppen instruieren.«

Virginia schlich auf Zehenspitzen durch den Laden zur Treppe hinter dem Schrank und hinauf in die Küche von Pickering und Humphrey. Sie drückte die Tür auf und schnappte nach Luft.

Vor ihr hatten sich Legionen von gepanzerten Käfern in ordentlichen Reihen aufgestellt und waren bereit für den

Kampf. Jeder Käfer mit Beißwerkzeugen oder Krallen, Geweih oder Hörnern, Bewaffnung oder besonderen Fähigkeiten war da, versammelt in Regimentern, zischend und spuckend und kühn mit den Fühlern zuckend.

Auf dem Boden hatte sich eine Vielzahl an schwarz gepanzerten Nashornkäfern – Baxters Brüder – neben den Hirschkäfern aufgereiht, die ihre enormen geweihartigen Mundwerkzeuge kampfeslustig schüttelten. Auf dem Abtropfbrett der Spüle standen Reihen von smaragdgrünen Sandlaufkäfern, die sich schneller bewegten, als Victoria gucken konnte, und ihre Beute mit sensenartigen Kiefern zerriss, Schulter an Schulter mit Riesenbockkäfern, die ihnen in Gefräßigkeit glichen, aber groß und mächtig waren und mit ihren Mundwerkzeugen sogar Menschenhaut verletzen konnten. Neben ihnen befanden sich die mutigen und unbekümmerten Blasenkäfer, an ihrer Seite die Horde der Teuflischen Eisenpanzerkäfer und die Bombardierkäfer. An vorderster Front der Käferarmee standen die bronzefarben schimmernden Mistkäfer, kraftvolle Ballroller auf dem Schlachtfeld.

Ehrfürchtig kniete sich Virginia vor sie. »Sie sind jetzt da«, flüsterte sie deutlich und hoffte, dass die Käfer sie verstanden. »Es sind zwei Männer mit Helmen und Schutzanzügen. Jeder hat einen Behälter mit Gift auf dem Rücken. Wir müssen ihnen unbedingt die Helme abnehmen. Ohne Helm können sie kein Gas verwenden.

Sobald die Haustür geschlossen ist, blase ich zur Attacke.

Mistkäfer und Bombardierkäfer, nehmt eure Angriffsposition oben auf der Treppe ein. Und denkt dran, unser Vorteil ist die Überraschung. Sie rechnen nicht mit einem Kampf.«

Die Käferhorde vibrierte, um zu zeigen, dass sie verstanden hatte.

»Blasenkäfer, Sandlaufkäfer und diejenigen, die fest zubeißen können«, Virginia sah sich um, »ihr müsst euch an der Decke im Eingangsflur positionieren. Ihr seid die Wolkenbruch-Schwadron. Hat Darkus euch gesagt, was ihr zu tun habt?«

Die Harlekinkäfer richteten sich auf und die Sandlaufkäfer zwitscherten einander zu.

»Blasenkäfer, ihr seid dafür zuständig, Fluchtwege für eure Kameraden zu schaffen. Wir wollen keine Verletzten zurücklassen, wenn es irgendwie geht. Teuflische Eisenpanzerkäfer, ihr und ich, wir haben eine besondere Mission vom Treppengeländer aus zu erfüllen. Hirsch-, Nashorn-, Atlas- und Herkuleskäfer, die Schlussoffensive liegt bei euch.«

Ein vertrautes Vibrieren kam hinter ihr die Treppe hoch. Virginia erhob sich, als der Goliathkäfer in den Raum flog.

»Sir«, sagte sie salutierend.

Der majestätische Käfer landete und nahm seine zentrale Position an vorderster Front ein.

So fühlt sich ein Abenteuer an, dachte Virginia und spürte das Herz einer Löwin in ihrer Brust schlagen. Sie holte tief Luft, öffnete die Tür zum Treppenabsatz und nahm ihre Position oben an der Treppe ein, während die Käfer hinter ihr aus der Küche marschierten. Sie klangen wie ein Hagelsturm, der auf ein Blechdach niedergeht.

Bertolt sah auf die Uhr. Es war acht. Der Waschsalon sollte bereits geöffnet haben. Er gab sich größte Mühe, ganz normal zu wirken, und verließ Onkel Max' Wohnung mit einem Wäschekorb.

Er überquerte die Straße, ging nervös an Lucretia Cutters Wagen vorbei und bemerkte erleichtert das »Offen«-Schild an der Tür des Waschsalons.

Sobald er drinnen war, rief er »Hallo?«, um sich zu vergewissern, dass der Salon leer war. Dann ließ er sich hinter die Waschmaschinen am Fenster fallen und hob ein Handtuch hoch, das seinen Rucksack im Wäschekorb verhüllt hatte.

Newton flitzte und flatterte nervös über seinem Kopf hin und her.

»Du musst dich bedeckt halten, Newton«, flüsterte Bertolt, als er eine Zündtafel von der Größe eines Malbuchs hervorholte. »Es könnte jeden Moment jemand hereinkommen.«

Der Zünder war mit vier Schaltern, einem Bündel Kabel und einer Antenne verbunden. Bertolt nahm seine Stoppuhr aus dem Rucksack und platzierte sich so, dass er die Geschehnisse auf der Straße verfolgen konnte.

Lucretia Cutters Helfer waren in so etwas wie Raumanzüge gekleidet und überprüften gerade die leuchtend gelben Behälter, die sie auf den Rücken geschnallt hatten.

Bertolt spürte, wie sein Herz in der Brust einen Stepptanz aufführte. Ob Kinder wohl ins Gefängnis kommen konnten, wenn sie mit Insekten gemeinsame Sache machten und Gebäude in die Luft jagten?

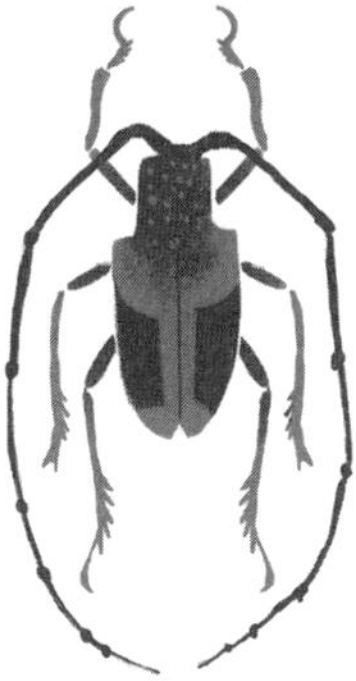

22. Kapitel

DIE SCHLACHT VON NELSON PARADE

Während sie ihre Goldfischglas-Helme festklickten, spazierten Dankish und Craven durch die Tür von Nummer fünf. Auf dem Rücken trugen sie die gelb-schwarzen Zylinder mit Giftgas, die mit pistolenartigen Stutzen verbunden waren, die im Gürtel steckten.

Virginia verzog angewidert den Mund und ballte die Fäuste, als sie die beiden Männer heimlich vom Treppenabsatz beobachtete. Sie würden diesen beiden Käfermördern eine Lektion erteilen, die sie nie vergessen würden.

»Los geht's«, flüsterte sie Marvin zu, der an seinen Hinterfüßen von einem ihrer Haarbommel hing. Als die Haustür ins Schloss fiel, gab sie mit der Hand das Zeichen zum Angriff und drückte den Startknopf ihrer Stoppuhr.

Wie ein gewaltiger schwarzer Dolch tauchte die erste Käferschwadron in die Tiefe, flog direkt auf die Köpfe der Eindringlinge zu und nahm ihnen die Sicht.

Überrascht von der plötzlichen Attacke schrien Craven und Dankish auf, während sie sich wanden und verbogen und versuchten die Käfer zu verscheuchen.

Eine Kette von Mistkäfern rollte flink Kackebällchen vor und schob sie in Position zwischen die Streben des Treppengeländers, wo Hirschkäfer darauf warteten, sie hochzuheben. Sobald die erste Schwadron sich an die Flurdecke zurückgezogen hatte, damit sie freie Bahn hatten, regneten die Mistbomben hinunter.

Der Flur wurde schnell zu einer Jauchegrube.

Vor lauter Begeisterung ruderte Virginia mit den Armen, als sie die alarmierten und angewiderten Schreie hörte, die aus den mistbesudelten Helmen von Craven und Dankish drangen.

Unfähig durch ihre Visiere zu blicken kollidierten Craven und Dankish und verkrallten sich ineinander, während sie herumrutschten und hinfielen. Wann immer sie sich den Helm abwischten, nahm ihnen ein neuer Kackeball wieder die Sicht.

Virginia schlang die Arme eng um sich, weil sie ihre Freude kaum noch kontrollieren konnte. Das war das Lustigste, was sie je gesehen hatte, und es tat richtig weh, nicht zu lachen.

»Was zum Teufel ist hier los?«, brüllte Dankish und hob seinen Helm ein Stück an.

Das war der Moment, auf den die Bombardier- und Blasenkäfer gewartet hatten: In einer Flugformation sausten sie auf den freigelegten Adamsapfel zu, teilten sich kurz vor dem Aufprall, streiften beide Seiten des Halses und spritzten großzügig brennende Säure auf die nackte Haut.

Dankish kreischte wie Virginias Mutter, wenn sie eine Maus sah, riss die Hände hoch, zerrte sich den Helm vom Kopf und ließ ihn zu Boden fallen. Die Käfer, die an der Decke gewartet hatten, stürzten sich in seinen Anzug wie eine gefährliche Welle aus hungrigen Piranhas.

Dankish schrie wieder und wieder, als die Säurespritzer und brutalen Beißer an die Arbeit gingen. Er fiel zu Boden, wo er sich wand und selbst schlug, um die Käfer durch den Anzug hindurch zu zerschmettern. Als er schließlich vor Schmerz heulte, erzielten die Hirschkäfer einen Volltreffer, indem sie eine braune Mistkugel in seinen Mund fallen ließen.

Virginia boxte in die Luft.

Craven konnte zwar nicht sehen, was vor sich ging, weil sein Helm mistverschmiert war, aber er konnte Dankish schreien hören. Wie in Zeitlupe verfolgte Virginia, als seine Hände zu den Halsverschlüssen des Schutzanzugs wanderten und sie aufschnappen ließen. Cravens Helm war nur einen Zentimeter hochgesprungen, da schossen die Bombardierkäfer schon für eine zweite Attacke nach unten. Cravens näselndes Geheul klang bald wie ein Echo von Dankish und sein Helm fiel zu Boden, als ein wütender Wolkenbruch wilder Insekten in seinen Anzug stürzte.

Virginia sprang freudig auf, als Craven ebenfalls schreiend zu Boden ging. Sie sah auf die Stoppuhr. Noch drei Minuten. Als sie über das Geländer spähte, sah sie, wie Dankish und Craven sich in einem Morast aus Mist wanden – sie würgten und jaulten, als sie gebissen und gestochen wurden. Die Käfer strömten bereits aus den Fußöffnungen der Schutzanzüge heraus und brachten sich in Sicherheit.

Sie hatten es geschafft! Sie hatten Lucretias Männer aufgehalten!

Plötzlich flog die Haustür auf und Humphrey donnerte hindurch. Pickering, dessen Füße wegen der gebrochenen Knöchel in ungewöhnlichem Winkel hinunterbaumelten, hatte er sich in einem Zylindergeschirr auf den Rücken geschnallt. Sie trugen die Gasmasken, die sie sich aus dem Lieferwagen genommen hatten.

»Ha, HA!«, schrie Pickering. »Dachtet wohl, ihr könntet den Spaß ganz für euch alleine haben, was? Tja, passt genau auf, denn wir werden euch jetzt mal zeigen, wie Käfer-Killen wirklich geht!«

Pickering verstummte, als er Dankish und Craven sah.

Humphrey glotzte nur.

»*Mein Gott*, wie das hier stinkt!« Pickering zog die Nase kraus.

Virginia rutschte das Herz in die Hose, als sie die Cousins in den Flur stürmen sah, und bevor sie es bemerkte, hatte sie sich zu weit vorgebeugt, verlor das Gleichgewicht und krachte laut gegen das Geländer.

Humphrey hob den Kopf und sah hoch. »Da oben ist jemand!«, schrie er. »ES IST DER JUNGE!«

»Schnapp ihn dir!«, kreischte Pickering. »BRING IHN UM!«

Virginia wirbelte panisch herum. Das war nicht der Plan gewesen. Und es war niemand da, der sie retten konnte.

Humphrey riss den Behälter mit Giftgas von Cravens Rücken und schwang ihn sich über die Schulter zu Pickering, der seine Arme darum schlang. Es gab ein Krachen und einen schrecklichen Schrei, als Humphrey über die am Boden liegenden Männer trampelte. Den Tornado aus beißenden und stechenden Käfern ignorierte er.

»O nein«, flüsterte Virginia Marvin zu. »Was soll ich jetzt machen?«

Ein Kreischen ertönte hinter ihr: Es war Goliath, der einen Befehl erteilte. Drei Nashornkäfer kletterten auf seine Deckflügel und verschränkten ihre Hörner und gezackten Beine miteinander. Vier Hirschkäfer kamen angerannt und klammerten sich an seine Unterseite. Zusammen und wie eine Einheit begannen sie zur Treppe zu rollen und sammelten dabei Atlas-, Herkules- und Riesenbockkäfer ein. Sie nahmen gleichzeitig Fahrt und Insekten auf. Virginia fiel die Kinnlade herunter, als sie zusah. Als die Käferkugel die Treppenkante erreichte, war sie so groß wie ein riesiger Hüpfball.

Auf Befehl von Goliath, einem gewaltigen Kreischen aus dem Inneren des Balls, stellten sich die Käfer an der Außenseite auf ihre Hinterbeine und verschränkten ihre Vorderbeine so, dass die gefährlichen Hörner herausragten.

Virginia erinnerte sich wieder an ihre Aufgabe und schnappte sich Bertolts Raketen. Sie legte sie so auf den Boden, dass sie über die Treppe hinausragten, und sah auf ihre Stoppuhr – dreißig Sekunden noch.

Dann nahm sie das Feuerzeug aus der Tasche und hielt es an die Zünder, bevor sie in die Küche sprintete, die Stufen in den Laden hinunterstürzte, zum Schacht rannte und die Leiter hinunterkletterte. Sie ließ die Griffe in wildem Tempo rotieren und zog die Metallabdeckung über das Loch, bis es einrastete. Anschließend hakte sie den Klettergurt, den sie über ihrem Trainingsanzug trug, an der Leiter ein.

Als sie sich über dem Käferberg an die Eisenleiter klammerte, schloss Virginia die Augen.

»Los, Bertolt!«, flüsterte sie. »Zeig's den Mistkerlen!«

»Da kommt jemand«, zischte Novak von der Tür.

Bartholomew Cuttle griff die Hand seines Sohnes. »Wer ist das?«

»Keine Sorge.« Darkus zog krampfhaft an den Fußfesseln seines Vaters und eine brach auf. »Das ist meine Freundin.«

»Mawling hat seine Morgenrunde im Zellentrakt begonnen.« Novak zog nervös an ihrem Kimono-Gürtel.

»Gibt es noch andere Gefangene?«

Novak biss sich auf die Lippe. »Darkus, wenn Mawling hier eintrifft, wird er sehen, dass das Schloss fehlt.«

»Wir brauchen mehr Zeit.« Darkus zerrte an der zweiten Fessel, aber sie hielt stand.

Hepburn flog zu Novak hoch und drehte einen Looping.

»Gute Idee, Hepburn.« Novak streckte die Hand aus, so dass der Käfer landen konnte. »Wir verschaffen dir so viel Zeit, wie wir können.«

»Was habt ihr vor?«

»Hepburn und ich werden eine kleine Show veranstalten«, antwortete Novak.

Darkus hörte ihre Schritte, als sie den Korridor entlanglief. Er kämpfte vergeblich mit der Eisenfessel, bis er schließlich frustriert draufhaute. Sie brach entzwei.

»Ja!« Darkus kroch zum Kopf seines Vaters. »Dad, deine Füße sind frei. Kannst du aufstehen?«

Bartholomew Cuttle rollte sich zur Seite und auf alle viere, dann kniete er sich hin. Darkus fiel auf, dass er noch immer das blaue Hemd und die Cordhose trug, die er am Tag seines Verschwindens angehabt hatte, nur dass das Hemd jetzt dreckig und zerrissen war.

Sein Vater verschränkte die Arme und zitterte. Darkus zog seinen grünen Pulli aus.

»Hier.«

Bartholomew sah seinen Sohn an, als hätte er ihn noch nie zuvor gesehen, nahm den Pullover und zog ihn über den Kopf.

»Wie hast du mich gefunden?«, fragte er.

»Eigentlich habe ich zuerst die Käfer gefunden oder sie

mich«, antwortete Darkus. »Jetzt kann nichts mehr schiefgehen, Dad. Onkel Max wartet draußen im Auto.« Er nahm einen Arm seines Vaters und legte ihn sich um die Schulter. »Ich helfe dir beim Aufstehen. Hopp!«

Bartholomew Cuttle versuchte zu stehen, aber seine Knie knickten ein, er fiel vor und landete wieder auf seinen Händen.

»Das funktioniert nicht«, sagte er. »Ich bin zu schwach.«

Darkus sah besorgt zur Tür.

Sein Vater schob Darkus sanft weg. »Du wirst mich niemals tragen können. Du musst verschwinden, bevor sie dich entdeckt.«

»Das werde ich bestimmt nicht«, sagte Darkus, biss die Zähne zusammen und gab seinem Vater einen Schubser zurück.

Davon überrascht und schrecklich geschwächt taumelte Bartholomew Cuttle nach hinten. Es gab einen dumpfen Aufschlag, als er mit dem Kopf auf den Boden prallte.

»Dad! Es tut mir leid.« Darkus ließ sich neben ihn fallen. »Dad?«

Die Augen seines Vaters waren geschlossen.

»Nein!« Darkus wich alle Luft aus den Lungen, als er schockartig begriff, dass er seinem Vater das Bewusstsein geraubt hatte. »Nein, nein, nein!«

Er rüttelte an seinen Schultern, versuchte dann ihn hochzuheben. Dabei wurde er immer panischer, bis er einsah, dass er seinen Vater allein nicht tragen konnte.

Ein Schluchzer der Verzweiflung entfuhr seiner Brust, als er auf die Knie sank. Es war hoffnungslos. Er bedeckte sein Gesicht mit den Händen und spürte, dass er am ganzen Körper zitterte. Heiße Tränen rollten ihm die Wangen hinunter und tränkten seine Handflächen.

Ein vertrautes Gewicht auf seiner Schulter und das sanfte Kratzen von Baxters Horn an seinem Kinn brachten Darkus dazu, sich die Tränen wegzuwischen. Und dann hörte er ein wohlbekanntes Geräusch, wie Zucker, der in eine Schüssel rieselt. Er sah nach unten.

Die Käfer kamen zusammen und krabbelten unter Bartholomew Cuttles erschöpften Körper. Mistkäfer, Herkules- und Riesenbockkäfer formten mit ihren Deckflügeln ein Floß. Gemeinsam hoben sie Darkus' Vater hoch und trugen ihn auf Tausenden von winzigen gezackten Beinen vorwärts.

Darkus lachte vor Überraschung und Erleichterung, als er sah, wie die Käfer seinen Vater aus der Zelle brachten. Er sprang auf und rannte ihnen nach.

»Ihr seid die besten Käfer der Welt«, flüsterte er, als sie sich durch den Korridor und in den Weinkeller vorarbeiteten. »Baxter, flieg los und sag Novak, dass wir draußen sind.«

Baxter sprang von seiner Schulter in die Luft und verschwand. Darkus öffnete die Tür auf der anderen Seite des Kellers und sie marschierten zur Wendeltreppe. Novak kam angerannt, Hepburn und Baxter flogen über ihr.

»Ich habe getan, was ich konnte, aber er wird es jeden Moment merken«, keuchte sie. »Wir müssen uns beeilen.«

Darkus hörte ein entferntes Brüllen und dann ein seltsames schrilles Geräusch, das die Käfer wirklich zu stören schien, da sie wütend mit den Fühlern und Vorderbeinen zuckten.

»Mawling hat die Zelle entdeckt!« Novak packte Darkus' Arm. »Er kommt. Er wird die Raubwanzen freilassen! Wir müssen hier raus!«

»Raubwanzen?« Darkus' Erinnerung sprang zu dem Raum mit den gelben Marienkäfern und den wütenden Hirschkäfern zurück.

»Sie trinken Blut.« Novak schien Todesangst zu haben.

Darkus wirbelte herum. »Käfer, könnt ihr Dad die Treppe hinauftragen?«

Jeder einzelne Käfer – Baxter, Mistkäfer, Herkules-, Riesenbock-, Blasen-, Leucht- und Sandlaufkäfer – kletterte nun auf seinen Dad hinauf. Sie klammerten sich mit jedem ihrer sechs Beine an den bewusstlosen Bartholomew Cuttle, öffneten auf Kommando von Darkus ihre Elytren und breiteten die vibrierenden Flügel aus. Langsam hob sich der Körper des ohnmächtigen Mannes und schwebte wie ein Geist die Treppe zur Küche hoch.

Als sie einen verängstigten Schrei hörten, stürzten Novak und Darkus hinauf und fanden die Köchin, die mit aufgerissenen Augen auf das Gespenst starrte.

»Schließ die Augen, Millie«, rief Novak. »Es ist nicht real. Sieh nicht hin. Ich kann dir alles erklären. Bitte hör auf zu schreien.«

Darkus eilte durch den Raum in den Flur voller Kisten, riss die Riegel der Dienstbotentür auf und öffnete sie. Der schwebende Körper seines bewusstlosen Vaters, in der Luft gehalten von Tausenden winziger Flügel, glitt ins morgendliche Sonnenlicht hinaus.

In der Tür hielt er inne.

»Du musst hier weg«, keuchte Novak.

Darkus griff nach ihrer Hand. »Komm mit uns.«

Novak sah Darkus sehnsuchtsvoll an, aber sie schüttelte den Kopf. »Ich kann nicht«, flüsterte sie und machte einen Schritt zurück.

»Aber wenn sie herausfindet …« Darkus drehte sich der Magen um bei dem Gedanken daran, was Lucretia Cutter ihrer rebellischen Tochter antun würde. »Novak, sie ist ein Monster.«

»Aber sie ist meine Mutter«, sagte Novak und schloss die Tür.

Humphrey stand am Fuß der Treppe und sah zu dem riesigen schwarzen Käferbrocken mit den vielen Zacken hinauf, der an der Spitze der Treppe schwankte.

»Pickers, was ist das?«

Pickering brachte den Stutzen des Gasschlauches auf seiner Schulter in Stellung.

»Ist doch egal. Wir killen es.«

Humphrey trat auf die erste Stufe. Die Treppe war glatt und er verlor das Gleichgewicht, so dass er schnell einen zweiten Schritt machte. Die nächste Stufe pulverisierte sich unter ihm. Er taumelte vor und dabei rutschte ihm der hintere Fuß weg.

Als er stürzte, sah Humphrey den Käferfelsen über die Kante kippen. Auf jeder Stufe warf er Käfer ab, die mit Hörnern, Klauen und Zangen bewaffnet waren.

Mit einem Krachen schlug sein Gesicht auf dem Boden auf, genau in dem Moment, als der Käferfels ihn traf. Wütende Käfer wurden nach vorn katapultiert und Pickering und er wurden von einer Decke aus angreifenden Arthropoden bedeckt.

»Schieß endlich!«, heulte Humphrey. »Vergifte sie!«

»NEIN!«, schrie Craven vom Fußboden. »Wir haben keine Helme auf! Ihr bringt uns um!«

»Dann setzt sie auf!«, schrie Pickering. *»Ich feuer das Ding gleich ab!«*

Humphrey sah, dass Craven sich eilig zur Haustür schob. Er blickte zu Dankish, der sich seinen Helm schnappte und ihn aufsetzte. Dabei jaulte er, weil sich ein Bataillon schwarzer Käfer im Inneren des Helms auf seine Nase zubewegte.

»MACH SCHON!«, brüllte Humphrey, den jede Faser seines Körpers schmerzte.

Pickering hob den Lauf der Gaspistole und zielte damit auf die Käfer auf Humphreys Glatzkopf.

»STERBT! STERBT! STERBT! STERBT!«, kreischte Pickering. Er fummelte am Hahn herum, um das Gas freizusetzen, aber seine Finger waren zu glitschig.

»*Worauf wartest du noch?*«, schrie Humphrey und erstarrte dann, als ein furchterregendes Kreischen auf seine Ohren zuraste.

Etwas wurde auf seinen Kopf abgefeuert! Er hörte eine entsetzliche Serie von Donnerschlägen.

»Ich wurde getroffen!«, heulte Pickering. »Ich sterbe!«

Humphrey schlug mit Armen und Beinen wild um sich. Der Junge hatte eine Waffe!

»Rückzug! Rückzug! RÜCKZUG!«, schrie Pickering und trommelte auf Humphreys Hinterkopf ein.

Bertolt blickte gebannt auf seine Stoppuhr.

»Sieben, sechs, fünf …« Er zählte flüsternd herunter.

Unter der Erde starrte Virginia auf ihre Stoppuhr. *Drei, zwei* … Sie schloss die Augen und klammerte sich fest.

»Eins!« Bertolt legte den ersten Schalter um.

Einen Moment lang herrschte Stille.

Ein gedämpftes Donnern.

Und die Fenster des Emporiums explodierten.

Bertolt sprang auf, rannte zum Münztelefon an der Wand des Waschsalons und wählte den Notruf.

»Hallo, können Sie mich bitte mit der Polizei verbinden?« Er dachte daran, was er Virginia zufolge sagen sollte. Sie musste unter der Erde in Sicherheit sein, wenn sie sich an den Plan gehalten hatte … »Hallo? Ja. Ich wohne in der Nelson Parade. Ich denke, Sie sollten wissen, dass da ein Mädchen in einem Zimmer über dem Emporium an einen Stuhl gefesselt ist. Ich kann sie durchs Fenster sehen. Es ist sehr seltsam, denn die beiden Männer, die dort leben, haben keine Kinder.«

Er ließ sich von der Telefonistin beruhigen und legte dann auf, bevor er wieder anrief.

»Hallo, kann ich bitte die Feuerwehr sprechen? Ich möchte eine Explosion im Emporium in der Nelson Parade melden.«

Er hielt den Hörer von sich gestreckt und legte den zweiten Schalter um, was die Decke von Humphreys Zimmer in die Luft jagte und einen Schauer aus Ziegelstaub auf die Straße rieseln ließ.

»O Gott! Haben Sie das gehört? Das war noch eine. Bitte kommen Sie schnell. Ich glaube, das sind Terroristen!«

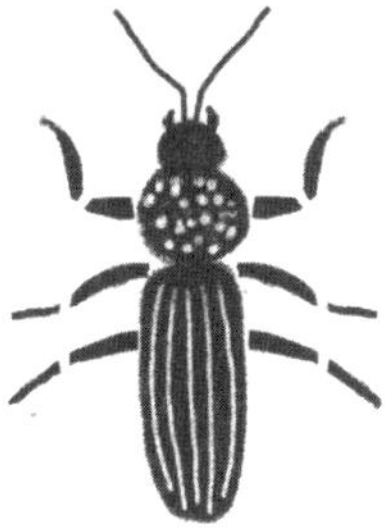

23. Kapitel
GOLIATHS UNTERGANG

Onkel Max gab sich größte Mühe, einen schrecklichen Aufstand zu veranstalten. »Ich gehe hier nicht weg, bevor diese abscheuliche Frau nicht endlich eine Erklärung abgibt«, schrie er laut und schlug mit der Faust gegen die geöffnete Tür. »Sie hat auf meinen Neffen geschossen und ich werde die Polizei darüber informieren! Verstehen Sie mich? Sie steht nicht über dem Gesetz!«

Er lehnte sich zum Butler vor und schrie über dessen Schulter die Treppe hinauf: »Ich habe gesagt, SIE STEHT NICHT ÜBER DEM GESETZ!«

»Sir, wie ich bereits sagte«, Gerard legte Onkel Max die Hand auf die Brust und versuchte ihn aus der Tür zu schieben, »Madame Cutter ist zurzeit nicht im Haus.«

»Fassen Sie mich nicht an!« Onkel Max nahm die Fäuste

hoch und fing an in die Luft zu boxen, um zu zeigen, wie ernst es ihm war. »Ich mag ein alter Mann sein, aber ich kann immer noch gut austeilen.«

»Bitte, Sir, beruhigen Sie sich.« Gerard hielt die Hände hoch.

Ein Schrei kam aus der Küche.

»MICH BERUHIGEN?«, rief Onkel Max.

Gerard blickte über seine Schulter zur Küchentür und dann wieder zu Onkel Max.

Millie schrie noch einmal und Gerard machte einen Schritt rückwärts.

Er hatte keine Wahl: Onkel Max holte mit der Faust aus und schlug dann einmal fest zu. Dabei traf er den Butler am Kinn und der stürzte nach hinten.

»AUTSCH!« Onkel Max hüpfte herum und wedelte mit seiner Hand. Mindestens zwanzig Jahre lang hatte er niemanden mehr geschlagen. Er hatte ganz vergessen, wie weh das tat.

Der Butler lag bewusstlos in der Eingangshalle. »Das ist dafür, dass Sie meinen Neffen verprügelt haben«, sagte Onkel Max und trat ein, um sich zu vergewissern, dass der Butler nicht ernstlich verletzt war. »Tut mir leid, altes Haus. Ich weiß, dass Sie ihn eigentlich gerettet haben«, flüsterte er dem ohnmächtigen Mann zu. »Sie werden ein schmerzendes Kinn und eine Beule am Kopf bekommen. Aber ich vermute, es ist besser, wenn sie Sie so vorfindet.«

Er ließ die Haustür sperrangelweit offen und ging wieder

nach draußen, als Darkus gerade um die Hausecke gebogen kam. Max rannte zu seinem Neffen und erleichterte die Käfer um ihre menschliche Fracht, indem er sich seinen Bruder auf die breiten Schultern hievte.

»Lauf, Junge. Mach den Wagen auf.«

Darkus rannte los und die Käfer folgten ihm wie eine Gewitterwolke.

Als sie das Auto erreichten, legten sie Bartholomew vorsichtig auf die Rückbank. Darkus breitete eine Decke über ihn. Im Morgenlicht sah sein Vater leichenblass aus.

Die Käfer drängten sich derweil in den Kofferraum.

Bartholomew Cuttles Augenlider öffneten sich flatternd.

»Max?«

»Hör mir zu, Barty.« Onkel Max beugte sich über Darkus' Schulter zu ihm. »Wir müssen dich ins Krankenhaus bringen, aber vorher müssen wir zwei Kinder vor Lucretia Cutter schützen. Hältst du noch durch?«

»Ja.« Bartholomew lächelte. »Jetzt geht's mir gut.«

»Schön. Wir müssen zurück in die Nelson Parade«, sagte Onkel Max und setzte sich hinters Steuer. »Schnell wie der Blitz.«

Er ließ den Motor aufheulen, während Darkus auf den Beifahrersitz glitt und die Tür zuknallte.

Als sie Towering Heights hinter sich ließen, blickte Darkus sich um und sah eine Flut dunkler Formen, riesigen Ameisen gleich, über die weißen Kiesel der Auffahrt rauschen und am Tor Halt machen.

Lucretia Cutter stieg aus ihrem Wagen, ihre Chitin-Füße klackten, als sie den Asphalt berührten, aber der dichte schwarze Stoff ihres Rocks erstickte das Geräusch. Ihr Kopf schwang von links nach rechts und zurück. Irgendetwas stimmte hier nicht.

Ling Ling, die Chauffeurin, eilte mit den Gehstöcken zu ihr. Sie nahm sie entgegen und tat ganz gebrechlich, obwohl sie sich kaum auf die Stöcke stützte, als sie über die Straße schlingerte.

»Craven«, bellte sie, »was ist hier los?«

»Sie haben uns angegriffen«, jammerte er.

»Wer?«

»Die Käfer.«

»Wo ist Dankish?«

»Drinnen.«

»Was stinkt denn hier so?« Lucretia Cutter wich zurück.

»Kacke«, flüsterte Craven.

Humphrey trampelte auf die Straße, Pickering war immer noch auf seinen Rücken geschnallt und ein verzweifelter Dankish klammerte sich an seinen Knöchel. Die Männer waren von Kopf bis Fuß mit beißenden, kratzenden Käfern bedeckt. Als Humphrey den Bordstein erreichte, ließ sich der Goliathkäfer zu Boden fallen und gab kreischend einen Befehl. Sämtliche Käfer huschten und flogen in den Gully an der Bordsteinkante, so flink und flüssig wie Wasser.

»Haltet sie auf!« Lucretia Cutter wirbelte herum. »Sie hauen ab!«

Als die Käfer im Gully verschwanden, schoss Lucretia Cutter vor, schlug mit einem ihrer Stöcke nach dem Goliathkäfer und schleuderte ihn auf den Rücken. Seine Beine strampelten in der Luft. Sie riss den Arm hoch und fuhr dann mit ihrem Stock in seinen Unterleib. Der Stock durchbohrte den Panzer und tötete Goliath auf der Stelle.

»Hoch mit euch, ihr Idioten!«, bellte sie die Männer am Boden an. »Es sind nur Käfer!«

Im Waschsalon versteckt kämpfte Bertolt mit den Tränen, als er Goliath auf Lucretia Cutters Stock gespießt sah. Wut explodierte in seiner Brust. »Es sind *nicht* bloß Käfer!«, murmelte er, nahm die Zündtafel und legte einen weiteren Schalter um. »Für Goliath.«

Lucretia Cutter stolperte und ließ den Stock mit dem aufgespießten Käfer fallen, als eine dritte Explosion die Straße erschütterte.

»Was geht hier vor?«, schrie sie wütend. Als sie herumwirbelte, wurde ihr bewusst, dass die Menschen auf dem Gehweg sie beobachteten. In der Ferne erklang das Heulen von Martinshörnern und die Zahl der besorgten Schaulustigen, die sich um Lucretia Cutter versammelten, wuchs.

Der Nachrichten-Übertragungswagen kam angebraust und hielt mit quietschenden Bremsen an. Eine blonde junge Frau mit schickem Hosenanzug und Mikrofon in der Hand kletterte heraus. Direkt hinter ihr folgte ein glatzköpfiger Kameramann.

»Emma Lamb von den BBTV-Nachrichten«, rief die Frau, als sie zu Lucretia Cutter lief.

Ling Ling brachte sich zwischen ihrer Chefin und dem Kameramann in Stellung, bereit zum Kampf. Die Menge drängte vor, um die rätselhafte Frau in der Mitte der Straße besser sehen zu können.

Drei Polizeiwagen näherten sich aus der einen Richtung und zwei Feuerwehrwagen aus der anderen. Emma Lamb schickte ihren Kameramann vor, damit er die Szene einfing.

Lucretia Cutter atmete tief durch die Nase ein, um die Wut zu dämpfen, die in ihr aufwallte. Sie legte den Kopf nach rechts, bis ihr Nacken knackte. »Menschen«, zischte sie, als hinter der Feuerwehr ein Notarztwagen eintraf.

Bertolt schlüpfte aus dem Waschsalon auf die Straße und mischte sich unter die Schaulustigen.

»Und *das* ist für die Entführung von Darkus' Dad«, flüsterte er und legte den letzten Schalter um.

Die finale Explosion ließ die Ladendecke einstürzen, die alle höheren Etagen getragen hatte. Es gab einen ohrenbetäubenden Wumms, der die Bretter von der Ladenfront des Emporiums schleuderte, und eine Pilzwolke aus Staub stieg über dem Gebäude in den Himmel. Die Menschen auf der Straße schrien und traten hastig den Rückzug an, als ein rotschwarzes Metallschild mit der Aufschrift *Mr Gambles Exotische Pasteten* aus dem Gebäude geflogen kam und auf das Dach eines Polizeiwagens krachte. Den Schreien folgten

Klage- und Keuchlaute, als die Menge auf die Stelle starrte, wo das Emporium gestanden hatte. Ein paar Mauern und zahnlose Treppen waren alles, was in der leeren Backsteinhülle noch übrig war.

Einen Augenblick lang herrschte fassungsloses Schweigen. Dann wurden Gemurmel und ängstliche Schreie von noch mehr scharfem Luftholen begleitet, als ein Mädchen im roten Trainingsanzug aus den Trümmern taumelte. Es war Virginia, dreckbeschmiert und staubbedeckt.

Sie suchte Bertolts Blick und zwinkerte. Dann:

»Hilfe!«, rief sie und kippte um.

Drei Feuerwehrleute rannten zu ihr, gefolgt vom Kameramann. Eine Decke wurde Virginia um die Schultern gelegt und sie wurde aus der Ruine getragen. Als sie an Humphrey und Pickering vorbeikam, zeigte sie auf sie und fing hysterisch an zu schreien.

»Diese beiden Männer waren es! Sie haben mich entführt!«, rief sie und gab nochmals vor, in Ohnmacht zu fallen.

»Moment! Was? Nein!«, schrie Pickering verwirrt. »Wir haben einen Jungen entführt, aber er ist verschwunden.«

Zwei Polizeibeamte marschierten herüber und legten ihm sofort Handschellen an.

»Das ist ein Irrtum – es war ein Junge, es war ein Junge!«, protestierte Humphrey. Die Polizeibeamten stießen ihn hinten in ihren Transporter und schlossen die Tür. »Ich hab dieses Mädchen noch nie im Leben gesehen.«

Lucretia Cutter stand wie angewurzelt im Zentrum des Chaos, stützte sich auf ihre Stöcke und starrte das Mädchen an, das aus den Trümmern geklettert war. Sie betrachtete die Umstehenden genau, aber keins der Gesichter kam ihr bekannt vor.

Sie spürte, dass sich unsichtbare Kräfte gegen sie verschworen hatten.

Ein altes mintgrünes Auto hielt hinter einem Feuerwehrwagen und auf der Beifahrerseite stieg ein Junge aus. Lucretia Cutters Verstand arbeitete auf Hochtouren, Synapsen schossen Botschaften hin und her, als sie versuchte das Geschehen zu begreifen. Sie erkannte den Jungen wieder. Es war Novaks Gefährte, der auf unerklärliche Weise am Tag zuvor aus ihrem Haus verschwunden war.

Ein Mann, den sie vage von früher zu kennen schien – ein Mann, der sich aufrechter gehalten hatte, als sie ihm zuletzt begenet war –, sprang auf der Fahrerseite aus dem Wagen und öffnete die hintere Tür.

»Nein!«, kreischte sie voller Wut, als sie sah, wie Maximilian Cuttle seinen Bruder heraushob und ihm auf die Beine half.

Alle drei Cuttles wandten sich zu ihr um und sahen sie herausfordernd an.

»Wie …?« Lucretia Cutter versagte die Stimme.

»Es ist vorbei, Lucy«, sagte Bartholomew Cuttle mit felsenfester Stimme. »Ich hätte dem schon ein Ende setzen sollen, bevor Macht und Gier dich vergiftet haben.«

Sie knurrte, das Gesicht von Hass verzerrt.

Aber Bartholomew Cuttle lächelte nur. »Ich werde Himmel und Hölle in Bewegung setzen, um dich aufzuhalten«, sagte er. »Ich werde der Welt erzählen, wer du bist, und wenn die Menschen die Wahrheit erkennen, werden sie sich erheben und dein verabscheuungswürdiges Reich vernichten.«

Darkus sah seinen Vater schockiert an. Er hatte ihn noch nie so wütend und ernst erlebt.

Lucretia Cutter betrachtete den Mann, den sie sechs Wochen lang in ihrer Zelle festgehalten hatte, voller Zorn. Sie stieß bellend ein humorloses Lachen aus, dann hob sie einen ihrer Stöcke, ließ einen Abzug herausschnappen und zielte auf Bartholomew Cuttles Herz.

»NEIN!«, schrie Virginia und versuchte sich von den Feuerwehrmännern loszumachen, die sie stützten.

»NEIN!«, schrie Bertolt, sprang vor und stürzte sich auf Lucretia Cutters Beine, als Darkus sich gerade über die Motorhaube warf und seinen Vater umstieß.

Als Lucretia Cutter zu Boden ging, fiel ein Schuss.

»Dad?«

»Teufel auch!« Onkel Max sprang auf.

»Darkus! Darkus, alles in Ordnung?« Bartholomew packte seinen Sohn. »O nein! NEIN! Mein Junge!«

Darkus sank in die Arme seines Vaters und hielt sich die Schulter. Blut quoll zwischen seinen Fingern hervor.

Onkel Max wandte sich um und schrie: »SANITÄTER, HIER! SCHNELL!«

Lucretia Cutters Kopf schlug auf die Straße, ihr Markenzeichen, die Sonnenbrille, hüpfte über den Asphalt. Sie bedeckte ihr Gesicht mit den Händen und trat brutal nach Bertolt, der verzweifelt ihre Beine umklammerte.

Virginia sah einen wütenden, zischenden Baxter, der Lucretia Cutter anflog und mit seinem scharfen Horn zwischen ihren Fingern auf ihre Augen einstach.

Lucretia Cutter gab einen abscheulichen Laut von sich, halb Schrei, halb Zischen, als würde sie brennen.

Und dann war da ein wendiger Körper in Schwarz, der dazwischensprang, Bertolt um die Taille fasste und zur Seite warf. Ling Ling wirbelte anmutig herum, verscheuchte Baxter mit einem Fußtritt von Lucretia Cutters Gesicht, fiel auf die Knie, schob die Arme unter die Achseln ihrer Chefin und setzte sie sich mühelos auf den Rücken.

Bevor irgendjemand begriffen hatte, was passiert war, hatten die Sanitäter Darkus umringt und Ling Ling rannte mit Lucretia Cutter zum Wagen.

»Haltet sie auf!«, rief Virginia. »Sie ist eine Mörderin!«

Aber niemand hörte sie. Hilflos sah sie zu, wie Ling Ling Lucretia Cutter auf dem Beifahrersitz platzierte, die Tür zuschlug, über die Motorhaube glitt und auf dem Fahrersitz verschwand.

Mit einem donnernden Röhren heulte der Motor des Skarabäus auf und das Auto kletterte auf den Gehweg, wo es die Rettungsfahrzeuge umkurvte und die Nelson Road hinauf jagte.

24. Kapitel
ZURÜCK INS BASISLAGER

Darkus zerrte die Leiter aus dem Schuppen und lehnte sie gegen die Mauer. Sein rechter Arm war bis zur Schulter fest verbunden und er trug eine Schlinge. Beim Laufen oder bei Erschütterungen schmerzte seine Schulter so sehr, dass er scharf die Luft einsog, aber er war fest entschlossen es über die Mauer zu schaffen.

»Okay, ich klettere jetzt hoch«, sagte er zu Baxter und setzte einen Fuß auf die Leiter.

Seit Darkus angeschossen worden war, hockte der Nashornkäfer entweder auf Darkus' Kopf oder auf der anderen Schulter, aber er konnte sich an keinen der beiden Plätze gewöhnen, also turnte er ständig hin und her.

Als er es auf die Mauer geschafft hatte, ließ sich Darkus behutsam auf der anderen Seite hinuntergleiten, landete auf einem Schubladenstapel und bahnte sich seinen Weg durch den Möbelwald. An der Rattenfalle schüttelte er den Kopf. Er konnte nicht glauben, dass sie Onkel Max erst vor einer Woche in der Falle entdeckt hatten. Es schien so viel länger her zu sein.

Während Baxter vorausflog, krabbelte Darkus langsam durch die Tunnel. Dabei bemerkte er, dass sich einige der Käfer in den Bettgestellen und Tischen des Möbelwaldes niedergelassen hatten. Er konnte die gestanzten Löcher der Holzwürmer in den Möbeln sehen. Als sie ihn sahen, hämmerten die Toktokkies und Totenuhren mit ihren Unterleibern und Köpfen wie Miniatur-Spechte gegen die nächstgelegene harte Oberfläche, um zu zeigen, wie dankbar sie waren für das, was Darkus, Virginia und Bertolt für sie getan hatten.

Darkus lächelte. Obwohl das Krabbeln mühsam war, tat es gut, siegreich ins Basislager zurückzukehren.

Er hatte nur vage Erinnerungen daran, was passiert war, nachdem er angeschossen wurde. Er wusste noch, wie er auf eine Trage gehoben worden war und das Notarztteam ihm eine Infusion am Arm angelegt hatte, dann tönte das Martinshorn. Onkel Max wich nicht von seiner Seite und hatte die ganze Zeit seine Hand gehalten.

Da waren Gesichter und Kameras gewesen, die blitzten, und Stimmen, die schrien.

»Darkus! Darkus! Wie fühlt es sich an, wieder mit deinem Vater vereint zu sein?«

»Wer hat auf dich geschossen, Darkus?«

Die Kugel war glatt durch seine Schulter gegangen und hatte bemerkenswert wenig Schaden angerichtet, aber er hatte eine Menge Blut verloren. Fünf Tage musste er im Krankenhaus bleiben, bevor sich die Ärzte dazu durchringen konnten, ihn in die Obhut von Onkel Max zu entlassen.

Dad war es nicht so gut ergangen.

Darkus erinnerte sich noch daran, wie die Sanitäter Dad im Krankenwagen den Pullover ausgezogen und ihm das dreckstarrende Hemd vom Leib geschnitten hatten. Er erinnerte sich daran, wie er Hunderte blutender Verletzungen und Wunden auf der Brust seines Vaters gesehen hatte.

Dad war noch immer im Krankenhaus, wo seine Infektion behandelt wurde. Darkus fragte sich zum hundertsten Mal, was die ameisenartigen Kreaturen in der Zelle gewesen waren. Sie waren definitiv keine Käfer. Novak hatte sie Raubwanzen genannt.

Er hielt an. Da war sie – die schwarze Haustür mit der silbernen 73.

Er mühte sich auf die Füße. Mit seiner unverletzten rechten Hand drehte er den Türknauf und ging ins Basislager.

»DARKUS!«, rief Virginia und jauchzte dann vor Freude.

»Hallo!« Bertolt klang atemlos, seine Augen glänzten. »Wir sind jeden Tag nach der Schule hergekommen. Wir wussten nicht, ob du wiederkommst«, plapperte er. Newton flatterte und zischte über seinem Kopf.

Darkus lachte, er war glücklich die beiden zu sehen und

setzte sich zu ihnen aufs Sofa. »Geht es dir gut?«, fragte er, als er Bertolts bandagierten Arm sah. »Was ist passiert?«

»Lucretia Cutters Beine. Hast du es nicht gesehen?«, antwortete Bertolt. »Du hattest Recht. Sie hat Krallen und Stacheln und die sind messerscharf! Als ich ihre Beine gepackt habe, haben mir die Stacheln die Arme aufgeritzt.«

»Der Schlachtplan.« Darkus sah Virginia an. »Hat er funktioniert?«

»Und wie!« Virginia nickte und ihre Augen funkelten. »Die Käfer waren fantastisch und so tapfer. Marvin war die ganze Zeit bei mir.« Sie fasste nach oben, wo er auf einem ihrer Haarbommel saß, und kitzelte seine rote Brust.

»Ich wünschte, du hättest sehen können, wie Lucretia Cutters Männer herumgerutscht sind und geschrien haben, so ganz in Kacke gebadet.« Sie kicherte. »Es war zu komisch. Und Bertolts Raketen waren genial. Als die Böller losgingen, dachte Pickering, er würde erschossen.« Sie verstummte allmählich, als sie Darkus' Schulter betrachtete. »Tut es weh?«, fragte sie.

»Ein bisschen.« Darkus nickte. »Abends werde ich total müde. Aber angeschossen zu werden ist nicht so schlimm, wie man denkt.«

Virginia sah so beeindruckt aus, dass Darkus rot wurde.

»Baxter war auch sehr tapfer«, sagte Bertolt und sah liebevoll zu dem Nashornkäfer, der sich gerade auf Darkus' unverletzter Schulter niederließ. »Als Lucretia Cutter auf dich geschossen hat, ist er auf ihr Gesicht losgegangen.«

»Ja.« Virginia nickte. »Ich glaube, er hat sie mit seinem Horn im Auge erwischt.«

»Alles ging so schnell«, sagte Darkus staunend. »Ich habe überhaupt nichts mitbekommen.«

»Als sie mit ihrem Stock gezielt hat, habe ich sie umgeworfen. Ihre Brille ist runtergefallen … und ihre Augen … sie wölbten sich aus ihrem Kopf wie schimmernde schwarze Murmeln.« Bertolt sah plötzlich verängstigt aus. »Darkus, die waren wie Käferaugen.«

»Facettenaugen.« Virginia nickte.

»Sie hat Facettenaugen?« Darkus schüttelte den Kopf. »Was ist sie bloß?«

»Jedenfalls kein Mensch, so viel steht fest«, sagte Virginia.

»Dann kam ihr Bodyguard angerannt und hat sie da rausgeholt und sie sind weggebraust.«

»Sie ist entkommen?« Darkus konnte kaum glauben, was er da hörte. »Nachdem sie auf mich geschossen hat?«

»Die Polizei ist ihr hinterher«, sagte Virginia.

»Ist dein Onkel sauer wegen dem, was wir mit dem Emporium gemacht haben?«, fragte Bertolt nervös. »Ist seine Wohnung in Ordnung?«

Darkus lachte. »Seid ihr deshalb nicht zu mir ins Krankenhaus gekommen – aus Angst, dass er euch anbrüllt?«

»Nein.« Bertolt wirkte verlegen. »Ich durfte nicht. Unsere Eltern waren sehr sauer, weil wir sie angelogen hatten.«

Virginia nickte. »Ich habe Stubenarrest bis in alle Ewigkeit.«

»Und wie kommt's, dass du hier bist?«

Virginia prustete. »Ich bin *nicht* hier«, sagte sie. »Ich bin in der Bibliothek und lerne.«

Darkus lachte. »Also, ihr müsst euch keine Sorgen machen. Die Wohnung ist in Ordnung. Onkel Max hatte ein paar Männer da, die das überprüft haben. Sie wird bestimmt nicht einstürzen.«

»Puh!«, machte Bertolt.

»Weil die Böden nur in der Mitte eingestürzt und alle Mauern unversehrt geblieben sind, ist es wohl so, dass das Emporium zwar abbruchreif ist, aber die Gebäude links und rechts davon keinen Schaden genommen haben.«

»Wirklich?« Bertolt sah überrascht aus.

»Onkel Max meinte, du hättest ein Ingenieursdiplom dafür verdient, dass du nicht die ganze Straße gesprengt hast.«

»Wie nett.« Bertolt schob seine Brille die Nase hoch. »Wirst du wieder in deine alte Schule gehen, jetzt wo dein Vater wieder da ist?«

»Erst mal nicht.« Darkus schüttelte den Kopf. »Dad ist noch im Krankenhaus, und wenn er tatsächlich entlassen wird, braucht er Pflege, deshalb hat Onkel Max gesagt, wir könnten bei ihm bleiben, bis Dad wieder auf die Beine kommt.«

»Oh, das sind ja tolle Neuigkeiten.« Bertolts Miene hellte sich auf und Newton flog einen Looping und blitzte mit seinem Schwanz.

»Es gibt aber auch schlechte Nachrichten«, sagte Virginia.

»Was?« Darkus stand auf.

»Sie haben sie nicht erwischt«, sagte Virginia, »und Humphrey und Pickering wurden des versuchten Mordes angeklagt, weil sie auf dich geschossen haben.«

»Aber das ist verrückt! Sie haben nicht auf mich geschossen, Lucretia Cutter war's.«

»Ich weiß«, pflichtete ihm Bertolt bei.

»Sie ist immer noch irgendwo da draußen?«, fragte Darkus.

Virginia nickte. »Aber die Käfer sind in Sicherheit«, rief sie ihm in Erinnerung. »Der Käferberg ist in der Kanalisation versteckt und Pickering und Humphrey sind im Gefängnis, deshalb gehört der Möbelwald uns.«

»Glaubst du, dass sie zurückkommt?«, fragte Bertolt.

Darkus setzte sich wieder hin und seufzte.

»Ich weiß es nicht. Irgendwas hat sie vor, und was immer es sein mag, es ist übel. Ich kann es in Dads Miene sehen.« Er blickte zu der lichtgesprenkelten Abdeckplane über dem Basislager. »Aber egal womit sie auf uns losgeht«, sagte er und blickte von Virginia zu Bertolt. »Wir haben die Käfer.« Er hob die Hand zu Baxter auf seiner Schulter.

»Vergiss deine guten Freunde nicht …«, fügte Virginia grinsend hinzu.

»Ja.« Bertolt nickte.

»Und mit ein bisschen Mut und Entschlossenheit«, sagte Darkus, »sind wir unschlagbar.«

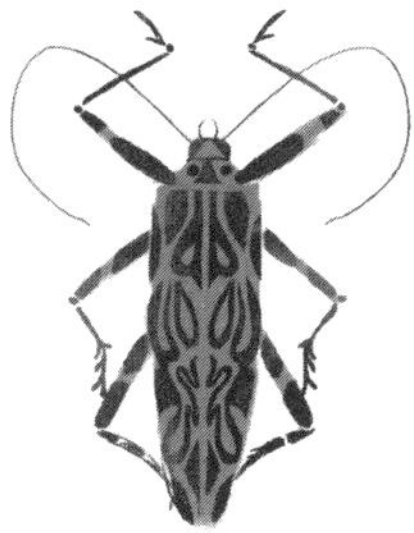

Wörterbuch eines Entomologen

Abdomen – der Teil des Körpers, der sich an den *Thorax* anschließt; der Hinterleib (beim Menschen wird der Abdomen gemeinhin als Bauch bezeichnet). Der größte der drei Körperabschnitte eines *Insekts* (die anderen Abschnitte sind der Kopf und der Thorax).

Antennen – ein Paar Körperglieder mit Sinneszellen, die sich am Kopf befinden, auch »Fühler« genannt. Sie dienen der sinnlichen Wahrnehmung von vielen verschiedenen Dingen, darunter Geruch, Geschmack, Hitze, Windgeschwindigkeit und Windrichtung.

Arthropode – bedeutet »Gelenkfuß« und bezieht sich auf den Tierstamm der Gliederfüßer, zu dem *Insekten* (auch als Hexapoden bezeichnet), Krebstiere, Tausendfüßer (darunter Doppelfüßer und Hundertfüßer) und Kieferklauenträger

(Spinnen, Skorpione, Pfeilschwanzkrebse und ihre Verwandten) gehören. Die Körper von Arthropoden bestehen gewöhnlich aus Segmenten. Alle Arthropoden verfügen über ein *Außenskelett* und sind *Wirbellose.*

Außenskelett – auch Exoskelett genannt, ein Skelett, das sich außen am Körper befindet statt im Inneren des Körpers wie bei Säugetieren. Die Außenskelette von *Insekten* bestehen überwiegend aus Chitin. Das Außenskelett ist sehr kräftig und kann mit Muskeln überzogen sein, was bedeutet, dass Insekten (insbesondere *Käfer*, deren Außenskelette extrem hart sind) gemessen an ihrer Körpergröße sehr stark sein können.

Chitin – das Material, aus dem die *Außenskelette* der meisten *Arthropoden* bestehen, einschließlich *Insekten.* Chitin ist einer der wichtigsten Stoffe in der Natur.

Coleoptera – der wissenschaftliche Name für *Käfer.*

Coleopterologe – ein Wissenschaftler, der *Käfer* erforscht.

DNS (Desoxyribonukleinsäure) – die Blaupause für nahezu jeden lebenden Organismus. Es ist das Molekül, das genetische Informationen (»Erbinformationen«) enthält. Ein Abschnitt der DNS wird als Gen bezeichnet.

Doppelhelix – die Form der *DNS,* wenn die einzelnen Bausteine der DNS verbunden sind. Eine Doppelhelix sieht aus wie eine verdrehte Leiter.

Elytren (Singular: Elytron) – das harte vordere Flügelpaar von *Käfern,* das als schützende Flügeldecke für die zarten, membranartigen Hinterflügel darunter dient, die zum Fliegen benutzt werden. Einige Käfer können nicht fliegen. Ihre Deckflügel sind miteinander verschmolzen und sie haben keine Hinterflügel.

Entomologe – ein Wissenschaftler, der *Insekten* erforscht.

Facettenaugen – können aus Tausenden von einzelnen visuellen Rezeptoren (»Einzelaugen«) bestehen und kommen bei *Arthropoden* häufig vor. Sie ermöglichen es vielen *Arthropoden,* sehr gut zu sehen, allerdings sehen sie die Welt als verpixeltes Bild (so wie Pixel auf einem Computerbildschirm).

Insekt – gehört zur Klasse mit dem wissenschaftlichen Namen »insecta«. Sie umfasst mehr als 1,8 Millionen verschiedene Arten und es werden immer noch weitere entdeckt. Insekten haben drei Hauptkörperabschnitte: den Kopf, den *Thorax* und den *Abdomen.* Der Kopf verfügt über *Antennen* und *Facettenaugen.* Insekten haben sechs Beine und viele haben Flügel. Sie durchlaufen einen komplexen Lebenszyklus, der *Metamorphose* genannt wird.

Käfer – ein *Insekt*entyp (oder eine »Ordnung«), bei dem das vordere Flügelpaar zu harten Deckflügeln oder *Elytren* abgewandelt ist. Es gibt mehr verschiedene Arten von Käfern als von irgendeinem anderen Tier auf der Erde.

Larven – unreife *Insekten. Käfer*larven werden manchmal auch Raupen genannt. Larven sehen vollkommen anders aus als erwachsene Insekten und ernähren sich häufig von anderen Dingen als ihre Eltern, was bedeutet, dass sie nicht mit ihren Eltern um Futter konkurrieren.

Lebensraum – auch Habitat genannt, die Art von Umgebung, in der ein Organismus lebt. Den Lebensraum eines Hirsch*käfers* zum Beispiel bilden Laubwälder, insbesondere Eichenwälder.

Metamorphose – bedeutet »Umwandlung«. Sie beinhaltet eine vollständige Verwandlung des *Insekts* zwischen den verschiedenen Lebensstadien (Ei, Larve, Puppe und erwachsenes Tier oder Ei, Nymphe und erwachsenes Tier). Stell dir zum Beispiel eine große, dicke, cremefarbene Larve vor. Sie sieht einem erwachsenen *Käfer* nicht im Geringsten ähnlich. Viele Insekten (einschließlich *Käfer*) verwandeln sich in einer Puppe oder einem Kokon: Sie treten als Raupe ins Puppenstadium ein, werden gewissermaßen in eine *Käfer*suppe eingerührt, nehmen eine neue Gestalt als erwachsener *Käfer* an und brechen wieder aus der Puppenhülle aus. Erwachsene *Käfer* häuten sich niemals, und da sie vom harten *Außenskelett* umschlossen sind, das nicht dehnbar ist oder größer wird, können sie niemals wachsen. Wenn du also einen *Käfer* siehst, wird er niemals größer werden, als er schon ist.

Mundwerkzeuge – auch Mandibeln genannt. Mit den Mundwerkzeugen können *Käfer* Futter greifen, zerdrücken oder zerschneiden und sich gegen Raubtiere und Rivalen verteidigen.

Palpi (Singular: Palpus) – ein Paar sinnlicher Taster am Maul eines *Insekts*. Sie werden zum Tasten/Fühlen und zur Wahrnehmung von chemischen Stoffen in der Umgebung verwendet.

Setae (Singular: Seta) – winzige haarartige Auswüchse, die Körperteile von *Insekten* bedecken. Sie können zum Schutz, zur Verteidigung, Tarnung oder zum Haften an Dingen verwendet werden. Sie können Feuchtigkeit und Vibration wahrnehmen.

Spezies – auch »Art«; mit der Spezies erhält ein Organismus einen wissenschaftlichen Namen. Er hilft zu bestimmen, was für eine Art von Organismus etwas ist, unabhängig davon, welche Sprache man spricht. Überall auf der Welt wird Baxter zum Beispiel als Chalcosoma caucasus bekannt sein. Je nach Sprachraum wird man ihn auch unter einem Trivialnamen oder umgangssprachlichen Namen kennen. Der Artname führt immer den Namen der Gattung an erster Stelle und ist kursiv gesetzt, wobei der Gattungsname groß und der Artzusatz klein geschrieben wird. Wenn man mit der Hand schreibt, sollte der wissenschaftliche Name unterstrichen werden. Siehe auch *Taxonomie.*

Stridulation – ein lauter zirpender oder kratzender Laut, den ein *Insekt* erzeugt, indem es zwei Körperteile aneinanderreibt, und mit dem es einen Partner anlocken, sein Territorium markieren oder eine Warnung äußern will.

Taxonomie – das Verfahren, Organismen zu identifizieren, zu beschreiben und zu benennen. Dabei wird ein System der »biologischen Klassifikation« verwendet, in dem ähnliche Organismen zu Gruppen zusammengefasst werden. Man beginnt mit einer breiten Gruppe (dem »Reich«) und wird dann spezifischer, so dass die Spezies oder Arten die spezifischste Gruppe bilden. Keine zwei Artnamen (in Verbindung mit ihrer Gattung) sind gleich: Reich → Stamm → Klasse → Ordnung → Familie → Gattung → Art. Dieses System vermeidet die Verwirrung, die durch Trivialnamen entsteht, die in verschiedenen Sprachen, ja sogar in verschiedenen Haushalten anders lauten können. Zum Beispiel ist Baxter eine Art von Nashorn*käfer*: Einige Menschen mögen ihn Atlas*käfer* nennen, andere Herkules*käfer* oder Einhorn*käfer*, und es gibt noch viele weitere Arten von Nashorn*käfern*. Woher wissen wir also, was Baxter wirklich ist? Wenn man das System biologischer Klassifikation verwendet, kann man Baxter wie folgt klassifizieren: Reich = animalia (Tiere) → Stamm = arthropoda (Gliederfüßer) → Klasse = insecta *(Insekten)* → Ordnung = coleoptera *(Käfer)* → Familie = scarabaeidae (Blatthornkäfer) → Gattung = chalcosoma → Art = caucasus. Aber alles, was man wirklich nennen muss, sind die Gattung und die Art, also ist Baxter: Chalcosoma caucasus.

Thorax – der Körperabschnitt eines *Insekts* zwischen Kopf und *Abdomen*.

Transgen – ein Tier kann als transgen beschrieben werden, wenn Wissenschaftler ihm *DNS* von einer anderen *Spezies* hinzugefügt haben.

Wirbellose – Tiere, die keine Wirbelsäule (Rückgrat) haben.